草帽下的雨季

CAOMAOXIADEYUJI

潘新日 著

中国出版集团

现代出版社

图书在版编目（CIP）数据

草帽下的雨季/潘新日著. --北京：现代出版社，2016.7
ISBN 978-7-5143-5115-6

Ⅰ．①草… Ⅱ．①潘… Ⅲ．①散文集－中国－当代
Ⅳ．①I267

中国版本图书馆CIP数据核字（2016）第144899号

草帽下的雨季

作　　者　潘新日
责任编辑　李　鹏
出版发行　现代出版社
地　　址　北京市安定门外安华里504号
邮政编码　100011
电　　话　010-64267325　010-64245264（兼传真）
网　　址　www.1980xd.com
电子邮箱　xiandai@vip.sina.com
印　　刷　北京一鑫印务有限责任公司
开　　本　787×1092　1/16
印　　张　18
版　　次　2016年7月第1版　2022年7月第2次印刷
书　　号　ISBN 978-7-5143-5115-6
定　　价　49.80元

诗情田园　画意乡村

——散文集《草帽下的雨季》印象记

文／熊西平

一

潘新日先生是文学的多面手，小说、散文、诗歌、书评等方面的创作都成绩斐然，令文坛瞩目。

潘新日先生是位高产作家，繁忙的工作之余，耕作不辍，像辛勤的农夫，天光曙色都不放过，每年发表作品数以百计，令人钦佩。

《草帽下的雨季》这部散文集，属意田园，深耕乡土，其意缱绻，其情殷殷，角度独特，笔法新颖，是不可多得的乡土散文上品。上百篇精美的篇什里，乡村梦，儿时梦，温情脉脉，乡愁轻撩，意绪纷纷，如闲池散雾，溪口烟岚，虽落英缤纷而无愁绪伤怀。掌上品茗，檐雨听声，菊花赏色，酒对落雪，这样的时候，随意取下这顶"草帽"，打开任意一篇，你都会开启一段真正的"说走就走"的乡村梦幻旅程。

"草帽下的雨季一直下着，淋湿了我的梦。"（《草帽下的雨季》）

二

田园梦远，是潘新日先生深情倾注的对象。他的田园不荒芜，满是父辈劳碌的身影，生命繁复；是秧苗的栽插，麦子的收获，布谷声声的金黄；是旧梦发芽，新月开花的陈酿金杯。春播，夏耘，秋收，冬藏，都在他的笔底绚烂。潘新日先生的"田园"是一个独特且独具的文学世界。

村庄里，"白墙"映日，"青瓦"如鳞，"秧小麦"，育"秧苗"，"野山杏花开"，"六月丰满"，河水泛泛，西瓜香甜……，上百篇的文章，关于村落、农具、农事、庄稼、果木的文章，近40篇，占去一半容量。如此浓墨重彩执着于对刚刚逝去的诸多乡村物事的抒写，固然源于作者对那些生活的熟稔，我想，更植根于他对于中国乡村生活的灵魂烙印的深刻和对于农耕文明斑斓文化的不舍。中国真正意义上的农耕文明约2000年，它的血脉绵延、基因遗传一直保持着固有的程序，少有改变，几百年里的一项发明创造，对于固化如同石雕般强大的农业文明来说，不过是风化掉了一根毛发、一星皮屑而已。农耕文明时代，最大的力量是来自人力和畜力，正如驶了千年的船，好力大不过帆。改革开放30年（特别是近20年），快速提升的农业机械化，在人们心理准备不够充分的情况下，一下子撞断了农耕文明的脐带，中国的农耕文明因之断裂，血流满地。于是，便有了新"乡愁"一词。用文学回顾、勾勒旧时光景，其背后不只是文学的力量，农耕文明的力量，而是这种文明深入骨髓的焕发，最终以散文的形式呈现。可以毫不夸张地说，这种农耕文明的深情书写，是给历史留下一部关于农耕文明的记忆文学芯片。当历史匆促远行之后，回眸自己的身世而显得手足无措时，《草帽下的雨季》会提供一个乡村水灵的标本，一段时光走过不褪色的蓝图。

"粮食是有思想的。"这句话很震撼人。每一粒粟麦，都盛满诸多历史的思考和对人类苦难欢乐的过滤，只是人们忽略了它。

三

乡村是城市的母地，是人类的胎盘。当人的灵魂绕着水泥浇筑的高楼苦飞无处栖息的时候，便想乘着花朵回归乡村。乡村是这个世界的花园，花香鸟语，姹紫嫣红，这些成语是属于乡村注册滋养的。我们汉语词典里，繁花一样多的形容自然美的词语，有几个不是从乡村的柴门走出的？

田园的庄稼有思想，而乡村的花草有感情。乡村与田园拥抱，思想与感情合一。这就完满了潘新日先生的散文世界。

潘新日先生对乡村的花花草草如此熟悉，就像熟悉他的邻居、玩伴、同学……每一种花的季节、习性，甚至色香味，都在他的文字里绽放着，葳蕤着。翻开一篇，花开一片。扯出一根藤蔓，一叶一茎，蜿蜒向前；花蕾果实，只有甜蜜，没有沉重。文字的花草，都关乎乡民的生活；花草的文字，都是乡民生活的记录。没有乡民，虽然满世界都是花草，可它们存在吗？潘新日先生文字的花草，是植物史上花草生活的一段；它们无不植根于乡民的生活深处。善于截取，是潘新日散文特色之一。所以，乡村无限的花花草草，都绽放在潘新日特有的少年时代。我们读他的散文，正如一个时代的连环画，一页一页，徐徐打开。所谓"一花一世界，一树一菩提"是也。

作为作家，潘新日先生无愧现实生活，更无愧于他走过的时代。

四

读《草帽下的雨季》，想到一个人，两本书。一个人，是鲁迅；两本书，《朝花夕拾》和《野草》。两本书，一本是散文，一本是散文诗。一本写童年旧事（当然不是乡村的），一本用了诗的语言（当然不乏古古怪怪的语句）。如果将它们调和一下呢？即用诗的语言，写童年旧事。潘新日先生是调和的能手，终于调和出了一本用诗的语言写童年旧事的《草帽下的雨季》来。在我这个年龄的"60后"读来，不知不觉就"淋湿了我的梦"。

童年的视角是散文创作的大道。《朝花夕拾》如此，《城南旧事》如此，如此这般的多多，无不是成功作品的典范。他们以少儿懵懂的眼，好奇的心，朦胧的视觉，把这个复杂纷繁的世界，稍加过滤，粗粗勾勒，便是历史的图景。《草帽下的雨季》是一个孩子眼里的乡村，是用纯真洗刷掉一切丑恶污秽而得到的田园。作家总是理想主义者，而理想的美好恰恰存在于少年心底。

少年情怀是童年视角的灵龛，它净如新月，馨香如檀，异常绚烂。那里的每一个念头，都是一个梦想，放出去都如鸽哨响过蓝天。读潘新日先生这些插着诗意翅膀的散文，我总能看到漫天的云霞在飞，在聚，在散，从天边到天心，从天心到天边，织锦出白墙灰瓦的田园和花花草草的乡村，让人迈不动脚。

（熊西平，中国作家协会会员，中国教育学会会员，民国文化学者。）

目录

挚如青瓦

　　好多次，好多次，我都会呆呆地审视着家乡屋顶上的青瓦，一块压着一块，多像叠加在一起的日子，被一格一格地禁锢在方寸之间，写满春秋，结满岁月的青苔。

　　遥远的乡下，瓦是乡村的王者，居草堂之高而君临天下，福泽后人。千百年来，它更是旧人遗落在土坯房上的名片，写着乡下的生辰八字，印着先人们的脸，翻手为云，覆手为雨。

　　家在偏僻处，一户一户的小院落通山共脊，一家挨着一家，虽不是江南，却有着江南的景致。有河、有水、有牌楼、有小桥，一条石板路连着乡情，连着狗叫，连着鸡鸣，连着历史。

　　屋子都是旧的，虽比不上现在的楼房，但因为多为祖上传下来的，又带着明清的风韵，民国的趣意，故显得古雅、别致，犹如桃花源，又如别开洞天，有着恬淡舒适，平静怡然。

　　院子里都有树，都有花开，都有百年的过往。青瓦孑然一生，与风为伴、与草为伴、与鸟为伴。风里有万种风情，千般滋味；草下有唐宋风骨，明清意蕴；鸟声里有虫鸣相伴，日月轮回。心里有人间烟火气，骨子里侠肝义胆，小处是遮雨的瓦块，大处是朗朗乾坤。

　　偌大的乡下，砖是它们永远的兄弟，它们相扶、相挽，一个站在另一个肩膀上，用坚实的心结盟，让青瓦登上高峰。砖有青砖，有泥砖，也有土坯，甚至混杂着红砖、水泥砖，但它们垒成墙，拥护着顶上青瓦，为多雨的乡村营造一片片晴天。

　　很多时候，青瓦覆盖了乡下，它们肩并肩列队，迎接春夏秋冬，迎接雨雪霜露，迎接阳光，迎接春风，迎接乡下火红的晚霞。它们是穿在房屋身上的铠甲，顶着烈日，耐着严寒。

屋脊是封着的，依然是青瓦起脊。每家每户的屋山上都要用八块青瓦做几个月牙形的花瓣，小鸟会立在上面栖息，样子很怡然，似乎早已习惯了乡下的安宁，悠然安静的姿态如雕塑一般，如不是有人惊扰，它们是断然不会离开的，我想，它们站在最高处，心会飞得更远。

青苔占据了青瓦的心，一块一块用青瓦连接起来的乡下，长了绿锈，青青的颗粒凝结着远乡的雁阵，犹如会飞的青瓦，在天空中列阵，那一两片脱落的羽毛，是开裂的乡愁，沿着屋檐滴雨。青苔不仅在青瓦上附生，而且会记录下小村的野史，那些绿围堵着青瓦的阵形，不让一粒尘土逝去，成为青瓦上大写的汉字。

草和小树都是不甘寂寞的，总会在青瓦连接的缝隙间长出来，全然不顾青瓦的感受，在高处飘摇，它们的脚硌碎了青瓦的身子，青瓦破碎着支撑起完整的乡下，让屋子四季如春。或者，小草、小树是长高的青瓦，柔柔的青枝是它的本色，多了生命，多了遥望……

老人爱说，家乡的青瓦是祖传的重色，沉积了祖上的荣光和辛劳，是庄户人家的标志和见证，整个村子的灰瓦连在一起，有了蓝天一样的胸怀。千万不要说它们属于泥巴和青灰，它们经历了烈火的锻造，有了刚劲，有了韧性，有了形体，它们连在一起，其实也是一片云。

青瓦亦如乡情，院里的果树，院外的蔬菜，几乎都是公用的，大人小孩的分享就像抬头而见的青瓦，随处是情，随处是意，浓浓的炊烟之中昭示万千人间烟火气，风里，皆是欢喜。

游子总是奔忙的，风雨不过，那梦里的青瓦总如彩云飘飘，有万千思念，万千感慨，回家、回家，把自己隐在青瓦里。

挚如青瓦，走再远，家乡都是一幅画。

原载：2016.02.23《石家庄日报》

静静的麦子

麦子黄了的时候，空气中弥漫着粮食的香味。

那些闪亮的麦芒，天生就带有王者之风，那么霸气，那么孤傲，披着金黄的斗篷。

祖母说，麦收半年粮。祖母去世后，麦地成了她永久的家，她就在那些麦浪里摇着船。

不经常去麦地了，泛绿的麦苗已被大雪覆盖，成片的洁白像一张白纸，看不见丁点儿绿色，这样的景色，在别人看来，也许是萧条的，孤寂的。我却认为这满世界的冰雪之下，尘封的不仅仅是那些孱弱的麦苗，更主要的，是蕴含已久的春色。雪越厚，那些春色就越轻狂。

麦苗都有一颗绿色的心。

在乡下，"麦子"二字妇孺皆知，是属于乡下最流行的词汇。

麦子，近乎亲人了，世间冷暖，是融进了真情和爱意的，带着安定和宠爱之心。悸动的麦穗越黄，越带有人间烟火气，沉甸甸地低着头。

人说，一粒小麦优于一颗钻石。

那钻石也没有小麦的心。

丰厚、饱满……是农人犁耙下的水墨浸染，是沃野之上的绿色骚动和金黄硕实，似绿衣少年，又似沉稳的老僧，是那个夏天最成熟的舞者。

很多人都赞美过麦子，道出了麦子的好，而不去说麦子的成长历程是在寒霜之后，在雪地里，一点点嫩绿，做一场绿色的梦，和春花一起，行一场花事。

《春江花月夜》里有麦子拔节的声音，此刻成了音符，那曲子是带着春风的，有花香和青草的味道，还有麦芒和飞蛾……

常回忆起童年的麦田，多是碧绿的，被田埂圈成了小块，麦子旺盛的时候，像

3

是要漫出来。春分时节，细雨绵绵，农人们忙着施肥，化肥像一把把雪，跌落在优美的弧线里。野草的身影极像田里的麦苗，一枝一叶地模仿，试图以假乱真，可是，这似乎是不可能的，麦子作为大家闺秀，怎么可能低就于野草，一身闪光的麦芒成了田地的王。突然就这么区分开来，带着庄稼的霸气，饱满了乡村的情谊。

真的喜欢这些傲气十足的麦子了，一田一田的丰收养了多少人的心。

阳光也总是偏心的，总喜欢把一生的灿烂披在成垄的麦田之上，也不忘点缀些露珠和虫鸣，让田野更加丰满，让麦子滋滋生长，心爱之时，可见平凡。农活依旧，干与不干，无关紧要了。我常以为，农人与麦子做缠绵的情人，竟成了一生一世的守护，那些祖辈的传承，丝毫不会减产，通常，劳累和汗水都带着快意和满足，那份辛劳伴着麦香的释然。

乡下人多像这些麦子，有着平常心和美意，风里雨里，静静地开放。

人说，麦子养人。我却认为人养万物，只是懂得麦子真身的人太少了。岁月如逝，麦子一茬茬地倒下而后又生机一片，人又何尝不是？分明这些麦子和人一样都是别人的庄稼，都要收割和归仓的。

麦子、麦子！我们倾尽一生，败走麦城，走到了，满心欢喜的是脱胎换骨的庄稼，还有至亲至爱的亲人。

原载：2015.08.06《郑州日报》

父亲的村庄

父亲不止一次地说，外面多好啊！有马路、有高楼、有汽车、有热闹的街道。然而，他一辈子都没有离开过村子，没有离开他嘴里厌倦的乡下……

他的世界只有村庄大小的天地。

从南坡到北坡，从河东到河西，父亲一辈子都活在这样的环境里，播种、收割、晒网、打鱼，他用一生一次又一次地重复，走出去是茫然的四季，回到家里满是人间烟火气的村庄，有狗叫，有鸟鸣，有猪牛羊，有鸡鸭鹅。

记忆里，父亲的村庄是辉煌的。他的王国在淮河湾里，一条不宽不窄的街道两边，错落着一户户高高矮矮的茅草房，有成片的树林和绿竹，村口最大的树上有口钟，也架着高声喇叭，那是它发号施令的地方，也是它声名远播的地方，树成了它伟岸的脊梁。

一个个青壮的男劳力组成了父亲村庄里的罗汉阵，弯弯的田埂上，三四十根尖担一字排开，脊梁上流着汗水，肩膀上担着沉甸甸的稻穗，他们边走边笑，把劳累和艰辛甩在身后，满满的，都是丰收的喜悦，都是劳动的快乐！

水田是小村的格子窗棂，透着风，透着雨，透着碧绿。耕田人赶着牛，扶着犁，把整个村庄的安静犁开，施上肥，等待种子发芽、抽穗、灌浆。

天晴的时候，父亲的村庄属于庄稼；天阴的时候，父亲村庄属于劣酒和骨牌。农忙的时候，父亲的村庄是麦田里的闪亮的弯镰，是稻场上的脱粒机，是晾晒开的心情；农闲的时候，父亲的村庄是菜园，是鱼塘，是飘不散的乡情。

春天，父亲的村庄开满了鲜花，金黄油菜花连着碧绿的麦田，田埂上，野花竞相争艳；池塘边、房屋旁，一树树的白掩映着一树树的红，赶着趟地追着、闹着。

夏天，父亲的村庄骄阳似火，风在炎热中行走，可以看见大地蒸发的水闪耀着，扭

5

曲着，邻居们摇着蒲扇，那一方树荫就是他们栖凉的王国。秋天，父亲的村庄硕果累累，树上结的苹果、梨、大枣、柿子，地上种的水稻、芝麻、大豆、红薯都成熟了，被汗水煮咸的笑声里，多了多少幸福的眼泪。

冬天，父亲的村庄大雪封门，一片洁白里，斜飞的炊烟里飘散着诱人的肉香，酒韵，这些圣洁的纯净在寒冷中抵达窗前，让红烛在鞭炮的吉祥里走红……

也可以农闲，石滚卧在稻草垛边等待来春的牛蹄，犁和耙都收起光亮，让时光慢慢锈蚀一寸一寸的光阴，镰刀和锄头都被束之高阁，它们瘦弱的身影勾勒着农家的幻影，摇动的竹椅旁，父亲的青花瓷酒壶还在加热，那几碟小菜，都是母亲精心烹制的，都是从自家菜园里采来并保存着的，有春天阳光的味道。

都在家里，可以下盘棋，打打长牌，抑或搓搓麻绳，修修家具，也可以看几场皮影戏，听几场大鼓书。闲暇的时光总是冗长的，犹如门前的小路，蜿蜒中带着乡韵。

好多年了，父亲的村庄变了，变得他自己都不认识了。这么多年过去了，他亲手栽的树长大了，长高了，枝头上的老鸹窝飞走了一窝又一窝花喜鹊。乡土路变成了水泥路，他再也不用穿胶鞋走过泥泞。而茅草房呢？早就变成了平顶房，那里，有他抹平的岁月。竹子也老了，已经开花，那是它的胡须。唯一不变的，是他对村庄的坚守和一代又一代长不大的孩子……

父亲老了，他的村庄也老了，年轻人都去了城里，那个曾经一度热闹的村庄突然间沉寂下来，没有了生气，父亲珍藏在心里的那田埂上一字排开的几十根尖担的壮观劳动场景去哪儿了？他不能理解，但他依然热爱着村子，热爱着庄稼。

原载：2016.03.02《河南日报》

散落在乡村的皮影戏

本来是不喜欢它的，却突然间对这个用牛皮做的小东西有了贴心贴肺的好感。古人有诗云：三尺生绢做戏台，全凭十指逞诙谐。有时明月灯窗下，一笑还从掌握来。慢慢地，开始迷恋这些东西了。那些活灵活现的小皮人因了艺人的说唱赋予了它们生命而打动了我的心。

人是个奇怪的动物，到了中年不知不觉中便开始喜欢起一些黄旧而偏颇的东西来，比如：说书的、唱戏的、变戏法的、街头摆摊算命的，拼命地喜欢起来。

实际上，好多年过去了，我都不喜欢这些老掉牙的东西，觉得没有意思。说喜欢它是因为现在有了视频，可以下载下来，一遍又一遍地欣赏，看多了，自然就熟悉了，也喜爱起来。

那些封存在历史尘埃中的人物，世代口口相传的传说，现代市井中的笑话、典故，无不活灵活现地呈现在舞台上。每一刻的闲暇，都是它们存活的当下，那些人和事，生命力极强。

屏幕之后，古人与艺人完美结合，他们的心灵相通，喜也罢，悲也罢，谢幕之后，一切归于平静。人，有忠有奸；事，有好有坏，都是笑谈，都是茶余饭后的消遣。学着哼几句，竟能着调，村人说，好听！听多了，自然就会了。许多时候，他们也会和我一样沉迷其中。

曾经，皮影戏作为民间最流行的说唱封存在人们的记忆里，成为田园草民的精神追求，戏里戏外，都是他们想要的，是他们喜欢的，曾经，屏幕之后的那片亮光，点燃了乡间多少人的梦想，成为乡下多少人精神世界的灯盏。

那片世界，有光明，有黑暗。

其实，我十分清楚，是那些古老的技艺滋润了我，《杨家将》《铡美案》《水浒传》《说唐》《红灯记》《沙家浜》。古时的、现代的都可入戏，都活生生地穿越在不同时代的记忆里。它们由书香的禁锢里走上银屏，与孤独、与落后、与贫穷，与我共同在心树上打一个个红色的结。

好多次，我都会默然地与它们对视。披一身月光，将星子的光芒定格在它们的命运里。有时候，会怀念一些人，东庄的王秃子、西庄的赵四爷、南门的霞姑、北门的麻铁匠，这些人与皮影戏里的人物命运都是相通的，结着缘，彼此映照，坎坷中平添了一些传奇。

是的，皮影戏是幽深而古老的技艺，永远属于过去，那一份风雅，寄存在简洁而朴实的民族记忆里，成为现代文明之林中的一朵奇葩，温和中如风般吐着芬芳。

有意无意地，我便偏心于它。祖父在世时曾说，皮影本身没什么，因着了七彩的色，便生动起来，而置身世外的艺人们，成了它们的魂，生命之外是一种互通，彼此连心，在悲与喜中融化，融化在农闲时节的草木香里。

爹说，皮影戏是流落在乡间的贵族，它们混迹于普通百姓间，成为下里巴人精神世界的王土，那份享受是在心里的。

天还早，场院上有很多看戏的老人们。这些在土里刨食了大半生的老汉、老太太们那么钟情于这些古老的技艺，让人不解，虽然他们都不年轻了，穿着那么简单，可看戏的精神头足足的，心里早敲响了开场的锣鼓。我猜想，他们早按不住激动，对那些皮做的小可爱有着温暖的期待。

街上的老电影院里白天也有专场，十块钱一张票，还有茶水供应，坐着也不挤，只是要往返几里路。有一次，我和八爷去赶集，他买了票，非要我陪他一起看，等皮影戏散场，街上也罢集了。

草根永远都会拥有自己的小天地，其实皮影戏早落后了，可还是拼死命地喜爱着，乡下人一旦得了空，准会溜进电影院，什么庄稼、牲畜、小孩，都不管了，自顾把自己和茶香一起弥漫开来，徜徉在剧情里。

场地是熟悉的，戏文是熟悉的，唱腔是熟悉的，方言是熟悉的，就连在幕后演绎皮影戏艺人也是熟悉的，很多年过去了，谁都不在乎听过了多少遍，只管爱着、恨着、激动着，屏幕后那些盈盈然的小人儿，活跃在枯燥而冗长的旧时光里，如淡淡的流水，慢慢地流过他们的心，掠过一丝清凉。

八爷没事的时候爱说皮影儿是跳动的岁月，爱上它的人不觉中便被它掠走，即便这种爱好是小众的，很多人的梦里也都会有。的确。

到了这个年龄，我还能说什么，我知道我已经变成了它们……

　　我无意中已经喜欢上它们，我比老人们更能理解皮影儿，它们的一招一式、一唱一和都在我心里灵动着，为我打开另一片精神领地。

原载：2015.09.11《农民日报》

鬼　帽

　　没想到下雪天也会长鬼帽，那天，祖母在灶间的水缸边猛然间发现两个红红的伞一样蘑菇，白白细细的腿有些吓人。

　　鬼帽是我们乡下的大孩子们给野外蘑菇起的外号，为的是吓那些淘气的小孩子，当然，会把各式的蘑菇说成迷信，与鬼联系在一起，让本来胆小的娃娃们产生了畏惧。

　　我生长的地方奇怪得很，满地都是各色的蘑菇，叫上名的，叫不上名的，统统称作鬼帽。初秋的风里，鬼帽迎来料峭的寒。

　　四季里，它是野草的孪生兄弟，是草木灰的魂，是枯木开出的花。

　　上学的路上是极易看到它们的，都是不经意间从绿草间探出头的。我曾经仔细地观察过，这些大都有毒的蘑菇均会长在偏僻的野外，没有大的动物出没，因此，它们生长得很安静、很舒心。

　　相比之下，我们比较喜欢长在池塘边树上的蘑菇的，个大而且肥硕，而且容易找得见，采摘也很方便。乡下长大的孩子是不用担心采上毒蘑菇的，远远地，一眼就可以辨别出蘑菇有没有毒。我们从来不去理会长在粪堆上，烂草滩，还有野地里那些花花绿绿的蘑菇，稀稀拉拉的难采不说，采回了也不能吃，最多看上一眼便走开了。

　　那些日子，大人们对野生的蘑菇是不屑一顾的，忙农活已经消磨了他们很多精力，也消磨了他们的很多味觉，尤其这些天然的美食。但有一点，大人们从来不反对我们采蘑菇，没菜的时候，它可是一盘上好的下饭菜，这时候救救急，多好啊！

　　现在老听说吃毒菇中毒的事，那时是没有的，我一直都想不通，怎么会吃上有毒的蘑菇呢？科技发达了，社会进步了，难道人退化了？真的不得而知。

　　我至今也没搞明白，那些散落在野外的小蘑菇为何总是喜欢待在僻静的环境里，像无尽的天空里遗落的一两声鸟叫，在地上发芽、生长，顶着别致的小帽，悄无声息地灿烂、灭亡……

它永远是一朵打开的伞，为谁撑着光阴。

已经习惯于称它们鬼帽了，它们一生都是生长在偏远的野外，与风月为伴，与鬼为伴，不吓人才怪呢！

四季里，除了葬身于雪野，它总会那么冷不丁地冒出来，犹如枯草的一丝游魂，披着小花蛇一样的外衣，于坟边、于坡地、于杂草间。会是什么？更不用说，便会联系到鬼，联系到野外，只顾迈开腿，撒欢儿跑，一个人的野外是孤独的，胆战心惊的，尽管天是亮着的。

当然，如果有小伙伴作陪，我的心也会坦然起来，见到地上的鬼帽，一定会毫不客气地，恶毒地，用脚尖把它碾得稀烂。之后，吐上一口唾沫，在心里诅咒它永世不得翻身。现在想起来，我儿时心理够歹毒的了。

实际上，鬼帽是儿时自己吓自己的臆想，其实，它们也无辜于这些联想，被无端地践踏，相对而言，它们是心虚的、害怕的。

也好，因为有毒，而不至于被人类和动物吃掉，只管生长，只管绚烂，在茫然中老去。

人又何尝不是，那么多人平静地生活，悄然度过一生，没名没利地去了，到头来还不是长出一个像蘑菇一样的土堆。

鬼帽死去，来年还会重生，而人呢？

原载：2016.01.11《中国石化报》

水做的雪

1

雪花是你的梦。

屋顶上的冰敞开亮亮的心，晶莹的脾气，和剔透的寒一起凝结成霜花。

凌利的雾凇在丫间怒放。一朵一朵的雪绒柔软细腻，攀着炊烟的肩膀，把初冬的纯投递到万家灯火里。

木格子窗棂眯着眼睛，凝视着老屋里时光演绎成的过眼烟云。磨砂玻璃里，藏着星星和虫鸣。

极目所至，白雪覆盖的小村里，土坯和茅草幻化着陈旧的意境，几行歪歪斜斜的脚印，成了这个季节最显眼的落款。

戴着草帽的稻草人立在风中，孤独的它，守着庄稼，也守着这个冬季。

麻雀是最调皮的音符，在低压线上谱曲。

掉队的石碌隐在厚厚的雪里，这个乡村的隐者，心里藏着整个村庄。

院外的枯树、青砖醒着，等待鸡鸭临摹乡土味浓郁的汉字，它们以大地为纸写出了乡情。

大雪无垠，洁白端坐在中军帐，渲染出远乡的纯。

偌大的院子里，跳跃的炭火发情，释放出重生的热烈。

冰哨，奏出了民谣的和弦，民俗在文字里成活。

所有陶醉的麦子都在冬眠。雪落故乡，野草抵达家门口，呼啦啦跪倒，期待来年的春风把它扶起。

别说了，雪化时，我们都要变回原形。

2

鞭炮，冬天火红的尾巴，会让整个季节粉身碎骨，那一抹红，多像恋人温暖的唇。

冬天是家里的老人，是厚重的积淀。

不要说寒冷，寒冷会坚强你的意志，不然，那些梅花怎么会在墨香里吐芳？

老牛咀嚼着岁月。

小院密不透风，青竹成了雪天的剑客，油灯下，白胡子爷爷就着月色独饮，他在恋藏一生的心爱。

虽然北风呼啸，滴水成冰，心却不冷，早已是很久很久以前了。

不是吗？

哎呀！你看，供桌上的青花瓷豁了嘴，笑起来多饱满。

铜烟袋不敢造次，乖乖地别在身后，冬天漫无边际，烟草略显孤零。山那边，长满治疗冻疮的中药。

雪是醉倒的水。

多好啊！每个人都在最美的意境里沉浸，在厚厚的白里纯洁。

雪花的舞姿多么轻盈，扭动着水蛇腰。

那些冰啊！使劲地挺着骨头，总想在《诗经》里归隐。

3

阳光如初，墙头在雪地里罚站。

田野里，鸟雀祈祷丰收，它们把秃树当作插在雪地的香，畅想春雷能够点燃。

夕阳西下时，老鸹窝成了镶嵌在树枝上的黑痣，为归家的人标注归期。而游子盘桓，错过了一个又一个冬季。

异乡无雪，他在雨季悄悄打开自己，打开了遥远的遥远。

家乡的雪景只是人生的留白，村庄和小河都是记忆里的插图。

页码间隔着一层雪。

犹如那些高山，谦逊地顶着一大片干净的雪，孤傲地昂着白发苍苍的头，死心塌地的千年万年地打坐。

该水夸耀了，它上辈子冰心玉洁。

江南都是它转世的灵童，那一方秀水无时不在恋着雪，花再香，也找不回雪的宁静。

冬天就是神话。

铺天盖地的雪沿着草木香卧倒，在冰冷之中皈依成佛，为情所困，心打着哈欠。

雪不再调皮了，万物都在修行，它知道自己无药可治。

从天空落下，它收起翅膀，等着重新长出手臂。

雪化时，它总会在熟透的阳光中一笑而过。

流水如逝，它依然会在黑陶的瓷片上，找到书写自己的竹简。

原载：2015.11.30《中国国土资源报》

哎，雪化了

一连几天的雪，下下停停，让经常跑汽车的马路也积了厚厚一层，不撒盐，怎么都不会化去。

雪是最顽固的精灵，在马路边、房顶上飘舞，背风地的雪出奇的厚，步行时，断然不可走这些地方，不然，你的袜子里定会灌上雪，化一脚的冰凉。

该是天气放晴的时候，可北风吹得细雪乱飞，不在意，真以为还在下。我知道，这些乱舞的雪儿，不是从屋脊上，就是从树枝或树叶上飘下来的，都是流浪着的晶莹心，在寻找家，寻找落下的幸福。

早上，行人多了起来，每个人都会有节奏地伴着"咯吱、咯吱"的踏雪声走向圣洁，心里的洁白和着雪通透了然，萌生许多干净的念想，美好着自己。不比那些草和庄稼，只顾安心于厚厚的雪里，默然于睡梦之中，等待苏醒。

很多时候，我一直对雪地的拓荒者抱有敬畏之心，感恩于他们一步一步地用双脚为我们这些后来者蹚出一条平稳的路来，我们是受益者。有时，我会对着两行歪歪斜斜的脚印发呆，那么幽远，不知道是男还是女，去了哪里，但我知道，我是在与他同行，前方就是归处……

这时候，如果踏雪而行，是要小心再小心的，鞋底不把滑，稍不注意，就会摔倒，邻家的二大爷就因为这，骨头断了，住了院。

行人都很小心，走路有些滑稽，那么多人，不用仔细看，你就可猜出每个人的年龄。年轻人总改不了毛手毛脚的毛病，走起路来虎虎生威，但却是东一脚西一脚的，弄不好就会摔个仰八叉，可他们腿脚好，一骨碌爬起来，照样扬性着。中年人却不同，走路稳重，步伐扎实，轻易不会摔跤。老年人就更稳妥了，前面的一步不拿稳，后面的一脚决不迈，难怪，这样的年纪，已经禁不起摔了。

马路上的雪已被汽车碾轧结实，光滑如镜，车轮不时地在上面打滑，掉转屁股，惊得驾驶员紧握方向盘不敢造次，生怕与其他车辆擦出火花来。更可笑的是马路边被雪埋着的汽车，车主人用手扒掉车玻璃上的积雪，只露出可以看见路的空儿，便开着暖风，等待暖气把雪化掉，运气好的，加上油门便可上路，运气不好的，车轮老在原地打转，就是挪不了窝，还要喊来路人帮忙推上一把，才能动弹。不过，这样的天气，汽车抛锚是再正常不过的事……

你看，这鬼天气！

天空依然是灰蒙蒙的，雪地上的鸟就像一颗颗黑痣，抑或点在雪野上的一个个标点，它们在觅食，在行人的脚步声里起落。

天气寒冷，没有阻挡人们的出行，一个上午的时光，感觉雪化了，脚踩在雪上，雪水从地上溅开，分散到四周，很好玩。

"哎，雪化了。"熟人见面总要强调一下，话语里，有些小激动，也有些小发现，尽管大家都知道，却还要重复着这些话，仿佛不说对方就不知道，多么天真而又有味的一句话！

是呀！雪终于化了，在不知不觉中化了，静静的，没有一点声息，但这一点点的变化，带给人们的是内心的欢喜，毕竟，大家的心情也和这些雪一样，总不能老是封着的，总要有破冰的那一刻，即使是冰冷的，但心里总有一丝暖意。

哎，雪化了。只要大胆地迈开步子，脚下将会踩出另一片天地。

原载：2016.12.24《中国石化报》

秧 小 麦

秧小麦是家乡的哩语，是俺娘挂在嘴上的一句话。好多年之后，我理解了这句话的含义，它是父亲入秋后最庄严、最神圣的一件事。

鸡叫头遍的时候，我无数次地被父亲从梦乡揪起来，他和娘到北坡种麦子，而我则要睡眼蒙眬地起来淘米，做早饭。

时常，我都是极不情愿地从温暖的被窝里钻出来，生火做饭。也极愤怒自己早出生了几年，不能像弟弟妹妹们那样能安稳地睡到大天亮，而我则要一把把地把柴火塞进灶膛，直到稀饭开锅的那一刻……

连桂和燕林也和我一样会起得很早，守着一盏豆油灯等待天亮，黎明前黑暗总是漫长的，除了红红的灶膛，我们总是陷入黑暗之中，厨房里的一切似乎都很安静，它们都在沉睡，也不关乎我们的存在，倒是墙角的大水缸成天干巴巴的样子，很是有趣。

那些日子，定会是娘扛着锄头，牵着牛走在前头，父亲扛着耙，耙的一头放着化肥，一头放着小麦种子，走在后头。他们很快就被夜幕淹没。之后，我便会等他们凄婉悠扬的吆牛调，那一刻，我知道，他们的劳作真正开始了。

我深深知道，庄稼人的心中满满的，只有庄稼，庄稼是他们的生命和希望。播种、除草、施肥、收割都是神圣的，带着崇敬和感恩，带着汗水和喜悦。

我一直认为，父亲是三乡五里最老练的庄稼把式，他对庄稼总是拿出贴心贴肺的热爱，几十年痴心不变，把整个世界都给了庄稼，让庄稼在心中生出七彩来。

麦种是父亲亲手培育的，扬场的时候，上扬头那些颗粒饱满的麦粒总会被他视如珍宝，早早地灌进麦包，那种小心翼翼的样子，像是在呵护婴儿，生怕惊扰了它们的睡梦。

翻地更是仔细，我们家里的田地总是比别人家多翻一道，父亲也总是固执地认为土地乃万物之源，好的土地才能长出好的庄稼。当别人收完麦子躲在荫凉处沉浸在丰收喜悦之中时，他却顶着烈日提前犁麦茬遍地的农田，还会乘湿抓紧时间耙平。夏天的日头大，不大工夫土地就会干结，也耙不碎，即便是角角落落都不会放过。我们家耙过的田里都生出草来了，别家的麦田依然还是麦茬朝上，一片狼藉，那种不堪，让人心烦。

种小麦是乡村最大的农事，父亲会投入他一年中最大的感情。农家肥是他一车车拉进去的，一锨锨撒开的，那么匀，就像平均平配的。化肥、磷肥和钾肥都要准确计算，不多也不少，多了，麦子会长倒；少了，麦子长不起来。

深秋的田野有些寒，他要趁着晨露把麦子洒进去，然后耙平，这需要早起，天不亮就下地。都说男耕女织，在我们家却总是无法体现这一点，按娘的说法，父亲种小麦万万离不开她，牵牛、挖田头、打沟都离不开娘，我们总说父亲，麦子有娘的味道，温柔、绵软，内心洁白。父亲也会默认我们的说法，他会淡然地一笑了之，那份爱，心里、眼里都有。

村子里的人最佩服父亲种小麦的那份仔细，没有用线牵，但麦田沟起得笔直，宽窄一致，既好看又实用。父亲的眼睛就是线，只要你随便在村子一转，不用问，就可知道哪一块麦地是我们家的，曾经好多次县乡检查，父亲的麦地都是作为样板展示的。

连桂和燕林总爱说："我终于知道你们家的麦子为什么长势那么好了！"我说："我不知道啊！"他们就嘲笑我笨，直到我长大成人，我才理解他们话里含义。原来，种小麦不仅是一个人的事，我们小孩也是中了大用的。

一年一年，种小麦会周而复始地进行，而在黎明中劳作的父母会和悠远的吆牛调一起，随着晨雾一直萦绕心头，总也挥之不去。

原载：2015.11.14《团结报》

走　　湖

　　围着湖转了一圈才发现雁鸣湖已经不是我印象里的雁鸣湖了，雁鸣湖变了，变得让人惊奇。

　　有几年没来了。此番，一踏进这个碧绿、繁丽、优雅、纷繁的内陆湖，突然于不经意中，发现湖里多了江南景致，多了大大小小的建筑群。远远看去，这些红白相间的建筑隐在绿树间，水鸟在天空中翱翔，游船在湖面上荡漾，芦苇顶着白云悠然地涌动，好一幅淡然的丹青水墨，令人遐想，令人陶醉。

　　说来，这倒也不是它特有的美景，无论江南还是北国，那一方胜景，只因有了水便开始灿然起来，如诗如画的境界里，又有谁能知道它的前世今生？万千世界里，但凡每个人都要忙着办自己的事，而这么好的景色，哪有时间专门跑过去欣赏。所幸，会有这样的笔会相邀，我们才能抽时间走湖，一览这一美好的自然，即便这样，我敢说，生活在这里的人已经习惯了这里的风景，不小心，一下子就被眼睛忽略了。然而，当我们走近，再走近之时，天水恬润清幽，田野空灵旷逸，瞬间便被它征服了，这种美天底下少有。

　　走湖是一种享受，坐在布满青苔的水泥台上休息，四周静寂得能听见水鸟觅食的声响，芦苇一排接一排倒向湖心，它们在追赶着夕阳。空气甜丝丝的，可以看见湖面上泛起的薄雾，好像是雁鸣湖披上了一帕轻纱，朦胧中透着清冽。

　　也来不及多想，几乎是扑进雁鸣湖的风光里，或者说是跌进这些诱惑里。闲适的心境里，湖水碧如蓝天，亦如柔软的丝绸，慢慢地、软软地摊开来，找不到一丁点儿杂质，看不透颜色，也看不透水深，就这么慌慌张张地绿着，美丽着。

　　我就喜欢这些肆无忌惮的绿色，哪怕隐在这样绿里走不出来。

　　都说《诗经》里的水是清瘦的，让人看一眼，便怜爱起来，心疼起来，而这里

的水确乎丰怡、胜庶、柔绵，有着肥实的质感和飞扬的灵气，是《诗经》里的水没有。我知道，古人也和我一样是袒护着这些湖水的，相思的湖水，爱得波纹连着恋人的心绪，爱得缠绵沧桑，爱得恍恍惚惚，爱得置身其中却又忘乎所以，那份热爱是发自内心的。

有了水，鸟鸣也是潮湿的，这些云朵的涟漪合着湖水怡然扩散，曼妙地演绎着自然的律动，连着我的心。远处，成群的水鸟在空中飞翔，它们围着蒲草、芦苇，在天然的繁殖场地嬉戏，那份超然，连着激动。

整个湖都在展示，掏出心窝地展示，一条条栈道九曲十八弯地穿过，营造出幽远的诗意，木头栈道，那句拐进湖里的词，镀着淡淡的黄色，在天水之间古色古香地押着韵脚。栈道下的水心平如镜，一点也不慌张，倒是我们觉得自己仿佛是从诗经里，古风里赶来的，赶着自己的圣水泱泱，赶着三千佳丽。

我想，这个时候，若是赶上马车，穿着长衫，完全可以走进说书人的情节里，浩渺的绿波里，谁也走不出这些柔水覆盖的梦幻中。

雁鸣湖的美不能用一个词语来形容，那些树，那些景点，都是点缀。

站在湖边，湖水一碧千里，淋漓的水追着我抛下暖暖的阳光，微风里有一两句古人的诗。我再也不去翻阅《诗经》里那些寡淡的水，相思的水："蒹葭苍苍，白露为霜。所谓伊人，在水一方……蒹葭萋萋，白露未晞。所谓伊人，在水之湄……蒹葭采采，白露未已。所谓伊人，在水之涘……"

此时，除了陶醉，你还能拥有什么。湖水缠绵，音乐缥缈，我们只能沉静其中，只能把欢喜和晴朗的心境打包，洒在阳光里。还能说什么，旷野苍茫，芦苇萧索，只有你，在水一方。

那就继续走吧！透过这些薄雾，伴着和湖边的水草和菖蒲同行，它们摇着一个个毛茸茸的暗红尾巴，汪洋恣意，旁若无人地在水边张扬，野性十足，没有丝毫的怯意。还有那些不知名的野草，也是那么毫不示弱地汹涌着，好大的气势，霸道刁蛮，几乎遮住栈道，就这样不要命地疯长着，蔓展着，霸占着一方天地，恣意的性格风一样的随意，一蓬蓬野生的细软，招摇着湖水的肥美，有梦，也有期待。我一直不明白，这些野草可是从《诗经》里溜来的，是顶着阳光一路赶来的，不然，怎么会这样有生机。

几个孩子闹着要坐船，我也想加入进去，把心交给蓝天。

帆船带着幻想起航了，我闭上眼睛，沐浴着阳光，身上暖暖地，身边是帆船溅起的清凉的寒，细细的风在耳畔轻拂着，伸出双手，触摸可人的薄雾，我发觉自己是在仙境里了。

芦苇千秆万秆地摇曳，盈韧挺拔，这些直立的水，分明是闻鸡起舞的侠士，浩浩荡荡，向南来北往的人致敬。铿锵的英姿里，有相知的恩惠，有相悖的悲悯。船儿就在这些美好里穿行，猛然抬头，可见一只只飞鸟，在碧绿的蓝天上展翅高飞，这些季节里排着长队的叶子，当年曾是雁鸣湖的一袭水草，如今已是风雨江湖上的一滴墨，慢慢浸染岁月深处的一句古训。我置身此地，猛然觉得自己就是这湖上的一只鸟，抑或一株植物，也和它们一样，都有着青葱和沧桑的面容。

湖水浩浩荡荡地涌来，远处是轻雾缭绕的荷……此刻，远离了都市浮华，城市喧嚣，一切都抛在脑后，尽情地享受雁鸣湖天空上独有的那份纯蓝，还有偶尔从这份纯蓝里飘下的一群飞鸟送来的悦耳又舒心的问候，真惬意啊！我祈祷能让时间静止在这里，让热爱绵延不断。我明白，那是不可能的，但我确已情不自禁地恋上了这美丽的雁鸣湖畔，恋上了这湖畔上帆船的温暖怀抱。

分不清是在北国还是江南了，都一样了，不是吗？

水中有园、园中有水。拙政园让人流连，园内林木葱郁，水色迷茫，景致自然，南方园林中的"堂一、楼一、亭六"在这里体现得淋漓尽致。竹篱、茅亭、草堂与自然山水融为一体，简朴素雅，一派自然风光。水中有岛，池畔点缀亭榭小筑，显得疏朗、雅致、天然，彰显了中原人的拘谨和温和。

雁鸣湖的美不仅如此，还有月亮湾，还有荷塘印月、鸟岛觅趣、翠堤春晓、拱形碧波、柳林含烟、农炊夕照、湖边垂钓……很多很多，我都顾不上了，只能把雁鸣湖海一般的胸怀，海水一般的深邃记在心里，让雁鸣湖波澜不惊的宁静在梦里徘徊。

走湖，让我懂得很多，面对平静而浩渺的湖水，犹如面对此后的红尘岁月，沉稳淡定，心与湖宽，心如湖平。

深秋的晚风自湖面上吹来，夕阳西下，我裹了裹衣衫，踏岸而归。好远了，雁鸣湖还在脑海里波光粼粼。

回家，从此揣一颗看湖的心。

原载：2015.03《水与中国》

瓦罐天下

也和逐渐消失的村庄一样，瓦罐被冷落在角落里，浑身落满灰土，遁入冷清的尘世。

瓦罐是乡村的魂，煨着乡下人的命运。

曾经，瓦罐穿越了近万年，身披着史前文明的古风，历经各个朝代，有过皇家御用的辉煌，也有过寻常百姓皆用的繁荣。更多的时候，它属于节日、属于喜庆、属于平常岁月，是官宦之家的享受，是普通庶民的希望。

你无数次出入于宫廷，成就了一个个王侯，一个个朝代，也曾作为贵宾，装点了天朝的御膳房，让平常的日子满朝流香。也一代一代地步入草堂，让甘苦化为佳肴，让生活有滋有味。

瓦罐是岁月的潜行者，历经千万年，告别高贵、告别典雅，深入到了最低层，用粗粝的外表，表达自己的豁达、朴实，粗犷、敦厚。

灿烂的年华里，瓦罐是永远的尊者。

古人打水用你，烧饭用你，炖菜用你，好多好多都用你。而我的记忆里，你是乡下厨房的主角，盛过油盐酱醋，炖过萝卜白菜，煨过鸡鸭鱼肉。总之，你是我童年喷香的生活。

当然，更多的时候，你的心里是凄苦的，身影是在贫穷中孤寂着的，你腹中空空，昭示着主人更是饥寒交迫，漫漫的世风里，你期盼的总是美好的，带着香味的。

日光总是明媚，花草总是青葱，而瓦罐天下时，更是不忘本色。

你的兄弟曾经是秦砖汉瓦，虽然生在泥土里，死了也有秦砖汉瓦的风骨，可以支桌腿、垫衣柜，也可以成为孩童们打瓦游戏的手中玩物，更是大人孩子打水漂掷出的笑声。

然而，灶膛和草灰记住了你，理解你偶尔的奢华，看到你的每一次饱满和丰盛。

祖母和母亲都是亲热你的，清贫如洗时，你也是一家的寄托，即便只有在杀年猪或过节，才会捧起你，用你煨一年中最闪亮的日子，也会悄然地让这些岁月飘香。

都羡慕你满身的人间烟火气，却没有人关注你的前世今生。春去秋来，在静默中期许、回味，回味你重生的时刻。

感谢匠人灵巧的双手，赋予你生命，让你在旋转中成形，像一次次舞蹈之后，卸下了装束。你的胆量永远是惊人的，不畏惧高温，也不害怕黑暗，你欣然于火苗舔食下的蜕变，凝露成霜。

从不言出自泥土，从平凡走向卓越，也历经了剧痛，让泥坯有了坚骨，成为饰品、成为瓦具，拥有天下。

瓦罐不娇，活泼得如一个孩子，普通得如墙边的花草，熟悉得如左邻右舍，是邻家小妹，更是白发的亲娘。

你有陶器一样的兄弟，也有青瓷一样的后人，但它们有的好看，有的脆弱，只有你积淀了从容，满肚子都是积累的喷香。

你是农家人青睐的尤物，那一片天里，有亲情无限、爱意绵长，有尊敬、有孝道、有关爱、有亲昵，也有传承。

阳光和雨露使然，陪你走了千年万年，月光里，清辉普照，却没了你身影，我知道，你已在时代的奔涌中落单。

一颗掉在乡下的黑痣，多像生活中的一个标点……

不必伤感，这些必然会是另一种归结。如今，不需面对饥寒，可以静心地躺在院子的某一个角落，与虫鸣为伴，安稳地沐浴着阳光，在花香和落雪里，回忆从前。

这样的晚年，多好啊！

现在，你可以安心于梦境，不要担心行人的脚步和孩童的调皮，你只管歇着，像养老一样安心地过好每一天。抑或陪着你的子孙——刚刚打破的旧瓷片待在一起，向它们讲，那时，我们曾经瓦罐天下。

2015.12.28《淮河晨刊》

墨香千年

墨，是一位老僧，一位披着黑色袈裟修行的佛在打坐。

文房四宝中，墨是有生命的，它根植于人心最深处的那一份柔软，死心塌地的把一生的余香落在纸上，汉字天下、江山尽收，让世间的美都藏在这香里。

古人喜墨，骨子里都是，不为别的，就为那丝丝清雅。历史上，三国枭雄曹操，宋代文豪司马光都喜爱收藏墨，他们早已遁入尘埃，而那些墨在黑白之间存活，书不尽历史，话不完世态炎凉，能使山月白，能使江水深……

长知作新语，墨纸似鸦鸣。三国的韦诞，南北朝的张永，南唐的李廷圭，宋朝的张遇、潘谷，元朝的张万初，明朝的程君芳等大师均为制墨高手，为墨的转世倾其一生。至清代得以推广，成了批量生产的商品，从此，墨不再神秘，失去了贵族身份。

人分九等，墨分五常。皇帝用的墨称御墨，民间上贡给天子使用的墨叫贡墨，帝制时代，墨是浪迹天涯的侠客，朝廷用，官宦用，文人用，商家用，寻常百姓用，毛头小子都用。墨是启蒙老师，墨是文化的根，可以是圣旨，可以是布告，可以是契约，可以楷、行、隶、草，可以描红，可以画意天下，草木山石，云水雨雪，一个字，一棵草都是它的真身。

墨是汉字的魂。是写意山水中水墨画的灵与肉。民国的大员们、文人们、识得几个字的百姓们都拥有一纸墨香，或书或画，成为今人的宠爱之物。今人不用墨，普及的是电脑，芸芸众生汉字都不用手写了，更何况需要花工夫去研墨。穿越了千年，带着冷香的墨，慢慢从老一代开国领袖们的手迹里淡化开来，一步一步退出了江湖。社会大潮里，墨成了文化符号，成了少数人专属的奢侈品，此时，墨俨然为大家闺秀，有了高贵却又孤芳自赏。

墨有形也有刑，木匠用的墨绳，术士占卜用的墨龟均沾墨生奇，成就了一代代宗师。也会有墨刑黥面的折磨，历史上，秦汉时期的英布因错被黥面，习惯称黥布。唐代上官婉儿因得罪武则天而在额头上刺青，她便效仿刘宋的寿阳公主在额头上饰以梅花，结果显得分外妖娆，从而成为民间的时尚，可见墨之精灵。

墨有缘，穿越了千年，忘记了一切过往，依然伴着白面书生，带着世间的爱意，去成就有缘之人，凡是爱好的，耗去毕生的人才能得到那份欣然，成了固守的信念和暖意，可亲、可怀，有着崇高和坚定。

我喜欢那些至亲至爱的墨香，它在我心里可以幻化无穷。

公园里播放着《高山流水》，不是俞伯牙弹给钟子期的，是送给广场上习字老者的，长长的海绵笔蘸了水，写下了人生，他的心里定是藏着古诗，藏了墨香的，不然，他怎么会那么静然，如一棵孤傲的松。

又想起一人，以牡丹著称的画家吴东奎，在北京有自己的艺术馆，几年前，在送文化下乡、救助残疾儿童回来的路上发生了车祸，他有了残疾，青青如颜色，落落任孤直，而他更加珍惜墨迹染出的墨之苦味和禅机，带着欢喜心生活，其画风更浓，表现力更强，层次感更丰富。墨香里的浓淡五色，笔墨之间全是人间散意，成就了他的辉煌。

父亲练习书法，浸满墨香的日子里，他熬白了头，那是岁月的满，情感的满，用尽了一生的爱好，但他依然会写"池墨泼云飞，紫毫挥广宇"。也会写"言，心声也，书，心画也"。真乃"无声之音，无形之相"。

大文豪苏东坡曾在《书唐氏六家书后》言："心正则笔正。书者如是，研墨者也如是。"难怪战国的墨者，大到权贵，小到布衣无不倾心追随，墨家思想才得以光鲜无限，善良、博爱的天地里，似水流年，平添了多少高雅。

岁月如斯，墨，成了老者，支撑它的，是汉字的刚和正，还有香，纯正的书香。

原载：2015.09.01《山西日报》

灵灵的雪

"这雪下得……"没有醒，就从母亲的声音里知道了。

这是三九的雪，雪花在乡村的小道上走了一夜。一片一片，顺着夜归人的脚印，为遥远的乡下填着今冬最洁白的词。韵脚里盛着回忆，亦如准时归来的家人，贪恋着旧房老宅最温热的亲情。

赖在被窝里，想雪咯吱咯吱地响，像是刚铺的棉被，踩在上面软软的，没有疼，也没有夸张的表情，只是有些不堪。

那一片静美被打破，坏了心头童话般的纯美。

落雪的早晨，多像我正在编织的梦想，甜甜的梦想。

洁白的雪，微带着烂漫的童心，在泛着热气的池塘边立地成佛，谁也弄不准，那一颗颗佛心何时修成正果。

窗外的世界，我是料得到的。村子早就醒了，老人们牵着牛，呵着热气把大门的灯光别在腰间，决不让迷路的晨曦被小花猫叼走，雪野里，老母鸡细小的爪痕指着方向。这些草垛和粪堆，披着民谣，披着乡下古意的寒。是的，飘雪算不上鹅毛般的谚语，但又仿佛来自远方，来自季节深处，陡然生出许多惊喜和感慨，之后顿悟，原来结伴，依然还是旧年的访客，是如约而至的。

我躺在床上，从不想破坏那一份淡然，哪怕是一片最小的雪花。

雪花是透彻的，带着一颗晶莹心，如我窗前的玻璃，一眼便看得通透。因为它还稚嫩，它还莽撞，还不凝重，打心眼里一看，就是没有陪阳光较量过酒量的。

在我起床前，我脱去小格子的薄睡衣，拉开衣橱，翻出所有的棉衣，站在镜子前试着，看自己臃肿得像一个孕妇，闷得像块南瓜。

这是我最讨厌的，我情愿不出门。

我想起母亲的话，说得确乎有点道理。这世界，哪有冬天不冷的，哪有下雪天不出门的。想想也是，人和雪花又何尝不是世间的过客，都会有陨落和融化的那一刻。于是乎，我久久呆立于明朝大画家吴伟的《灞桥风雪图》前，时不时地瞟上两眼，不自觉地粲然一笑。可是，我依然还会拿出画笔，对着窗，把这个冬天，把这场雪，涂在一片童真里。

　　其实，窗外的世界早就是一幅旧画，只是这些雪，让这些风景变成了陌生的洁白，谁敢说明天不会变，雪花会和门前的树一样终老一生。

　　不会的，真的不会的。那些剔透的冰凌，恰似倒立的耙齿，让屋檐伸出许多念想，也一根根平静下来，慢慢成了雪的骨骼，傲气十足。

　　赏雪，仿佛自己也是一片雪花，仿佛自己也成了绵绵的雪野，心底铺满洁白无瑕。

　　"日暮苍山远，天寒白屋贫。柴门闻犬吠，风雪夜归人。"这是唐朝刘长卿的诗，喜欢了许多年。小时候喜欢时，觉得它是一首优美的五言诗，读起来朗朗上口，好背。现在喜欢它，是因为它有着超凡的意境，有立体感和图画感，闭着眼，可以想象得出诗中的意象。其实，大雪年年有，听雪，可以听出一份昂扬的情绪，雪还是雪，是赏雪的心化了，化得比雪还快。

　　院外，厚厚的雪覆盖了冬的萧条，静静地，看不到一丝烦躁，街灯亮着，灯光已照不到积雪深处，雪的贪恋，远不如近处的花草，被那颗平常心照亮。

　　灵灵的雪也好，零零的雪也罢，迈过黑夜，都在徜徉，那份安静，成了小村的咏叹。

　　都落下了，落得那么安心，它们手牵手，和大地相拥。

　　它们落在季节深处。

　　如我一样，我也安心地和大地相拥，有了玲珑心。

　　索性不起床，让自己隐进温暖里。在这样的风雪里挥洒灵感，想想过去，想想将来，想想我们曾经的爱……

　　倏地，一切似乎都明白了，原来这一场纷扰的雪竟有些许甜恬可以回味，累了的时候，下一场灵灵的雪真好！

原载：2016.01.09《中国劳动保障报》

走，玩雪去

院子里的雪似乎比院外的厚些，脚陷下去，总感觉有细雪钻进鞋子里，被温暖的袜子化掉，留下细丝丝的凉。

我尽量小心地轻轻地把脚放进雪里，一步一步地为自己选出一条路，一条通往院外的路。

铁锨和扫帚就斜倚在院门后面的墙角里，握上锨，用锨清出一条路来，让家人和邻居走是我这个早上必须要做的事。

我顾不上倒掉刚刚才灌进鞋里的雪，只管拿起铁锨把厚厚的雪一铲一铲地分到两边去，中间留一条窄窄的过道。那时候，我总有一种感觉，皑皑白雪的世界里，我极像一个拓荒者，虽然嘴里呼着热气，额头上沁着汗，但浑身热乎乎的，满满都是兴奋，看着自己犁出的路慢慢延伸开来，和别家清出的路连在了一起，心里多了期待和美好！

连贵和全福家也连上了，大家显得异常兴奋，全然不顾冰天雪地的寒，只顾手牵手在雪地上蹦跳着，这是我们自己的庆祝方式。童年的世界里，有雪真好！

燕林和狗娃也来了，他们手里都挂着一米多长的竹竿，裤腿和鞋上缠着稻草绳子，大胆地在厚厚的雪里走着。

他们的举动，让我们都睁大好奇的眼睛。燕林说，发什么愣啊？赶紧到草垛边打粗稻草绳把鞋和裤腿缠上，我们玩雪去！

也真是，鞋和裤腿用稻草缠上后，一点也不怕雪了，跑起来又带劲又跟脚。燕林让我们每人都找了根竹棍挂上。

村子前边是一大块麦地，我们几个先在田埂上并排堆起好几个雪人。燕林把麦地里稻草人的帽子摘下来，戴在雪人的头上，用泥巴团做了雪人的眼睛，连贵到各家各户的门幌子上揭几块掉了色的红纸做雪人的嘴巴。待雪人们一个个逼真地咧着大嘴冲我微笑时，我们开始分班，准备打雪仗了。

"战争"一触即发，双方列阵完毕，指挥官一声令下，雪球如炮弹般密集地向对方飞去，一时间，天昏地暗，碎雪四溅，激战不止。一个个雪团划着美丽的弧，砸在衣服上、脸颊上、帽子上，之后粉身碎骨，落进脖子里，化成水流进衣服里。

没有人在意雪化在身上，只管拼命地向对方扔雪团，直到把对方打跑了，留下的便取胜了。往往，取胜方要让败下阵去的一方在雪地上印雪人，正面的、背面的都有，好玩极了。

不过，让我们最开心的要数抓兔子了。沿着雪野，我们几个人并排向前走，一边走，一边用手里的竹棍捣着。这时候，冷不丁的，一只兔子会从雪地里蹦出来，一窜一窜地在雪地里奔跑，步履很艰难。

我们一边吆喝，一边奋力追着，兔子连惊带怕，不知道怎么跑了，雪地上留下它胡乱的身影。一会儿的工夫，兔子就累得跑不动了，它完全失去了活力，静静地卧在那儿，等待我们活捉它。

当然，它们会变成一顿美食，在那场雪里。

原载：2016.01.09《黑河日报》

草帽下的雨季

那天，雨下得急，父亲只顶了个草帽，便匆匆地冒着雨在田野里奔忙。他拿着铁锹，浑身湿透了也不顾，自顾把前几天挖开的田口子用土掩上，接了雨，好栽秧。雨水顺着腿流到鞋里，黏糊糊的，父亲索性脱了鞋，赤着脚把田沟打好。

母亲说："下这么大雨，闪是闪，雷是雷的，你不要命了！"父亲憨憨地笑着，摘下帽子，脱去湿漉漉的衣服。

雨一连就是几天，庄户人家的雨具无外乎就是蓑衣、斗笠。蓑衣是父亲自己用茅草编的，斗笠是在街上买的。那时间，茅草缺，大户人家只有两三件，小户的，也只有一件，大都买不起斗笠，要是等着出去干活，顶了顶草帽，披上蓑衣就出去了。

草帽也是自己用麦草编的辫子做的，既可以遮太阳，又可以挡雨。可草帽浸了雨，贼重，压在头上沉沉的，还顺着脖子浸水。一般情况下，只要草帽淋透了，就索性去掉，光着头淋。

大人们披着蓑衣干活，雨再大也不怕，而我们这些孩子心里却痒得难受，外面水连天，水连地的，会有很多鱼游到田野里，好想出去捉鱼，可没有雨具，走不出去。憋急了，拿一顶大人的草帽往头上一戴，叫上几个小伙伴便一跳一滑地向田野奔去。

池塘都满了，顺着塘埂向野外漫水，鱼顺着水溜出池塘，快乐地在田沟地游着，听见我们的脚步，成群的鱼调过头狂奔，溅起的水花开在我们心里，我们满心欢喜，两个人在两头把着，其他人下到水里摸鱼，鱼没有哪儿跑的，只好乖乖就擒，气得鱼直翻白眼。

我一直认为我们是一群不羁的孩子，发黄的草帽只属于大人，属于太阳，我们的草帽只是外出做的样子，是做给大人看的，出了门就扔在明显的地方，回来时再假装戴上。其间，可以任由雨畅快地淋，只管挽起裤管，光着小脚丫在水里和鱼赛跑。

那时间，草帽下的雨季是有范围的，河边一直是大人给我们划定的雷池，河里涨了水，浑浊的河水沿着河槽满满地拥挤着，大大的漩涡转着圈，一个接一个地涌来，下面好像有条龙正在吸水。大人们守候在岸边，等待蹿起的大鱼落在岸上。他们都会有好的收获，大雨天，老天会馈赠很多，大人们能享受，我们只能远远地看着，而后，分享大人的喜悦。

更多的时候，大人们都会在田里忙碌，插秧的季节，大人们弯着腰把秧苗一撮撮安插到田地里，让绿色一点点分开，心连上土地，准备生长，草帽下的那一小片晴朗的心情也是一片绿意。

现在想起来，人其实是很奇怪的，只有草帽的时代，雨下得越大，人越往外面跑，薄薄的草帽既挡不了风，也挡不住雨。而今，条件变了，雨具多了，草帽、斗笠、蓑衣都褪尽繁华，成了旧墙上的摆设，成了回忆，而人们却躲在了屋里，即使是小雨也一样。

我越来越喜欢儿时的雨季，喜欢大人们冒雨劳作的身影，喜欢光着脚走在田埂上被茅草尖扎到的那一声惊讶，喜欢草帽，喜欢雨，喜欢一大片汪汪的雨水。

草帽下的雨季一直下着，淋湿了我的梦。

原载：2015.03.31《宜兴日报》

庭深草木香

记忆永远是一条小河，清亮的河湾里，总有一片自己的领地，美好着。

躺在发黄的竹椅上，耳边回荡着父亲喋喋不休的教诲，看他端着镶满茶垢的洋瓷缸呷茶，口里吐着长长的烟圈，已无心看书，心早被拍打着阳光的蝴蝶带走，越过院墙，越过开满鲜花的果树，落在绿草之上，那里，小伙伴们玩得正欢。

多年以后，带着孩子，陪老父在院子里聊天，或者在廊檐下听雨，看肆虐的秋风吹落树叶，让那些曾经傲然挺立的枣树、洋槐、柿子、棠棣畅然地脱下枯叶，打着旋儿，枯蝶般飞走了，我和父亲都愣着神，这破落的院子，风中的每一样味道，都透着乡村的滋味，却又是旧的场景，夹着泥土的清新和草木的气息，还有老父亲熟悉的咳嗽声……

有句话叫人老黄花瘦，现在回想起来也真是，偌大的院子，没有了激情和活力，两位老人固守着它，也不孤寂，是因为有了这些树，这些挂果的树，还有青绿的香菜，水灵的萝卜，细弱的香葱。再旧的家，只消于泥土里生出几朵各色杂花，院子就立马生动起来，难怪老人总是唠叨，永远的乡下只消眼睛里惹上这些颜色，心上一定会生出许多愉悦来，带着泥土般亲切的感觉，为这些花，为这些抵达乡村的香味，在心底，流淌着阳光一般暖意，还有亲情里那最弱的一份感动。

我时常会忆起旧院落里这样的生活，可以回味许多童年的记忆，又会回忆出一些旧的光彩，尽管随意地想，旧时光里会闪现出那些鸟鸣和花香，当然，会有阳光，它们都纷繁起来，就要从记忆里飞出来，我不爱这样的光鲜味，却喜欢阴雨天盛开的伞花，碰上一朵，就欢喜一下，山里青涩的女孩，腰肢上弥漫着淡淡的清香，着实让人陶醉，这是清纯的弥香，会和小村一起遁入云雾。

很多时候，当我迷恋乡下的花草树木之时，我清楚，我热爱它们，所有的瓜果李桃、野花野草，都是清新的，我会原谅院子里鸡鸭鹅，收容蛙鸣和虫琴，也会热恋院子周围的土著们，欣赏许多的花开，还有绿叶间的采花者，振动翅膀打乱了每一朵花的开放，为这个破旧的院落平添了灵气，陡增了诗意。

我一直不明白远在乡下的父母如何会珍爱这些万千花草，本是农人，钟爱的应该是田里的庄稼和园子里的蔬菜瓜果，而他们却养得花心，让万千芬芳出奇地娇艳，把整个院落浸在花的芳香和绿树的浓荫里。

院子虽旧却是悠远的，成了花草和树木的点缀。棠棣树，经过嫁接竟然一棵结出几种果子，这是父亲的朋友哑叔的得意之作，父亲喜爱它，我们都喜欢，曾一度成为小村的风景。

在众多的花木之中，我尤喜欢墙外的黄月季，父亲最喜欢的花，也是我的最爱，当然是与它恍若人世的命运有关，这百花之中的多变仙子，用生命的不同季节诠释了人生的沉浮，好玩得很。这种花，初时叫作黄色玫瑰，慢慢地，随着花瓣的展开，便露出了月季的真身，久之，又褪去本色，耀眼的黄隐入天地，变成了纯洁的白，我的诧异不在于花的蜕变，而在于父亲，一个乡下种田的老头，竟然和伟大的作家马尔克斯有同样的最爱，原来，花的世界里，审美是不分身份的。

乡村的老院落是褪尽浮华的智者，总会有一簇簇月季花赶趟地开着，这些玫瑰花的始祖，用绸缎般的花瓣呈献默然的妖红，月季热闹地开着，也不招摇，平常得如檐下的草，却不忘把花香荡尽，空留一方月色，足以缤纷、繁耀，光色流动。

瘦竹也开始蔓延，这个沉寂在老院落的方士，根连着根，一棵挨着一棵，一大簇、一大簇地拥到一起，每一棵都拼命地拔节往上蹿，一低头就碰到了另一棵，就是这一棵棵瘦小的竹直起腰身，连成了竹园。竹花细而碎，没有香味，也不鲜艳，但它是花，我时常把它想成是熬过药的药渣，每一串金黄的花都是乡下最古老的民谣，都是瘦竹的配饰，在不同的季节里交替，一串花退去，一串花醒来，把竹的气节从一节的内心传递到另一节的内心，让瘦竹有了历经风雨的风骨，这点，极像我们家的老屋。

勋章菊，一枚极像勋章的花，每一朵花瓣都极其对称，花蕊颜色深浓，颜色逐渐向外缘淡化，层次感极强，母亲叫它勋章花，抑或野花、阳光花，既然这么喜欢阳光，不怕日头的毒，又何必管它是野花还是家花，即使是家花，又怎能和它相比，这世界上的很多东西几乎都是这样，越是用心栽的东西，越调皮，反倒是这些野花，自生自灭的，旺盛得不得了，况且，它的头顶上，还举着一枚枚勋章，能不喜欢吗？

白晶菊就不用提了，开起花来密密匝匝的，我有些惊喜，仔细想想，有点愧对它们，谁也不去管它们，自顾年复一年，不停地生长，不停地开，相互拥挤着，形成自己的风景，一片一片的，瘦瘦的身影隐在丛中，只见花，不见株，好在花连起来是一个整体，显不出一朵花的单薄，我曾在城里的花店里瞅见过它们的身影，当时我还想，家里院墙外随处可见的野菊花也可以当插花卖钱，只知道是中药，不曾想竟被花店当作鲜花出售，城里人真的缺少花，需要到乡下看看，看了就不会买了。

乡下的阳光是最明媚的，旧院落在日头的照耀下逐渐苍老，如父亲、母亲般亲切，院墙外是菜园，丝瓜和梅豆一架一架地爬满枝头，地里常年有吃不完的时蔬，母亲总不忘在田边地头种上葵花，一排一排地列着队，金色的盘子，和太阳一起行走，昂着灿烂的脸，我知道，它们是父母的队伍，一排整齐的阳光扎下根，长出秆，开出花，结满籽，阳光的味道，好闻。

胖婆娘草开着细白的粉嫩，一蔸一蔸地挤在墙根下的阴凉处，暗自欢喜地蓬勃着，旺盛着，蝴蝶一样草花，天气越热，它们的模样越妩媚，越动情，粉嘟嘟地，素面朝天，阳光静好，朴素的心点亮了土墙下的尘世。

"夕阳无限好，只是近黄昏。"这句诗既可以形容我们家的旧院落，也可形容我年事已高的父母。在父亲躺着的发红的竹子靠背椅旁，我端来一把旧藤椅，靠坐在他旁边，看他掩卷睡去，花白的胡须和头发成了我心中的老人花，阳光温暖着庭院，温暖着鸟声，温暖着草木香和茶桌上清新的茶，绿色在茶杯里化成水。

我已无心翻看书本上的文字，呆呆地看着庭院里的一草一木、一砖一瓦，父亲经营一生的老院落草木如新，找不到一丝旧时光。夕阳的余晖里，起身蹀步，脚下的阳光贴着碎石板从一块跳到另一块上，给散落乡下的老院子涂上了金色，在四季的绿色中闪烁着光芒。

原载：2014.09.06《黄河报》

白墙灰瓦的村庄

热闹的时候，曾经是乡下最淡的写意，薄暮里，隐在红花绿叶间。

小时候问路，白墙灰瓦是村庄的名片，村庄之间，五间房、八间房就是区别，然后再问人，好找。我一直惊异于先人们炫耀祖屋的智慧，竟巧妙到用几间大屋取代了村庄的名称，十里八乡，只要提到几间房便知道那个村庄的大户是谁。

我外祖父曾经拥有一个村子的徽派建筑，好大好气派，母亲也多次带我们去看，去寻找她流逝的童年和梦想。那个时候，我的心里也是自豪的，佩服外祖父祖上的荣光和显耀，也因此理解了外祖父那一手隽永俊逸的墨宝和书香。那么多房屋，春联要写多少啊！

白墙灰瓦、飞檐雕梁。莲花图案的瓦当，青灰色的屋山挑尖，形状有鱼、有龙、有凤，都蕴含着深深的寓意。墙体多是土做的，根脚多为山石和青砖，春夏秋冬，耐得住风雨。窗户也是木制的，大多是木格子窗棂，偶尔也会有雕花的木窗，带着关门，可以彻底打开，让阳光畅然地照进来，伴着花香，吉祥着、温暖着一家人的心。

日出而作、日落而息。乡亲们就是在这样的民居里进进出出，在农耕的艰辛里也不忘在门前屋后栽上树木，植上青竹，也不忘挖几座池塘，养上鱼，种上藕。春天鸟啼声声，夏天绿荫似锦，秋天果树满枝，冬天银装素裹。每个季节都变换着不同的韵致，每一天都轮回着不一样的幸福。

鸡、鸭、鹅、牛、羊、猪、狗都是村子的主角，这些白墙灰瓦的标点，标注着村庄的演化和传承，为村子带来生机。更多的时候，可以赤着脚到门前的池塘里洗洗澡、捶捶衣，也可以在树荫下乘乘凉、拍拍古迹，捉捉迷藏、追追蝴蝶，而后捉几只萤火虫，照亮回家的路。

农事是辛苦的，也是幸福的。弯着腰插几亩秧苗，割几亩麦子，弯镰收割了季节，

也收割了月色。累了、困了，白墙灰瓦的房子就是最舒适的家。可以听听戏，可以串串门，梦里，说书人的千军万马在奔腾，丰收的喜悦在流淌……

曾经，白墙灰瓦的村庄是充满诱惑的，纯美的野菜、香甜的瓜果、新鲜的时蔬、丰腴的菱角、浑圆的豆粒、白胖的莲藕都在不同的时光里走进农家，自给自足，让白墙灰瓦的村庄更加殷实，有了自信，有了欣喜。

一直喜欢白墙灰瓦的格调，日子再清苦，骨子里也是丰满的、骄傲的，心里充满希望的，不会被生活和农事磨蚀干净，精神世界的多彩填充着村子里每个人的欲望，在平淡中过着悠然的生活，犹如池塘里的倒影，白墙灰瓦成了每天最新的相片，让小村有了诗意。

我是十分佩服先人们的智慧和洒脱的，固然生活在偏远的乡下，干着土里刨食的农活，也不忘为后代打造一片可人的精神领地，让梦飞得更高，而后，坚定地固守着，创造着。

这里乡风淳朴，与人和善，邻里之间互敬互爱，谁家有困难，都会出来帮忙，哪家有了好吃的，都能吃到新鲜的。村子里的每一堵墙，每一片青瓦都是乡亲们帮忙建的，屋子里都有他们的体温和气息。多少年来，白墙灰瓦的村庄和乡亲们相生相依，自给自足，平静而安逸。

而今，一切变了，年轻人们已不再满足于父辈们的农耕生活，他们向往城市，向往发达，白墙灰瓦的村庄和老人们一起隐入历史深处，慢慢成为记忆和历史，永远地留守在乡下……

原载：2014.05.23《中国建设报》

草木乡下

露珠儿是草木的钻石，总喜欢在野草尖，树叶上玲珑剔透地昭示着，那一份晶莹的心属于早晨，属于乡下。

故乡的村子总是隐在绿树间，有斑驳的老墙，有发黑的茅草，有白墙黑瓦，有土坯瓦舍，几代人的梦想都在这里浓缩，每一栋房屋都成了一个时代的名片，注释着乡下的风情。河流怀着乡下的柔肠，有情有义。小径是乡下的情思，多愁善感。风里雨里，草木味的乡下是美的。

春天，万物复苏，百花盛开，乡下的每一个早晨都如树梢新发的芽苞，地上刚出的草尖，嫩嫩的、绿绿的，淡淡的鹅黄点缀出小村的新意，这时候，可以忙春耕，耕田耙地，下秧施肥。小麦开始返青，野草也挤着疯长，陪大人拿着锄在麦地里锄草时，分不清麦子和野草，小草长得太狡猾，不仔细辨认，总会有麦苗冤枉地死掉。百花盛开的时候，满树粉红，成片的洁白，屋里屋外，到处弥漫着清香。偶尔会有调皮的那枝，会把成簇的花朵托到你的窗前，足不出户，已是满屋花香。野外，那些知名的，不知名的野花也热闹起来，一簇簇，一棵棵灿然地怒放着，散落在田间地头。草软软地铺在脚下，旺盛的生命织就了厚厚的绿毯，有野菜、有野花，入味的、入药的，乡下人分得清。牛羊都有了好去处，它们啃下一段岁月，一片绿意，夜晚的时候，慢慢咀嚼。

开秧门是乡村的仪式，鞭炮的落红似落花流水，该落下的落下，该流走的流走。那一声炸响让农忙惊慌地跑出来，乡亲们的腰弯成一张弓忙着栽秧，银镰飞舞成弯月收割麦子，日夜变得模糊，挥洒的是汗水，收获的是喜悦，如火的阳光下，能拥有一片树林，拥有一片绿荫，哪怕能在厚厚草甸上躺一会儿，尽情地享受劳累之后的那一会儿安然。有了风，有了雨，草木开始肥实，酷暑难耐，乡下开始穿行于树木间，村庄静谧，更有攀登的草长在瓦片之间，招摇着三伏天薄薄的蝉鸣，岁月如钩，蓬勃的野草挥着衣袖，和庄稼一起舞蹈，热浪流经乡下，追忆滚圆的与西瓜中那颗红心，日子甜美看，与草木为伴，尽享乡村的韵致。

大雁飞，秋草黄，树叶翩然。一切都成熟了，乡下的院子里香了苹果，熟了鸭梨，甜了枣儿，成串的梅豆，碧绿的丝果都踩着草儿的肩膀，在季节深处丰硕而去。叶落树林瘦，那一袭秋风，一片白霜，让枝间的柿子红如灯笼，照亮秋草老去的人生，落叶从高处跌落，砸在老得结籽的野草身上，软软的，彼此相惜，互相安慰，默默等待来年的又一次苏醒。也可以用镰刀砍了，作为生火的柴火，噼噼叭叭炸响在炉膛之后，化作炊烟，直起腰走向远方。也可以一把火点了，变成一片灰烬，细致的心充满温暖。

雪花是冬天的精灵，漫天起舞时，枯草已枕雪而睡，只有村边的树扭动着枝杈在寒风中呼啸，池塘里都结了冰，屋檐下挂满了冰凌，太冷了，乡下的草木之人围坐在火炉边，燃一两个树根，添几个树枝，碧绿的火苗驱赶着寒冷，通红的火星照耀着一张张沧桑的脸，伸出手烤着，暖暖的草木热了老屋，泪水从屋顶的茅草上悄然滴落，酸了小村的心。

野草纷繁，养育了乡下的牛羊。树木厚实，馈赠了大自然的甜美。春夏秋冬，草木乡下在变换中调和着农家滋味，遥远的乡下，草木还在生长。

原载：2014.06.06《绥化日报》

六月麦香

　　真不敢在这样的季节里回眸，六月变着戏法似的，繁花落尽，空留满树绿色。田地由轻佻变得稳重，俏丽的绿色让麦田慢慢脱去碧艳，披上了一身金黄，闪光的麦芒下，饱满的麦粒散发着淡淡醇香，丰收的味道，好闻。

　　田野里，六月的阳光是翘着脚从田野走过的，犹如那些风，总是轻手轻脚地沿着麦田沟掠过，生怕惊扰了麦子安静的心，让它们在梦里完成华丽的转身。

　　最先闻到麦香的是赶潮的麦客们，他们习惯于麦子由青变黄，听得见麦子拔节的声音，灌浆的声音，看得见麦子由南向北步入成熟的身影，懂得如何驾着收割机，循着麦子的香味，把机械开进六月深处，让金黄的麦粒书写丰收和喜悦。

　　六月麦香是泥土的味道，是槐花加春雨的味道，是油菜加露珠的味道，是青草加野花的味道，是农谚加民谣的味道，城里人闻不见，而在泥土里长大的孩子闻得见，那种清香需要是祖辈土里刨金的人，在庄稼地里摸爬滚打的人才可感知，信息是靠六月的阳光和风传递的，带着浓浓的乡土情结，伴着麦粒细脆的炸响。

　　田埂和小径是麦子的飘带，麦粒饱满时，布谷鸟的叫声沿着小河清澈地流着，清凉的水声携着六月的热情，问候小村和农居，村口的老槐树灿然地欣赏着大麦的舞蹈，那份依恋和感怀不比身后的庄稼地，都在举着麦穗，都在等待最后的归仓。

　　六月的麦香是操着浓重地方口音的，还夹杂着方言，外地人听不懂也看不明白，而那些咚咚响的机械，心是相通的，能读懂麦子的心。方言与方言对峙，麦香是最好的自然风，柔得让方言化成水，一咬就破了，流下甜甜的昵语，南坡北坡地走。

　　老少都在盼望新麦子快点成熟，都习惯了这些自然的味道，更喜欢穿行麦地之间，与麦子亲密地碰触，即便鞋子和衣服上沾满了泥土和野草籽，都不会在乎，麦子一个劲地点头，赞许乡下浓重的人情味和沉甸甸的渴望。

六月的麦香是带有诱惑力的，让村子成了不是节日的节日，学生们放了假，准备到刚收过的麦地里拾麦穗，新鲜的麦根是他们惧怕的借口，天气再热，也挡不住大人的呵斥。四面八方的游子更是如约而至，更像是一场赴会，在流香的田地间谈论外面的世界。

六月麦香，不该回来的，应该回来的，都随着麦子一起回家。

原载：2014.05.28《人民代表报》

草木有本心

　　乡村再远也远不过花香，田野再大也大不过草木，门前的野草，院外的树木依靠着自己的秉性活出了精彩，把一生的自然和朴素以及繁华散尽，空落了人情世故，让小村有了灵性。

　　人世间的事总是在平淡中逝去，犹如这些草木，自生自灭，多了些愁绪。细细地品味，天地之间，万物生灵，都长着一颗玲珑心，清纯自然，充满奇特。

　　没有草木是无用的，没有草木是卑鄙的，它们安静地生活，平静得如池塘里的水，也从不参与人世间的纷争，唯一争的，是拼命地吮吸阳光雨露，把自己长成大树，让自己更加花繁叶茂。哪怕是战争，是火场，即使被烧灼，也默默忍受，在又一个春天里依然会根深叶茂，融入奔跑的绿色里。

　　人是最奇怪的，有了思想，还要思考很多，总要把桃花、梨花、荷花等透着香气的植物找出一个仙子来，赋予它灵魂，让它们在优美的传说中步入人们的生活。说它冰清玉洁也好，袅袅婷婷也好，出水芙蓉也好，都是人类的比喻，夸与不夸，都起不到作用，而它们，依然随着季节吐芽、展叶、开花、结果、枯败、落叶，按照自己的心态去生长，那份琴心是深埋地下的，隐在季节的转换上的，你别不信。

　　我敢说，小麦和水稻此前都是自由生长的野草，心和大地是连在一起的，然而，当人们摸清了它们的习性，便开始不间断地对它们异化，让它们按照人的安排，禁锢在岁月深处，让种就种，让收割就收割，草木之心一旦和人心连在一起，那份自由就永远没有归宿，草也一样。

　　野外的草木真是很幸运的，可以自在地在道路上、水渠边、河岸上、田沟里、屋角旁生长，可以与树比高，可以与庄稼比美，可以沿着小径生长，可以夹在砖头缝里招展。无论草木，都是野生的，都可尽享春之雨、夏之露、秋之黄、冬之寒，

只要有土地，哪怕是一丁点土，就可以把根扎进去，长出绿叶，开出鲜花，心底的香味自然天成。

一直感叹于草木之心，有狂妄的尊大，有缠绵的纤弱，有卑微的细小，有多彩的娇艳，有蓬勃的旺盛，它们大大小小地分布，错落有致地展示，每一叶绿，每一朵红都在装点世界，让世界精彩，让生命永恒。

它们都默默生长，在季节里转换自己的身世，心思所致，可以入药，可以为茶，可以果腹，可以观赏，可以燃火，泱泱世界里，看着似乎没有作用，实则为人类所必须，人们吃的、喝的、用的都少不了草木之心的恩泽。

脚步所至，每一棵小草，每一朵野花都会笑脸相迎，而不会躲闪，等待一场践踏，心里虽苦，却也没有反抗，平静地接受了。心里依然怀念着春天的妖娆，纵然落花成泥也满身香气，叶落花陨素面朝天，可贵之处在于葬身为了新生，这点，人类做不到。

古人云："草木有本心，何求美人折。"的确，草木有本色，万物皆无欲，朗朗乾坤之下，草木之心一直优美如画。

草木有本心，这话不假。

原载：2014.06.09《企业党建报》

父亲的秧苗

一大早，父亲就扛着铁锨到田里去了，他是去看刚撒进水里的稻芽，生怕水深了会淹死，天冷了会冻死，还怕牲口和麻雀祸害。

大嘴家的秧苗田被谁家小牛犊蹚过了，留下好几趟大大的牛蹄印，大嘴娘站在村口大骂着，也没有人搭腔。每家每户都有秧苗，都担心小牛犊，没人理会大嘴娘骂街，都急着去看自家的田去了。

九爷颤巍巍地走到大嘴娘面前，对大嘴娘说，骂谁呢？也不先问问，乡里乡亲的，大清早像号丧似的。大嘴娘看了看九爷，觉得九爷说在理上，立即停止了骂街，兀自回家去了。

九爷摇摇头，挂着拐杖到有牛犊的几家侦查去了，他辈分大，说话公道，村里人都服。

种过田的人都知道，下秧是最关键的技术活，天冷了，稻芽不出，天热了，稻芽烧根，即使撒到田里，更要关注水和天气。

一开始，我总是分不清田和地的区别，九爷告诉我，凡是能栽秧的土地都叫田，凡是种芝麻、大豆、红麻等旱庄稼的土地都叫地。猛然间，我似乎什么都明白了。

父亲种庄稼在村子里是把好手，他的手艺都是九爷教的，全村子的庄稼汉都是九爷的徒弟。啥时令种啥庄稼，九爷都倒背如流，全村子几百亩土地，哪块土地适合种啥，他都清清楚楚。

过了清明，父亲会把头年留的稻种搬出来，倒在院子里晒。两三个日头之后，父亲会把稻种用筛子筛一遍，拣去里面的沙子、石头和野草籽，之后，放到水里泡。如果天气晴好，父亲就把稻种装进蛇皮袋，直接放到池塘里浸泡；如果天气不好，父亲就把稻种倒进盛满水的大缸里。泡过两三天后，捞出来，堆在堂屋里等着发芽。

　　记忆里，这时候是父亲最上心的时候，天气暖和的时候，父亲要撤去上面盖着的稻草，用手扒开散发着热气的稻芽。天气寒冷时，父亲除了在上面盖上稻草之外，还要另外盖上一床被子，侍弄它们比照顾孩子还要细致。每天夜晚都要起来几次，用手摸摸稻芽的温度。父亲说，芽稻芽可不是闹着玩的，要是不小心烧了根，浪费了稻种不说，关键是错过了下秧的好时机，春稻早一天和晚一天差别大着呢！

　　当稻芽长到米一般大小的时候，就要下田了。那些日子，我老是认为父亲对待庄稼比对待我们还尽心。为了几分秧苗田。父亲早早地把田整好，上好粪，让头年的大雪把里面的虫子杀死，把土地冻酥，春节过后翻一道，下秧前再翻一道，耙好，平整好。

　　父亲撒稻芽也是很小心的，轻轻地抓，细心地撒，一遍一遍，撒的匀溜，撒的合适。之后，做几个稻草人插在田埂上，帮助驱赶麻雀。父亲说，正是青黄不接的时候，麻雀没啥吃的，稻芽新鲜，家雀最喜欢吃。

　　这时候，稻芽是鹅黄的，细细的拱出稀泥。父亲夜晚要放上水，水面正好淹住稻芽，浅了，容易冻死，深了，容易捂死。早上，还要把水撤去，让太阳晒。如此几天，待稻芽冒出绿色，并长出两匹小小的细叶，就可以放上水养了。父亲说，这个时候的稻芽已经生根，可以吸收土里的营养了。看着父亲蹲在田埂上，悠闲地抽着烟，欣慰的样子，我的心也兴奋不已。

　　我至今还记得父亲守候秧苗的情景，那份专注，真的难以忘怀。即便这样，有一年天寒，稻芽还是患了稻瘟病，全村子的秧苗一棵一棵地死去了，连九爷和乡里农技站的农艺师都没有办法。最后，只好毁了重种，那年，秧苗晚出来半个月，后来，虫灾严重，减收了很多，父亲很难过，好久都是自己守着秧苗默默地抽着烟。

　　如今，父亲老了，村子里也不再像过去那样芽稻芽了。村村都有了合作社，全是温棚，全是机械化，乡亲们只管到秋后等待收稻子就行了。难怪父亲说，现在种田真省事，没有这些事干，心里空得很。

　　时常，父亲会到温棚里看看那些稻芽，他想念它们。

原载：2014.05.10《黄河报》

细雨杏花白

　　雨是夜晚下的，滴滴答答地在梦里轻走，早上开门时，想不到一夜的雨竟浇开了满树杏花，一树一树的洁白，煞是好看。

　　这时候，拿着刀到后园砍一棵长长的青竹，找一根大针，用老虎钳弯成鱼钩，用一条线一穿，系在竹梢之上，把麸皮用水和好，团成团扔到杏花树下的池塘里，而后，端坐在树下，静静地等待鱼儿上钩。

　　雨后的杏花清香怡人，淡淡的水雾泛在平静的池塘里，水蜘蛛迈开细长的腿在水面上奔跑，不小心被贪吃的白条鱼张开嘴吞进肚里，留下一圈圈细小的涟漪和几个小小的水泡。斑鸠在杏花隐着的叶间低喃，小麻雀叽叽喳喳地在桠间闹着，似乎连叫声都带着幽香。

　　我最喜欢在这样的花境里垂钓，可总有那些淘气的鸟儿会不小心把啄掉的花片从嘴间滑落，洁白的花片翻飞着跌在水面上，引来一群小鱼闻着花香嬉戏。接着又是一片，不停地落，仅仅一早上，水面上漂满了带露的花片。

　　鱼儿开始上钩了，我一条条的把鱼拉出水面，偶尔也会把鱼钩甩到杏花丛中，拽下好几朵带蕊的花朵，我想，此时的鱼钩是带着花香的，鱼儿肯定爱吃。有时候，使得劲太猛，鱼钩和线都会被缠到花枝上，任凭我怎么拽都拽不掉，没办法，我只好爬到树上，折断树枝，在地上把线解开，才能接着钓。

　　邻家小妹也是爱花的，她个子小，也不敢爬树，就搬来椅子拣最矮的树枝掐，往往这时候我是最乐意帮忙的，我哧溜哧溜地爬到树上，把开得最密，开得最旺的枝条折下来，交给她。看着她把花枝插在玻璃瓶里，摆在窗台上，陶醉的样子让人心醉。肯定的，她家的屋里一定会清香余余。

　　老人们把牛牵到池塘边，牛把头伸进漂着花片的水里，咕咚咕咚地喝着，那份

满足也只有上了年纪的老人们才读得懂。花香的早晨，一切都是那么甜美。

回去吃早饭的时候，我才发现全村子的杏树真多，家家户户都有，有的，把开满杏花的枝条都举到二楼的窗台上了，不用提，这家主人打开窗户准会迎来扑鼻的清香。也有的，长长短短的杏花枝蔓出了柴门、土墙，花香在院外芬芳着。

雨再次落下来的时候，我们正在二楼上课，课间休息时，我们发现村里的杏花仿佛被水刚刚洗过似的，白得无瑕，白得照人，那条被杏花铺就的出村道路上，细水不仅浇开了杏花，还浇开了大朵大朵的七彩伞花。

原载：2015.05.13《大河报》

野　山　杏

　　燕林从树上掉下来的那一瞬间，我和连桂都蒙了，眼睁睁地看着他从断了的树枝上飘下来，树叶一样飘下来，重重地落在脚下的枯叶上，溅起一股细细的灰，像水浪一样漫出来。

　　燕林显然也吓了一跳，想不到地上厚厚的枯叶那么松软，他竟没感觉到疼。落地的一刹那，他并没有忘记把握有杏子的手高高举起，生怕刚摘的野山杏摔烂，不能吃了。

　　燕林吃吃地笑，他一骨碌爬起来，把喷香的野山杏举到我的鼻子前，我好久才回过神来，伸手拿了一个，在衣服上蹭了蹭，放进嘴里。立马，一股酸甜酸倒了牙根，甜到了心里。

　　其实，野山杏是连桂发现的，他家的牛跑到这里，他找到牛时，牛正在吃野山杏树下的树叶。连桂不知道野山杏好吃不好吃，就站在牛身上拣熟的摘下几颗一尝，酸酸甜甜的味道一下子就征服了他，他那个高兴劲比找到一头牛还兴奋。

　　我们是在放学时连桂告诉的，燕林一听，眼睛都绿了，他一见到野山杏，书包都没去，呼哧呼哧地就上去了，只顾摘果子了，也不看着脚下，枯枝咔嚓一声断了，燕林呼啦就摔了下来。

　　燕林在地上躺了一会儿，好像是在吓我们，我们都不吭声，他跳起来的时候，我们眼睛都亮了一下，说实在话，姿势太完美了，吃着野山杏，那份酸酸甜甜比燕林待哭不得瘪嘴强多了。连桂和全福嘴里吃着，心里却偷偷地乐，他们依然还沉浸在那惊险的一幕之中……

　　全福和燕林都是爬树的高手，他俩在树上摘，我和连桂在树下捡，凡是熟透的我们立马吃掉，嘴都吃麻了，也尝不到酸，直到几个书包都装满了，我们才悻悻离去。

　　燕林爸会做山杏酒，他一见到山杏就异常兴奋地毫不客气地把山杏全倒进木盆里准备用水洗，还哄我们说，等山杏酒酿出来，每家都给一些，可直到过年的鞭炮炸响的那一刻，谁都没尝过山杏酒是啥滋味。

　　当我们摘来的野山杏多起来的时候，连桂提议说拿到城里去卖。星期天，我们四个人早早起床，每人挎一大筐野山杏到城里卖。连桂最大，他选准了一个人多的地方摆出野山杏，就吩咐我们分开卖，不要挤到一块。

　　我找了好大一会儿，才在一个学校门前找到一个位置，摊子是木头做的，好像是个卖水果的摊位，因为是星期天，进出的人不多，也少有人问，我正在着急，一位老者颤巍巍地走了过来，也没问价，从筐里拿了一个，顺手在衣服上擦了擦，放进嘴里。

　　嗯！是这个味道，看样子很懂山杏。他问我野山杏是在哪摘的，我当然不会告诉他实话，随便说了个地方便敷衍了过去。老者也不细问，索性把我的野山杏全买了去。后来，我才知道，这老者竟是我们县的老县长，他就是我们那里的人，对家乡的野山杏情有独钟。

　　我找到连桂的时候，他才卖一半，行人来来往往，他一个人还在树荫下吆喝。见我卖完了，他把称往我怀里一放，让我替他守着，他去下厕所。本来我也要去的，可他却占了先，城里不比乡下，不是在哪里都可以撒尿的，况且，还有那么多行人。

　　傍晚的时候，大伙都卖完了，准备收摊回家，这时，那位老者领着一个眼镜找到我们，要我们带他到采摘野山杏的地方，我们几个你看看我，我看看你，谁也不愿意。老者无法，只好让我们走了。

　　星期天，当我们再去采摘野山杏的时候，我们发现，老者正坐在树下和村支书说着什么。我们撒腿就跑，脚下踩着老者重重的喊声。

　　不久，村里办起了野山杏加工厂，野山杏不能随便采摘了，夜晚的时候，我们依然还会偷偷地溜过去，摸黑偷采枝丫上的果子，我们才不怕，这是我们的领地，谁也休想占有它。

原载：2014.09.13《华东电力报》

这样的夏天

说实话，就四季而言，我这个人还是蛮喜欢夏天的。很多时候，可以穿薄薄的衣服，可以坐在树荫下乘凉，可以和村子里的大孩子到村边的小河里去游泳，可以溜到野外的瓜棚边偷几个还没熟透的西瓜，印象里，这样的夏天可做很多，留下了许多快乐的回忆。

直到许久，我似乎明白了许多。我在想，这样的夏天是什么样的夏天，怎么不见了少年时的不羁。树林、河流、瓜地都在，夏天依然还是夏天，可我就是不愿出门，不愿顶着那个热辣辣的日头了，一切似乎都变了，我开始依恋小屋，开始贪恋清凉。

燕林考上了县里的中学，全福报名参了军，新荣和小华到南方打工去了，洋子和冬林都被父母接走了，村子里只剩下秃子和我。

秃子喜欢蹲在树上吹口琴，是上海的那个刘代表送的那个，也没有谱子，就是凭感觉吹，就是那几首歌，老掉牙的歌，我懒得听。

秃子头上总是戴着用柳条编的绿叶帽子，光着膀子，远远看去，犹如一只大鸟，傻傻的样子，老也长不大。当然，他的身边会有几个更小的孩子，他们总是羡慕地昂着头，呆呆地看着动听的音乐从明晃晃的铁片片里飘出来，口水都流出来了，也顾不上擦。

父亲让我向大嘴学开机器，学打米、磨面、抽水。大嘴是个最懒的家伙，他从来不在机器房里待，屋里本来就热，加上机器散发的热量，人一进去，汗水就突突地涌出来。

时常，都是大嘴进去把机器摇响，挂好皮带，他就不管了，往机器里添麦子、稻子都交给了我，几个小时下来，我上下湿透，浑身白茫茫的，连鼻孔里都是白色的粉沫。而大嘴躺在柳树下，正呼呼大睡，那份惬意，着实让人心生羡慕。待我洗

49

完澡回来，我看见大嘴正一份份地为磨好的粮食过称，之后，是沾着唾沫一张张地数起了毛票。我向大嘴要一毛钱，买冰棍吃，大嘴一愣，停下正在数钞票的手，把手里的钱往屁股后面一别，狠狠地噔我一眼，不耐烦地说，去、去、去，毛蛋孩，别他妈的添乱。那架势像要和我打架，我愤愤地瞪他一眼，气呼呼地走了。

倒是秃子仗义，爽快地把没有卖完的冰棒递过来。看着秃子一脸的真诚，我的气消了，接过冰棒吃了起来，这样的夏天的那份清凉在心底漾着，多了友情和宽容。

全福回来探家的时候，大嘴的手被脱粒机轧断了，稻场上乱作一团，秃子背起大嘴就往卫生院跑，身后的灰尘溅起老高。全福的车还没走，是绿色的吉普车，赶上他们，加快油门去了卫生院，扬起的烟尘看不清车子在行驶，眼睛里都是一条长长的灰尘带，沿着路蜿蜒着。

大嘴的手最终没有保住，他孤独的单臂像没有扎根的草，有些飘忽，我们都不敢和大嘴开玩笑，大嘴的女朋友和他分手了，嫁到了城里，出嫁的鞭炮那么刺耳，也显得沓长，我们担心大嘴想不开，可大嘴却满脸微笑着在村子里游荡。

秃子学起了音乐，在省城的一家民办大学，听说老师对他不错，毕业就当了文艺兵，转业分在了县文化馆，夏天的午后，我和妻到城里卖西瓜，看见秃子和一个白干白净的娘们坐在空调房间里，我选了两个大西瓜搂进去，秃子赶紧站起身，指着那婆娘说，快、快、接着，老家的玩伴。他亲热地拉着我的手，伙计，终于盼到你了，快坐，还有多少西瓜，我给包销，等会儿，我们喝两杯。

有了秃子的帮助，西瓜卖了个好价格，拉着架子车回家的时候，大嘴正蹲在路边用他的独臂切西瓜，他在城边摆了个小摊，吃西瓜的人都是些老头和老太太，悠然的样子，让我想起了电影里地下党，想到这，我忍不住偷偷地一乐。

迎面看到全福时，他的司机变成了女的，停下车的工夫，全福告诉我燕林去了新疆，据说是去挂职的。夏天的蝉鸣依旧悠长，而小时候的玩伴却各奔东西。

这样的夏天仿佛没有什么变化，而变化的是我们的心，还有慢慢褪去的年华。

原载：2014.04.09《张掖日报》

薄　秋

秋天是牵着细雨的衣襟走来的，所到之处，叶落空山，寒枝瑟缩。

燕林扛着耙篓顺着幽幽的风到杨树林里耙树叶，身后拖着一个大大的竹篓，是用来盛叶子用的。跑在最前面的是他家的大黄狗，尾巴翘得高高的，不时地摇着。

燕林有些懒散，他已经烦透了这样的日子，每天周而复始，扔下书包就往树林跑，去晚了，好耙的树叶就会被其他小伙伴占有，而他，只能在别人耙剩的地方聚拢那些稀稀落落的枯叶，既费神，又不出活。

燕林顺着小路弯进丛林之中，他就像一个移动的长感叹号停在树下，地上的树叶已经很干净了，肯定刚被清走，还留有一堆一堆的碎叶片。他舔了舔嘴边的鼻涕，也不说话，又开始向前面寻找。

树叶落下来，树林显得稀疏一些，可以感觉到风在树林里窜来窜去，燕林极羡慕那些超然的风，都有一个自由的身，可以任意行走，而他不行，耙树叶是他的宿命，他不能让家里断顿，这年月，没柴火做饭可不行。

枯草也是好东西，哪怕是能寻见几丛松蒿都是让人兴奋的，可是地上总是光秃秃的，草早被牛羊啃光了，即使有，也会被村子里几个穿花衣服的小女孩拿着镰刀砍光了，这年月，只要能烧饭，谁家不稀罕呀？

连桂不知道从哪里冒了出来，他长长的头发被风吹得立了起来，破棉袄上的棉絮在风里一抖一抖的，腿盖包那块开了一块洞，远远就可看见膝盖上堆积的老漆，黑黑的，厚厚的，鞋底开了线，裂开了一个像鲢鱼嘴那样大的大口子，大脚趾不安分地顶破鞋子，露在外头，他今天也没找到树叶，有点像树林里游荡的风。

我说大黄狗怎么一声没叫就跑了，原来是你龟孙子在这里。燕林推了一下连桂，眼睛在四周乱扫，他看看周围有没有树叶可以耙。

连桂说，别寻了，我都转一遍了，全福他们几个早把这里扫干净了。

这每天落下的树叶也太少了，燕林看了一眼连桂，摊开双手。

那总不能空着手回去吧？家里已经没柴火煮饭了。燕林眼珠子四处踅摸。树叶落光了，光秃秃的树枝挑着夕阳，天空从丫间透出光亮，显得那么高，那么薄。突然，燕林的眼睛亮一下，不远处的枝丫上，几个黑黑的老鸹窝像几坨晒干的牛屎，嘎巴在树杈上。

燕林甩开手里的竹篓，也不理连桂，顾自向那几棵树跑去，他呼哧呼哧地爬上树，攀到黑坨坨旁，伸手把黑坨坨从枝间捅了下来。

连桂开始发了一会儿呆，很快就明白了燕林的用意，他也飞快地爬上树，学着燕林的样子把老鸹窝从树杈上捣了下来，干树枝噼里啪啦地从高空落下来，一股脑儿地砸在地上，只剩下几片黑羽毛在风中翻滚着飘向远处，时上时上的姿势，让连桂联想到会飞的神仙，他真想松开手，学着羽毛，自由自在地飞向远方，但连桂不敢松手，他知道，一旦松了手，他不是会飞的羽毛，而是被摔得粉身碎骨的老鸹窝。

老鸹似乎很在意两个小家伙的暴行，它们无奈地拼命尖叫着，有时甚至想扑上去啄他们几口，它们在空中俯冲的样子的确很吓人，差一点让燕林从树上掉下来，一时，燕林的心软了下来，这可是大鸟的家啊！总不能一口气把人家的家毁完，让人家无家可归吧！要知道，建一个窝，大鸟们要辛苦几个月，一根根地衔树枝。他看了一眼地上，树枝差不多够做几顿饭了，人要吃饭，鸟们也要有家不是？

燕林招呼连桂停手，连桂有点舍不得，燕林就骂起来，狗日的，再不下来，老子用弹弓把你打下来。连挂急忙叫饶，他领教过燕林的弹弓，知道燕林的弹弓准头。

连桂从树上下来还没站稳就埋怨起燕林，干吗不一下子捅完，留几个干吗，说不定全福他们很快就会来扫荡，这不是给他们留一口。

燕林不理他，忙着把地上的干树枝往竹篓里装，他是人，不是牲畜，人就要有人性。

秋风袭来，燕林的头发也立了起来，在这个薄薄的秋意里，他的心也和头发一起站直了。

原载：2014.12.01《信阳晚报》

大麦黄了

仿佛夏日的阳光一下子来到了乡下，没在意，田里的大麦都勾了头，褪去青春，让绿色仓皇而逃，连田沟里席地的风都焦焦的。

大麦黄了！老农们拄着锹，眯着眼端详着他们心中的麦子。

大麦黄了！孩子们也会惊讶于这突如其来的成熟。

大麦黄了，油菜也黄了。村子里开始躁动起来。屋山上生了锈的镰刀该磨了，门口的稻场该碾了，院子里的机械该修了，通往田地的道路该整了，经过一个冬天、一个春天的酝酿，庄稼成熟了，心也沉甸甸地落下了。

麦客们准备上路了，准备去远方的，等着远道而来的，都是早谋划好的。大麦的门一打开，小麦也会蜂拥而至，麦客走过的地方，会是大片大片的成熟，大片大片的丰收，闷热的天气挡不住农事的喜悦，那份热情和汗水一样流淌着，激动着小村，饱满着小村。

布谷鸟犹如一位高深的居士，隐在长满青果的叶间，果香味的叫声里催促收麦的人们，大麦黄了，新的一茬收获从挂满露珠的清晨开始，薄雾是季节的轻幔，村庄之外，金黄开始蔓延。

大麦黄了！游子开始惊叹岁月的飞逝，农耕时代的记忆只会在梦里浮现，纵然有许多不相信，但麦子依然自顾地成熟，毫不吝啬地脱去绿色外套，让饱满的麦穗在闪耀着光芒的麦芒上宣誓，每一线生机都飘着麦香，牵动着小村以田为生。

遥远的乡下，大麦诠释着庄稼的要义，一年一度啊！父母总是坚守着土地，坚守着信念，把青春和梦想根植在麦香里，直到一茬又一茬的麦子拔光了他们身上的全部营养，白发成了他们一辈子结的籽，而后陪麦子慢慢变老。这个时候，都会打电话，让外出打工的儿女循着麦香归家，收割乡情，收获欢乐。

　　大麦黄了，从泥巴窝里滚大的孩子都会抛却客居的异乡，抛却身后的绿色行囊，随着风，拥抱骄阳，拥抱丰收，还原他们农人的本领，让麦芒照亮乡下的忙碌和劳累，丰硕一家人的渴望。

　　不是吗？还没来得及丢下身上的行囊，就迫不及待地扑到大麦田的麦浪里，和年迈的父母一起，挥汗如雨，庄稼活累啊！父母的怜爱和关怀都不管了，只管咬着牙干，不分白昼，把刚刚成熟的大麦请到场上，成为麦场上的第一个主角。

　　大麦黄了，小麦也快熟了，秧苗也该下田了，庄稼都在一步步地往前走，谁知道前面还会有哪些庄稼还在苦苦地等待？

原载：2014.05.21《盐阜大众报》

公　　屋

公屋是生产队的公房，在村子前边的稻场上，有七八间，三间用来放生产队的犁耙、架车和粮食，三间用来拴牲口，一间用作仓库保管的住房。

小时候，对公屋印象最深的是里面有很多值钱的东西，生产队的抽水机、磨米机、磨面机、脱粒机，还有一辆飞鸽牌自行车都放在里面。那是生产队最值钱的家当，生产队长每天都要到里面转一圈，看看这些东西，那种美滋滋的味道，让我至今回味起来都觉得是那么甜蜜。

那时候，我们生产队很穷，全村子一百多人干什么都靠手工，打场当然是靠牛，后来村子里来了一批上海知青，带队的刘代表是一个十分热心的人，他到县里批了一批化肥条子，生产队从化肥厂无偿拉回一些化肥，当年生产队的庄稼就丰收了，生产队卖了粮食，便盖起了八间红砖瓦房作为公房。公房盖起那天，全村子都醉倒在秋日的余晖里，刘代表也乐得合不拢嘴。

有了公屋，生产队又购置了一些抽水机、脱粒机等机械，队长的儿子当上了机械员，他不用干农活，只在公屋里为生产队抽抽水，为村民磨米、磨面。

守公屋的是生产队的孤老头老谢头，他每天都要把公屋打扫一遍，还要把生产队的粮食堆成一个大圆堆，在圆堆下面平一个台阶，在上面盖上刻有"公"字的印盘，这样，除了老谢头，谁也不敢动粮食堆一下，不然，那盖有印的粮食堆就会十分明显的暴露出来，不过，那时的农民，是没有人动那个粮食堆的。

我们这群孩子最羡慕这几间公屋了，远远看去，那么漂亮，比我们住的土坯房子强多了，也不怕风雨。那时我常想，要是啥时候能住上这样的房子就好了。

公屋也是全村子最快乐的地方，生产队要在那里开会，在那里分瓜、分粮食。每年生产队都要种上几亩甜瓜和西瓜，瓜成熟的时候，生产队都要把它摘到公屋，

然后，大小搭配按每家的人数分好，等放了工，各家各户到公屋把瓜领回去。有时候，也会切很多西瓜等人们回来吃，大伙一边吃，一边闹着，那种温馨让我至今仍记忆犹新。

后来，实行了包产到户，家家户户都盖起了红砖瓦房，公屋渐渐失去了它往日的辉煌和作用，没有人维修，公屋很快便显得破烂不堪，也没有人再羡慕它。它依然孤零零地立在村子前边的稻场上，开始也有人提议卖了它。但很长一段时间，也没有人买它，它依然显得那么孤单。

记得上大二的时候，我暑假回来，猛然发现生产队的公屋只剩下一些残垣断壁，九婶告诉我，今年春上一场大火把公屋烧了，大火烧了整整几个小时，任村民怎么救，也没有救回来……

公屋，曾经给我希望的地方，只能永远地留在我的记忆里。

原载：2005.04.12《西藏日报》

苦　夏

　　这个说法谁最先提出来的，我不得而知，但我知道酷暑和严冬都不好受，两者一热一冷，让人告饶，确实难熬。

　　想起农耕时代的先民，没有电，一切皆是依靠自然，日头毒辣辣的，没有一丝风，却要为了农事把自己淹没在热浪里，那滋味，是不能忍受的。老年人都知道珍惜粮食，不像现在的年轻人，好端端的白馒头只咬了一口就可顺便扔掉，这让受过罪的人看了心疼，那是粮食啊！是越热越要锄草用汗水换来的，经历过了，还舍得扔吗？不然，怎么叫苦夏呢？

　　我一直认为苦夏是相对草根们而言的，先说住的，无外乎是破草棚，旧茅屋，七处跑气，八处漏风的，外面有多热，屋里就有多热。再说吃的，当然是粗茶淡饭，红薯、南瓜、玉米，整日里见不得荤，有时甚至还要挨饿。睡的就更简单了，竹棍用绳子一根根编在一起，用长板凳一支就是床，既透气又柔软，只是挡不住蚊子上下攻击，这样的日子够苦了，漫长的夏日自然成了苦夏。

　　当然，苦夏的意义远不能这样理解，它是用来形容夏日的酷热的，既然是酷热就离不开现实生活，帝王官宦、土豪劣绅们住在高大的殿堂里，有专人为其执扇，而老百姓却要头顶烈日在田地里劳作，背上的汗水结成盐碱，一层雪白，需要多少汗水啊！有了电改变了许多，却依然分得清，别人有电扇时，草根们却摇着蒲扇，老百姓用上了电扇，达官贵人们却用上了空调，都用上空调了，全球都变暖了。

　　著名作家冯骥才先生认为，苦夏不是无尽头的暑热的折磨，而是我们顶着毒日头默默又坚忍的苦斗的本身。前几天，气温达到了四十余度，小区成了蒸笼，有条件的，都躲进空调间，没条件的，则拼命地摇着扇子，这样的夏天能不苦吗？而最苦的是那些骑着单车收破烂的人，汗水湿透了衣衫，背上结着盐霜，还要在马路上

烘烤。正午了，马路边卖西瓜的小贩没处躲了，索性把席子摊到车底下，人躺在席子上，任凭汗水汩汩流淌，他心里有个愿望，等到日头落山，小区里的人会出来买瓜。还有菜摊上买菜的，马路上的清洁工，维修线路的工人，田地里劳作的农民，哪一个不是泡在汗水里，苦度时日？

我也彻底理解了什么是苦夏，苦到什么程度，高温下，树叶卷了，花叶蔫了，池塘干了，土地枯了，凡是有生命的，都失去了春天的光彩，个个苦不堪言，好在都有一个念想，希望有一场雨，一场瓢泼大雨，甘泉般滋润夏日的某一个傍晚，让温润搭起幸福的彩虹。

苦夏是如期而至的，原先那些可以消暑的柳荫、小河，如今都背叛了历史，树下也热浪滚滚，河水也没有了清凉，都变得狰狞不堪。连气象台也一遍又一遍地发布高温红色预警，看来，苦夏盯住地球了，怨谁呢？还不是人类自己！

其实，苦夏是味中药，去火、消炎，可季节里的苦夏却是上火、窝火的。我真羡慕江南的好时光，有密密匝匝的梅雨时节，湿淋淋的小巷里多了美好，少了闷热的苦，苦夏也失去了它的威力，温和中夹杂着一丝强硬。

我开始厌恶苦夏，厌恶它不近人情，厌恶它火一样的暴脾气，很多人也和我一样躲着它，趁它不注意，钻进屋里，开始享受另一个世界。

苦夏来时，野外施工的工人们都放假了，发了降温费，而他们却在另一个地方干起了农活，有了庄稼，再苦的夏天也是甜美的，这是梦想的力量。

有苦就有乐，对劳动者而言，苦夏不苦，因为那里是梦开始的地方。

青春是一条通往幻想的路

儿子参加了学校的成人礼，他一下子长大了，让我的心一阵慌乱，不是怕自己老了，而是担心自己会丢掉一直坚持的幻想心境，遁入到平平事务中去，没有了真实的自己。

我这个人是充满幻想的，我保持它经久不衰地对待每一件事，让我收获不小，这种青春的保鲜不是装嫩，也不是做作，而是树立积极的信心。

儿子还沉浸在步入成年的美好之中，他不再聆听我的说教，开始独立规划自己的人生，学会和我探讨问题，他眼里的世界是明媚的，充满了阳光，这一点极像我，却不知，无形中把我挤进中年，逼着我在成熟中丢掉幻想。

我不是那种安于现状的人。人到中年了，还要不停地游走四方，我深知，读万卷书已是不可能的，但行千里路还是可以的，于是就有了一些游走的笔记，那些山水便多了灵性，难怪年轻的学子们在我们的对话中不停地举手，接连发问。好在我早有准备，回答起来也不吃力，这个时候，我感觉到了年纪，一向经常喜欢向别人发问的人，而今成了回答问题的。角色变了，心却年轻着。

不过，青春是藏在心底的，安静的时候，总爱回味那些旧时光。年轻时练字用的字帖，画画用的白纸，吹过的口琴和笛子，甚至打球时旧球衣我都舍不得扔掉，它是我青春年少的见证，看见它，就感觉亲切，充满无限的遐思和幻想，仿佛就在昨天，一点也感觉不到岁月的飞逝和无情。

总会有人谈起青春的话题，总喜欢念旧地回味一下年轻的自己，有梦、有爱、有活力、有希望。即使是满头银发的老者，只要提起青年时代，脸上便焕发了青春的红晕，眼里便闪动着激动的灵光，青春是多好的东西啊！可以这样的让人铭记，因为，青春是梦开始的地方。可以幻想的太多了，科学家、军人、教师、作家、书

法家、画家、官员，可以尽情地去想。那一刻，什么都是，什么也都不是，只管想，只管做梦，只要精神愉悦就行。

家在乡下，有农活的时候，大人经常教育我们不要白日做梦，他们通常会把我手里的书扔掉，赶着我到农田里拾麦穗或到地里看西瓜，在大人眼里，青春年少时就是家里的劳力，要学会种庄稼才能养活自己。

我喜欢看西瓜的差使，什么也不用干，只要老老实实待在瓜棚里看着。别有人偷瓜就行，田野空旷，一个人安静地躺在瓜棚里，遐思如流水般奔涌着，独自静静地畅想，真好！像真的一样。偶尔，也会构思小说，并趴在凳子上一笔一画地写在方格纸上，写好了就投稿，接着是漫长的等待，直到有一天，村长举着样刊到我家讨酒喝时，我父亲才知道我的幻想是可以实现的。

我是喜欢经常和青年人谈理想的，这在当下的社会已不再是现实的做法，但还是有许多青年人愿意接受的。我时常拿我年轻时在乡下教书的老校长教育我们的事例激励年轻人。老校长是位老学究，他不仅写一手好字还博学多闻，那天，他从师范学院进修归来，看见早早放学无事可干的几位年轻教师在那里打牌，就召集大家说："今晚我请客，大家在一起谈谈理想吧！"大家开始畅想，多年以后，再回头看这些人，每个人的理想都实现了，原来青春的幻想竟这么可怕。

青春是一条通往幻想的路，这话不假。

原载：2014.06.26《今日尧都》

被雨淋湿的云

一场雨如期而至，大大的雨点被闪电狠狠地甩到地上，溅起淡淡的水雾，这些跳舞的云浑身湿透，依然挥舞着长袖，喊不回家。

道路渐渐迷蒙起来，玩性大的白云化了，随雨滴掉入河里，那一方轻纱在水里漂洗，已分不清是云还是清亮的水，让雨中的景致多了诗意，遁入烟雨迷蒙之中。

木桥显得多余，一边是巍巍青山，一边是傍水小城，斜织的雨帘罩住了一方山水，这素雅的水墨里，青山吐翠，道路泛香，绿的树，红的花，此刻都在雨里和云私语，芬芳的心在云里灵动，湿漉漉的情愫里还怕一场简单的风暴？都顾不上了，玩吧！

雨肯定是无拘无束的，也没有章法。云也是，日头当头时，云是天上的侠客，来无影，去无踪，更喜千万般变化。童心的世界里，云是小动物，是七彩斑斓的梦，大人的眼里，云是家乡的炊烟，是淡淡的乡愁，而雨里面的云，有风，有闪电，被雨淋得湿透，却有青草味，野花香，人间烟火味，你看见没？

或许，被雨淋湿的云已不敢回家。她沿着山路，顺着小河，拐进深深的小巷，停留在市中心的广场上，所有的高楼大厦，街心公园，公交站牌，红绿灯站都静候她的到来。她姗姗的身影一路奔跑，溅起一个个跳动的雨点，幻化出一朵朵水花，打湿了如水的旧时光，让流逝的岁月碎成荡然的风，寻不见了。

远远看去，青山是大地的雨披，建筑是小城的雨伞。云牵着雨丝贴着地行走，全然丢下晴朗时高傲飘仙的身段，任凭清澈的雨浇透全身，乃至身心，惬意于雨中的通透，不去追风，不去退后，也不介意一时的落魄，一味地跑啊，疯啊！满大地都是。所到之处，落地的树叶，可是她遗落的鞋子？

少了云彩，天空一片迷蒙。贪玩的云和雨滴一起行走江湖，不论是平坦的街道，蜿蜒的山路，还是弯曲的小径，碧绿的田埂，都是要去的，虽然已是湿淋淋的了，

都不管了，只要风不那么紧，一切都会美好起来，不是吗？不然，只要问问山间那个撑着油纸伞的姑娘就明白了。好一朵被雨浇开的红伞花，早已为脚下淋湿的云撑起一片晴天。

大雨滂沱，被雨淋湿的云都静下心来，她看到了在雨中急驰的汽车，雨刷器在拼命地左右摆动，好多调皮的雨都被刮下来，掉到地上。街道边的走廊里挤满了避雨的人，街道的灯亮了起来，她听得懂雨打芭蕉叶的声音，雨丝弹奏雨棚的声音，庄稼拔节的声音，这些都是美的，都是人间小快乐。此时，她们也如这些淋湿了翅膀的蝴蝶和蜻蜓，不能飞了，停留的那一刻，她领略了山川的美、江河的秀、人间的冷暖。

都沉浸在湿漉漉的幻想中，好多好多脚步被抛在身后，前方、前方有更多美的事物在等着，相信一场雨之后，她依然是天上最洁白的云。

走吧！在太阳升起的那个早上，你会看到她。

原载：2014.09.22《企业党建报》

六月丰满

五月多雨，柳絮轻飘，青虫吊立，满满的丰收在炸响。

满心欢喜啊！大麦黄了，油菜黄了，一场雨的工夫，小麦也黄了，院子里的果树枝上，梨啊、枣啊、苹果啊、柿子啊仿佛一夜间省略了抽芽、缀叶、开花的过程，稍不留神，青果拥挤在丫间，也如那些小麦，仿佛从来没扬过花、打过苞、抽过穗，几乎忘记了青青的麦芒，忘记灌浆的样子，依然那么大胆地，义无反顾地，彻头彻尾地成熟了，那个狠劲，吓人。

因此，五月的热情，无论如何也是赶不上六月的丰满的。这个时刻，我终于明白了五月是如何一场风一场雨地追着炎炎夏日把青涩扔进六月的了。

首先丰满的是河。黄河弯过九百九十九道弯，始于青藏，一路向东，冬天滴水成冰，瘦骨嶙峋。春日花香，白水细流，历经千转百回汇成黄水，静静流淌，虽细雨缠绵，也不成气候，只得低头颔首，沿河底蹒行，清瘦的身姿有些飘忽。而骄阳下的六月，该开的花都开了，落花成水，肥壮的洪流涨满河床，汹涌着，奔腾着，健壮的躯体充满力量，昭示着丰满的厚重。

长江和淮河都比不上了，同样是丰满的季节，却不比黄河，永远让你看不到黄河水肌肉的力量。

其次是麦子。那排山倒海般亲亲的麦子，它们都有着黄河般沉重的性格，同样的肤色，同一般的波浪。五月和六月是麦子由少年转入壮年的转型期，五月彻底丢掉了麦苗的乳名，倾尽阳光雨露，隐去拔节的声音、扬花的光彩、抽穗的容颜，成为小麦。它们忙着汩汩灌浆，让乳白色的五月在六月的火热中凝固，凝结成淀粉，而后杀身成仁，长成麦粒，成为真正的麦子。由草长成麦子，确需不断努力，一步一步地走来，由瘦草变成丰满的麦田，变成沉甸甸的喜悦。

再就是压弯枝的果树，青灵的果子还在招手，满树的叶子都抖动开了，它们在回味，去年的秋风如何带走一身的黄叶，枯叶蝶飞处，光滑的冰凌开始在光秃的枝条上倒立，晶莹的心透视着一枝枝光秃的枝条，盼望春风刮过，艳阳化开奔腾在枝蔓里的绿色，一点点、一片片得意地开着，原本单调、枯燥的枝丫间热闹起来，开起了花，一朵朵、一簇簇的，满树都是，七彩的花扰乱了眼，赶着趟地开着，雨露下，结出了青果。一棵树有了叶，有了花，有了果，功德就圆满了，那份心境过早地甜了起来。

还有家门口的那些地，原本是荒着的，冰雪在上面肆意的铺展着，厚厚的积雪一片空廖，偶尔盛得下几声鸟叫，几只爪印，空旷得没有声响，当野草醒来，庄稼们也醒了，可以种几畦西瓜，几片菜地，空白的土地有了绿意，有了生机，阳光又在点化那些菜、那些瓜成了六月的组合，大地不再心荒，多了等待，多了幻想。

说六月丰满，不仅仅是物象的，也有精神层面的知足，花开花落，把六月装点成满目昌盛，这样丰盛的岁月、饱满的日子和肥美的黄河一道流淌，幸福着，招摇着，顶着水滴，含着花香，从身边走过，留下无尽的怀想。

有梦，让我陡生欢乐，时间抹掉所有的轻佻；六月丰满，我在眺望那条辉煌的河流。

原载：2014.06.25《劳动者报》

秋草无香

　　老家远在十多公里的乡下，有条公路连着县城，房子历经风雨，外墙的泥巴一块块剥落，原本是野花野草繁衍旺盛的院落，此时，都在那些红的、黄的、绿的花草中自暴自弃。没有水泥路，没有街道，没有门挨门的店铺，有的就是这些葱茏的草和遍地的野花。但我依然留恋那些曾经的悠然，因为每到春天，一片片各色的花站在绿色里，开出各种宜人的香味来，非常朴实的香味，赶上雨天就诗意起来，敞着门，一院子的风景，树叶被雨水洗得冒着绿光，梨树、苹果树、槐树、柿子树、枣树都相继开出自己的香味，好看也好闻。加之，地上的一片片妖娆，更加的热闹了，知名的，不知名的香，忙不过来了。

　　整个春天和夏天直至秋夜，我都活在这样的花草拥挤的世界里，可以临窗品茗，可以秉月听虫，可以挑开雨帘看花花世界，可以关进一室草木香气和音乐一起流淌。

　　夜晚是最好的。为了不招惹那些见光就进的蚊虫，独自一人关掉房间的灯，什么都黑黑的。门外一家邻居的窗户正好亮着，看不见人，可以听见说话的声音，是主人在窗下的餐桌旁劝酒，一杯一杯地劝，听着每一杯都很有道理。然后，酒话就肆无忌惮起来，酒香漫过花香，淹没在花的世界里。草的香是新鲜的，一般人闻不见，只有把心交给了夜的静的人可以闻得到，更多的时候，我的嗅觉也会被这千般的花草味麻痹，分辨不出了各色的香，成了花草的俘虏，那一方天地里，可以静静地开成一朵花，忘记了自己的存在。

　　我老怀念院子里的树木和花草，生活里总对早年的乡下生活抱有感怀和恩遇。多年以后，远离了这样的日子，总要有意无意地营造一番，当然是刻意的，有时候，在重大节日，会陪同家人到街口的花店选几束开得正旺的花抱回家，有时，也会独自骑着自行车到野外采一大把我喜欢的野草回来栽在花盆里。一周对于花儿来说，

是它的一生，它会在吐尽花香后选择枯萎，却不如那些草，越来越活力四射，竟爬出了绿藤，花朵收拾走的那一刻，我的心是失意的，好像丢失了自己一件中意的饰物似的，真真有了一种负疚感。

单位的门前有一条大道，大道的尽头就是一片花草地。无事的时候，总有同事相约前去，不需要垫东西，只管席地而坐，周围的野花野草围着你，尽情地跑啊！一浪一浪的，像是坐在海水里，大家就乐了，这花好啊！这草香啊！大家挤在一起，脸上漾着花一般笑容，任凭花草勾去魂儿，成了草木之人。

记起小时候看电影，对电影里的漂亮花园很是羡慕。可惜，那时候的环境萧条得很，顶多会有哪家邻居的栀子花翻过墙头，递出一两枝白色的花来，与电影里的花园相比，差得太远了。参加工作才发现，单位或者爱花的主人都会有大大小小的花园，在那里，各色的花以主人的喜好找到属于自己的领地，成为或大或小的家族，旺盛着，衰落着。这个时候，走过它的身旁，你会觉得那些花香其实也是一场烟云，只有花瓣是它的真身，还在微风细雨中蹒跚着脚步。

有时候，季节是它们的启蒙老师，花花草草都是有生命的。

花开花落人如旧，月季们前赴后继一朵朵地绽放，它在等最后一场秋霜。眼看着秋草枯黄，只顶着一头的秋籽，在风中逶迤，演绎一场情绪浓重的悲剧。而最兴奋的要数田间的蒲公英，满嘴的毛被风一吹，便散开了，微寒的风里，可以自由地奔跑，裙摆上沾满了野草的或者郁金香的或者玫瑰的痕迹，当然，秋草泛黄的眼里，竟然是一片苍茫。

秋草无香，果然如此的话，我们就该忽视这些春天的霸王们，没准它还在梦想来年的春风会送来淡雅的青草香，可惜我永远都不会理解秋草的平淡，哪怕曾经有过一丝花香也好，我还是在每次归来之后，像无数普通人一样无视它们的心，顾自划一根火柴，燃起一段火红的岁月。

我知道，来年秋天，它还会依然如此。

原载：2014.10.20《大河报》

温暖的米

　　雪还在下着，大雪已经淹没了门前所有的路，我们兄弟几个围在祖母点燃的树根旁，一个个伸出细长干瘦的小黑手取暖。见不到火，只有红红的火星，也能感觉到暖，满屋子都是烟，人都呛得眼泪鼻涕直流，也分不清到底是眼泪还是鼻涕，而这些都不重要，重要是母亲出去一上午了，还没回来。她到镇上找父亲买粮食回来，家里已经断顿了。

　　弟弟开始哭闹，他饿得受不了了，祖母就从火盆里翻出一块又黑又硬的花生饼，哥哥取来锤子砸开，每人分了一块。

　　花生饼太硬了，一口下去，只能啃条白印，舌尖会留下一股好闻的幽香。长大了，我们才知道，花生饼原来是用来肥田的，而处于饥饿的我们，能啃上那东西也算是有口福的。祖母时常会回忆起那段日子。

　　父亲在镇上的粮站工作，他是看仓库的，一年到头很少回家，家里的事也少管，大小事都由母亲出头操办。一场雪，一场大大的雪让我们断了炊，母亲不得不早早地到镇上去。雪这么大，空人走都困难，还背着一袋米走，祖母有些担心。

　　弟弟没有注意祖母的表情，他专心致志地啃那块花生饼，贪婪的样子，似乎想一口把它吞下去。可那家伙太硬了，只能靠牙齿和唾液一丝丝地啃下来，而后和唾液咽回去。可以听见花生饼磕碰牙齿"呱哒呱哒"的声音，可以看见花生饼在小弟的嘴里打转，这让我想起了狗啃骨头，圆圆的骨头，很像，头一歪一歪的，即使费了很大力气，总也啃不到东西。

　　半晚上的时候，母亲回来了，带回了一袋米，是父亲送回来的。走了几十里山路，父母都很累，大冷天的，他们身上都冒着热气。歇了一会儿，他们把脚伸到火盆上烤，两双露着脚指头的袜子都湿透了。一会儿的工夫，袜子上的热气便泛滥起来，伴着

浓浓的脚气味，弟弟捂着鼻子，叫起来，两双大臭脚，真难闻，古怪的样子，惹得父母哈哈大笑。这短暂的开心为我们送来了温馨，我跟着"嘿嘿"地笑。

爹娘带米回来了，家里一下温暖起来，感觉不到冷了，祖母准备做饭，停了两顿的灶膛又红火起来，调皮的炊烟又开始在风里翻着跟头，这人间烟火让我的心安静下来。

这时，邻家婶子来了，没进门，首先在门口的石条上跺跺脚，她怀里抱着一个粗瓷瓦盆，她家也断炊了，听说我家刚买了米，特意赶过来借，母亲没有及时回答，反问道："怎么？他伯还没回来？"邻家婶子点点头："还在工地上打水库。"母亲没再问，微笑着说："没回来就没回来，你赶巧了，我刚买了米，来，要多少自己挖。"婶子走到家门口的时候，我们听见她家里传来孩子们的欢叫声，那么敞亮，那么欢欣。

饭是祖母做的，干芝麻焖干饭，好吃，弟弟早把他在嘴里转了多少圈，啃得光滑的花生饼扔了，自顾端着碗，吃得肚儿鼓圆，脸上沁出了汗珠。

大米真是好东西，吃饱了，也不冷了，浑身热乎乎的。那一顿温暖的米，我一辈子都忘不掉。

原载：2015.01.25《中国社会保障报》

夏日的河流

初夏的日头刚刚爬上山头，野外的温度还没来得及从夜晚的露水中回过神来，连桂和幸福把背心搭在肩上站在门外喊我到村外的小河里划船。他们站在院外，拖着长腔喊我的名字，声音古怪而又尖利，像刚被刀削过的，一圈一圈地落在地上。我匆匆扒几口饭，声音在肚子里应承着，就冲出门外。

我们村子正好处在黄河的拐弯处，大大的弯把村子绕进一片沙滩里，穿过沙滩就是河。连桂爹的渔船就泊在这里。白天，连桂爹下地干活，把渔船用绳子拴在木桩上，偌大的沙滩，一条小船漂在河上，就像漂着一小片树叶。我们叽里咕噜爬上去，随手解了岸边的绳子，划着船向河中心驶去。连桂妈似乎发现了我们，一边喊一边向河边跑，脚下带起的沙都看得清清楚楚，看着远处的黑影向我们这边移动，我们觉得很可笑，不但没停，反而更加起劲地向河中心划去。

一场大雨刚过，河里涨了水，等连桂妈赶来时，我们的船已经驶到了河中心，水流太急，我们控制不了船的航向，小船顺着潜流向下游移去。

燕林和连桂慌了神，竹篙东一下西一下地乱点，幸福吓得直哭。连桂妈急了，顺着河边向下游跑，一边跑一边叮嘱连桂不要慌，坐稳当了，不要翻船。她一个猛子扎到水里，迅速地向我们游来，抓住船，翻身上来，夺过连桂手里的竹篙，调正船头，向岸边划去。

我们成了连桂妈的俘虏，她用竹篙撑住船，一个个把我们押下去。挨打是肯定的，连桂挨的重些，我们挨的轻，甚至偷偷地乐。后来，我们知道，如果不是连桂妈，后果不堪设想。假如翻了船，凭我们几个的水性，一个也跑不掉。很长一段时间，我们惊叹于连桂妈的水性，没想到她会游得那么好。

初夏的河流总是充满诱惑力的，垂柳在河边轻拂，河水安静地流着，此时和大

人一起下到河里，把身子没入清清的河水里，冰凉冰凉的。大人们游向深处，在宽广而深厚的水里冻得直叫。我们这群孩子，只能在岸边的浅水里折腾，虽然水很浅，我们能感受到脚下水流带着流沙经过，也记着大人的话，不往深处去，下面的暗流更大。每个人都很小心，丝毫不敢越雷池半步。

更多的时候，初夏的河水都是安静的。河边的孩子总是喜欢一天到晚泡在水里，无电的乡下，在金黄的沙滩边玩比什么都惬意。

河水也有发脾气的时候，几天大雨下来，看似平静的河流会突然间爆发，河水变得浑浊不堪，翻着浪，卷着旋涡，漫过河堤，漫过村庄，四周一片汪洋，岸边的树和庄稼没在河水里，如果不是大树，你根本分不清哪是路。

村子里吃的菜和手底下用的东西都是由连桂爹划着船出去购买的，连桂也可以沾光，陪着一块去。很长时间猫在屋里，感觉很无聊，外面都是水，也不敢乱跑。幸福家进了水，村子里的大人们都来帮忙往外面排水，墙上湿漉漉的，蜗牛乘机在墙上爬着，扰烦着幸福一家。幸福用笤帚一遍遍地把它们从墙上扫下来，看着它们在地上挣扎的样子取笑。

大水下去是在夜里，是在一觉醒来之后，村子周围留下了深深的水迹，地里的庄稼都有气无力地低着头，围困了几天村庄和庄稼的洪水退到了河里，一切都停止了，只有那黄黄的河水还撒着欢儿地在河道里奔涌。

原载：2014.07.26《黄河报》

转 运 珠

　　转运珠这东西，听起来就有暖暖的味道。据说购买它的人会带来好运，戴上它的人会碰上好运，哪有那么多好运，这肯定是金店老板的托辞。

　　陪爱人转街，拐弯处亮出一家金店，店名很吉祥——万福来，四扇门都是玻璃，清晰地透出里面的红字，金银首饰、各种玉饰、转运珠。闪身进去，一个珠光宝气的中年妇女站起身，微笑着，眼珠随着我们的身影转动着。

　　心里觉得好笑，又不敢笑出声，只是慢悠悠地审视着几个玻璃柜台，主人很有条理，金、银、玉、配饰各占一个柜台，显得琳琅满目。妻一眼便相中了一个玉佛，和田玉的，温润细腻、满身光华。中年妇女脸上漾起喜色，妹子真有眼光，正宗的和田玉，开了光的，要的话再送你一个转运珠。说着，中年妇女伸手拿出一个珠宝盒，从里面捏出一个穿着红线的小金珠。

　　妻放下玉佛，抱歉地冲中年妇女笑笑，家里有好多呢！

　　是有好多，去年父亲住院时，母亲悄悄地把外婆陪嫁的金戒指毁了，做了大大小小十余个转运珠，即使每个指头都戴上也戴不完。父亲出院时，对母亲发了脾气，你傻啊！把家传的宝贝给毁了，你知道传了多少代了，换成了这些零零碎碎的小东西。我们都不理解母亲，都埋怨母亲，而母亲却不以为然，像平时分苹果一样，一个人发两个。

　　这咋戴啊？这么小！我顺手把转运珠还给母亲。

　　哪有大男人戴这个的？父亲也把转运珠还给了母亲，母亲显得很失意，她有些慌乱，不知道该不该把手里的转运珠发给儿媳和孙女。倒是妻子理解母亲的心，伸手要了一个，轻巧地戴在手指上，灵活地动了动手指，像在欣赏，满心欢喜的样子给母亲很大的安慰。女儿更是喜欢的，她这个年龄，转运珠是最好的饰品了。

妻和女儿每天都戴着它，即使洗手也不去掉，她们俩可能是真的喜欢，而我和父亲依然还在怀念那个见证了几代人婚姻的老戒指。可能女人心是相通的，母亲显得很释然，很开心。

　　妻说，我就喜欢家里的这份关怀、惦记，它和结婚戒指一样重要，一个是老人的爱，一个是丈夫的爱，能拥有这些，是最幸福的。

　　于是，我也开始喜欢这些金黄的转运珠，出奇地喜欢。那些白金的挂饰、剔透的玉镯、老银的耳花、景泰蓝的花卡都显得多余，更多时候，我会让妻尽量不与珠匹配，相反的，总是无情地把它们打进冷宫。

　　前些日子，再去转那家万福来首饰店，老板把我们当作熟人，再次谈起玉佛和转运珠时，中年妇女眼睛一亮，呀！这不是我们家银号做出的珠子吗？可惜，现在没人做了，绝版了。说这话的时候，中年妇女眼里含着泪水。

　　可能她家有什么变故，也不敢多问，便随便聊了几句，就匆匆离开了。

　　回到家，听见父亲正在唠叨母亲，你呀！为了孩子心都操碎了，还是你的诚心打动金店老板，不然，他也不会在生命的最后时刻，给你做这些绝版的转运珠，但愿这份掰碎的爱，他们能接受。

　　终于，我明白了母亲的那份苦心，更加珍惜母亲送出的小小的祝福。我相信，似水流年，母亲掰开的爱会和转运珠一起带给我们好运。

原载：2014.09.12《开封日报》

记忆里的红泥哨

小河顺着村子流向远方，潺潺的流水里，清亮的红泥哨声被河水洗得明净细若。

夕阳下，一群孩子口里含着红泥哨在沙滩上玩耍，哨声越过草尖，越过树梢，从开满野花的小径上飘来，如落花流水，如淡淡的薄烟，游丝般滑过耳际、滑过童年。

山里娃爱闹，刚刚抽条的柳管，正在拔节的麦秸，还在生长的葱叶，掐去两边，就是最好的乐器，可以吹出最动听的声音。

乡里的孩子，什么东西到了嘴里都可整出动静，发出稀奇古怪的声音，可闹、可笑、可玩，童年的星空下，多了天真，多了欢乐。然纯真的年代，什么都是美的，什么都是好奇的，尤其大柳树下的货郎担，更是充满诱惑，充满期待。

卖货的人叫"刁德一"，是我给起的外号，瘦瘦的、高高的、白白的，每次来都要摇动手里的拨浪鼓，惹得全村子的狗都不停地叫。麻绳头、破铜烂铁、破鞋破锅、鸡蛋、鸭蛋都要，可以兑换针头线脑，小孩玩意儿。围观的当然是小孩最多，眼睛盯着的，当然是货郎担里躺着的红泥哨，诱人。都会想着法买一个，二分钱一个，现在听起来算不上什么，在当时对于我们这群孩子来说可是天文数字，但每个人还是咬咬牙从鸡窝里掏出一个鸡蛋，换上一个，再换几个小小的糖豆，而后，各自放在嘴里，吹出清脆细腻的哨声来。

那时候，红泥哨是最流行的乐器。村子里，树荫下，小道上，校园中，到处是红泥哨的哨声，小朋友把红泥哨含在嘴里，用红泥哨打招呼，对暗号，红泥哨成了通信工具。最好玩的是大家在一起比赛，看谁吹得响，看谁吹得时间长，一个个憋得满脸通红，脖子上的青筋暴得老高也不示弱，到头来累得直喘粗气……

村子里的几个小伙伴都是淘气的，上学的路上会经过大片的麦地，麦地里套种了很多豌豆，豌豆挂果的时候，麦子已经打苞，卧在麦地里偷吃豌豆夹是最惬意的事，

甜甜的，青青的，不吃够谁也不离开。不久，各生产队都发现了，都派了看青的人，但他们是大人，好防，一个不注意，我们就卧到麦地里，边吃边笑。吃着吃着，不知道谁吃高兴了，吹起了红泥哨，哨声引来了看青的人，我们被抓了个正着。红泥哨是保不住了，还要写检查，转身的工夫，突然看见看青人手里捧着一大把收缴的红泥哨，脸上露出得意的笑容。我们知道，他肯定不会交公，一定会拿回去给自己的娃儿玩。

红泥哨其实也不结实，装在口袋里不小心一屁股坐下去，就会粉碎；或者不留神从手里滑落，掉在地上，红泥哨就会落下残疾，吹不响。每每这个时候，心里会很失落、很惋惜，看着别的小伙伴吹着响哨，一蹦一跳地离去，心里空空的。

童年的时光是短暂的，那些日子，因为有小小的红泥哨相伴，我们拥有了无尽的欢乐和期待，让遥远的乡下多了童真和幸福。那个时代的物件虽然已经不足为奇，但它永远是我们的念想，无论任何时候，红泥哨都会在生命里响起……

原载：2014.07.24《南通日报》

三伏西瓜

啥东西都没有日头毒，早上还绿茵茵，带着露珠高昂着头的瓜藤被伏天的热浪一袭，竟一个个地耷拉着脑袋，没精打采地匍匐在田垄上，青须打着卷缩回阴凉处，空留那些无处躲藏的西瓜叶顶着烈日，为瓜藤撑起一把把绿伞，瓜蛋还没长大，裸露着，任阳光亲吻着它。

父亲拿着瓜铲在瓜地里拨弄着满是毛刺的瓜叶，一棵棵地查看结在秧子上的西瓜，掰掉多余的小西瓜。

父亲让我跟在他屁股后面拔长起老高的野草，我没心思拔，也拔不动，野草吸收肥料比西瓜秧快，长得也旺盛，一蔸一蔸的，黑油油的，用两只手拔都费劲，勒手。父亲指着那些野草让我拔掉，还说这家伙真厉害，和瓜秧争营养也不含糊。我故意打岔，问父亲为何一棵瓜秧只留一个瓜，结得多不好些吗？父亲笑笑，捡起刚掰掉的西瓜蛋对我说："种西瓜不能贪，让一棵秧子结几个西瓜，长不大不说，也不甜，尤其是三匹叶以内结的西瓜必须掰掉，离根太近结的瓜不成形，也不好吃。"

小孩的皮肤嫩，最害怕瓜秧、瓜叶上的毛刺，扎得浑身痒痒，即使小心地走，腿上也会划出一道又一道的血棱子，我的脚根本不敢随意地放进瓜叶里。

父亲干起活来很认真，他用铲子在瓜地里挖出一块块硬土，压在爬出的藤子上，几乎都是间隔三四匹叶压一块，父亲说，这叫压藤，是让瓜藤贴上土，好行根，吸收更多的营养供给结出的瓜，如果不及时压，跑了藤，瓜藤会长出老长，而西瓜却是又小又不滋润，会不成形。

三伏瓜是第二茬西瓜，多半是收了麦子才种的，为了让西瓜早些开园，父亲特意在翻地前多上了农家肥，西瓜苗一出土，便滋滋地生长起来。待西瓜苗爬出细藤，父亲又一棵一棵地上花生饼，父亲说，这东西可是好家伙啊！肥田，西瓜吸收快，

长得大，还贼甜。

三伏天是西瓜长得最旺的季节，先是长长长的藤蔓，接着是开花，坐果。种西瓜是一件非常有意思的事情，就像一个孩子，需要天天呵护，压藤、间瓜、翻瓜。翻瓜是必须要做的，这是一个西瓜长得又大又圆的必要工序。后来，我才明白，翻瓜有两个作用，一个是让西瓜每个部位都接受阳光，增加光合作用，提高糖度；另一个是防止田里的地蛆害，瓜皮厚，地蛆一天两天钻不透，如果，一直不动，地蛆会钻进瓜里，偷吃里面的瓜瓤，这样，那个西瓜就毁了。很多时候，在市场上见到西瓜上有一块白的地方，我就知道这个西瓜的主人一定是个懒人，没有翻瓜，不用问，没有全身绿的西瓜好吃。

我在瓜地里最喜欢干的一件事就是捉蚂蚱。在瓜地里行走的时候，你可以听见小蚂蚱拼命逃生的声音，成千上万只如小虾米一样绿色精灵自顾逃了，却不知我是不捉小蚂蚱的，我眼睛盯着的，是那些大的、一蹦好远的大蚂蚱。

西瓜长到碗口大小的时候，正是瓜瓤增加糖分的时候。西瓜没有长大时，满地都是西瓜秧随着风抖动，可随着西瓜慢慢长大，满地里尽是滚圆的西瓜。这时候，父亲会顶着烈日，蹲在地里翻西瓜，汗水顺着脸颊流下来，掉在地上，立即渗进泥土。骄阳下，父亲的衣服都湿透了，结了一层盐霜。我给父亲送去一壶凉开水，父亲咕咚咕咚地灌下去，清亮的水顺着嘴角流着，父亲很惬意，用干了的毛巾擦了擦，把剩下的水倒到毛巾上，用手拧了拧，抹一下脸，又蹲下去干他的活去了。

三伏天的瓜在太阳下慢慢成熟，下到田里摘一个杀开。"真甜啊！"父亲咬了一口赞道。"要开园了，但愿会有一个好天气，西瓜能卖个好价。"父亲说。

夕阳落下时，瓜园里滚圆的西瓜和月亮一起圆着父亲的梦。

原载：2014.08.18《老人报》

甜甜的草根

连桂和燕林猫着腰佝在渠道边上，用手扯已经发了芽的耙藤子草，拔出一条又细又白的草根，用手捋掉上面的泥，放在嘴里嚼。

全福是最先发现他俩这个秘密的，连桂和燕林一把按住全福，说什么也不让全福大喊大叫地招呼一阵阵从身边经过的小伙伴。

这个秘密传到我这里时，我正在埋头做一道数学题。全福急了，说了出来，我才把作业本扔给全福，全福乐得合不拢嘴，使劲地抄我的作业。

我和全福跟在连桂和燕林身后，他俩好几次想甩掉我都被我看穿了，无奈之下，只好同意我的加入。我们四个猫着腰在干了的水渠底下奔跑，各自寻找最佳的位置。

一群又一群的小伙伴在不远处的小径上奔跑，清晰地听见他们的脚步声。我知道，他们也都饿了，都想早点回家填饱肚子。

全福做着鬼脸想逗我们几个笑，连桂一个土块扔过去，狠狠地砸在全福的头上，并用严厉的目光盯着他。全福用手揉了揉头，吓得吐了吐舌头，一句话也不敢说。

别说，耙藤子根还真是甜丝丝的，放在嘴里嚼，真有点嚼甘蔗的味道。连桂说，"甘蔗那东西嚼着只是嘴里甜，吞进去就什么也没有了。你再品品这，吞到肚子里还甜着呢。"按照连桂的说法，我仔细一品，别说，这家伙说的还真是这样。怪不得村子里的大人们都说连桂鬼精鬼精的。

我问连桂是怎么发现耙藤子根可以吃的。连桂顺手拔了一根耙藤草对我说："饿啊！没东西吃，无意间拔了一根耙藤子草，觉得前面刚发的那一截嫩的甜甜的怪好吃，心想，既然藤子都是甜的，根肯定更甜，一试，果然不错。于是，我们就发现这个秘密了。"

我说："我怎么没有想到！这种草是牛和羊还有老驴最喜欢吃的，不甜，它们

怎么会喜欢呢？"连桂说："你才是老驴呢？学会骂人了，连你自己都骂了。"

我们回来的时候，九爷和谢老头正在地里忙着，不知道他们插的是什么，一节一节的，连桂说："等他们回去，俺俩偷偷扒出来看看。"我说好。

九爷和谢老头好不容易插完了，我们从渠道里爬上来，飞快地跑到田里，扒开土一看，都是一节一节的甘蔗，我们俩乐滋滋地把它们揣进兜里，跑回家吃饭去了。

上学的路上，连桂把我叫到一边问吃了没有。我说吃了，甜得很。连桂吓我说："听大人们说，这些甘蔗上面涂上了农药，如果不洗干净再吃，会药死人的。"我听了心里很害怕，但表面上还是装作若无其事的样子。

下课的时候，我看见燕林靠在墙角啃着一截甘蔗，这家伙好像也发现了这个秘密，我走到他身边，燕林又递给我一节甘蔗，对我说："这东西比嚼草根过瘾多了，一咬一口甜甜的蜜水。"正说话间，邻村看瓜的老头和校长向我们走来，燕林撒开腿就跑，我也跟着他跑回教室里。

那天，校长从我们班学生的书包里搜出很多一节一节的甘蔗，还在我和燕林的书包里搜出好多根白白嫩嫩的草根，都堆在讲台上。当然，偷甘蔗的都受到了惩罚，而我们都受到了表扬。校长还特意放在嘴里嚼了嚼，一边嚼，一边说，想解馋，千万不能再祸害庄稼，要自己想办法，这草根嚼起来蛮甜嘛！

从那天起，甜甜的草根开始疯狂流行起来，都抢着去拔，一时间，水渠变得光秃秃的，再也见不到一渠的碧绿了。

如今，这些都成为往事，再也没有人去嚼甜甜的草根了，那些饥饿年代的短暂甜蜜永远永远的成为记忆，在心底漾着。

原载：2014.05.30《华东电力报》

温暖的秧苗

村子里的秧苗都开始泛绿了，刚刚还白白胖胖的嫩芽儿，悄然间变成了细叶儿，黄黄的芽尖顶着丁点儿细绿，一个一个地手牵着手，连成一片，有了绿的影儿。远远看去，那一小片鹅黄的绿淡出水面，把一粒粒新的生命傲放在暖阳之下，那份生机让人惊羡。

最美人间五月天。村外，各色的花都开了，麦苗也开始返青、抽穗，拔节的声音唤醒了水田里的稻芽，暖阳打着响指走来，茅草尖扎疼了赤脚走在田埂上的少年，他们是来看秧苗的，长长的竹竿上扎着一块皮纸，悠起来呼呼作响，吓跑了在田间偷吃嘴的家雀。

燕林最怕到北坡看秧苗，他家的秧苗地离村子太远，还有个很大的坟地，大白天乌鸦飞来飞去，瘆人。平日里那里也很少有人去，但有一点，那里的麻雀，斑鸠特别多，稻芽撒到田里，如果没人看着，这些贪吃鸟准会把它吃光。春耕时节，大人们没时间看，小孩们都派上用场了。

幸福家的秧田是离村子最近的，可也有坏处，不仅要看鸟，还要看着那些不懂事的牛犊、鸡呀、鸭的，它们祸害起庄稼来可比鸟儿厉害多了。幸福最大的苦恼是一点都不能离开，他最羡慕别的孩子能满地里转悠，干自己最开心的事。

我家的秧苗地和连桂、连生、锁柱家的挨着，我们几个可以在一起玩，每隔一段时间我们就轮流到我们家的秧苗地里去赶鸟。有时候，我们也会站到大塘埂上遥望北坡的燕林。他一个人孤零零地坐在草埂上，不知道在干什么。秧田里的几个稻草人在阳光下立着，草帽下的荫凉成了小鸟快乐的家园。燕林也会冲我们摆摆手，一时的兴奋驱走了他一天的寂寞，我们能感觉到他的那份快乐。

秧苗地里的水是根据秧苗的长短调节的，刚开始的时候是一层薄薄的水，我们

称作面叶水，夜晚加进去，白天放掉。水是从池塘直接放进去的，傍晚时分，鱼儿趁着暮色，一群一群地顺水下到秧田里。第二天上午，大人们放掉秧田里的水，水太浅，鱼儿游不走，在秧苗间扑腾着，黑黑的脊背上沾满了稀泥，小嘴一张张的，偶尔会吐出泥巴泡。此时的阳光暖暖的，我们忍不住好奇，纷纷卷起裤腿，光着脚丫下到秧苗地里，泥巴都热乎乎的，好温暖的秧苗，我们一个个地捉起正在挣扎的鱼儿，然后，用麦秸串了，提回家里。

大人们一般是不会问这些鱼是哪来的，待晚上见了秧苗地，我们便遭了失，挨打是跑不了的。第二天，我们依然会禁不住诱惑，小心地沿着旧脚印，在温暖的秧苗间抓鱼，那份快乐会忘掉一切。

燕林也挨了打，他向幸福说起时，我们都在心里暗笑。我们知道，他一个小孩在野外温暖的秧苗地里捉鱼，乐趣比我们还大。我们快乐着，而温暖的秧苗却长势喜人。

原载：2015.05.16《淮河晨刊》

夏天夏天悄悄过去

"夏天夏天悄悄过去，依然怀念你，多甜蜜，多甜蜜，不能忘记你。"这是歌词，也是我的童年。

那时，乡下的一切还是融在大自然里的。茅草的屋舍、土坯的院落、小方格的木窗、对关的大门；院内有几棵果树，院外是各色的野花，门前有小河，屋旁有池塘，竹林、柳树、棠棣、刺槐、白杨绕着村子泼洒着嫩绿，把绿荫铺到各家各户，让童年的夏天多了一份诗意。

大人们在外干活，小孩子们在家里操持家务。活也不多，就是做饭、扫地、打扫卫生。更多的时候，我们会坐树荫下，等待夏日的风掠过枝头，让摆动的树叶拂去我们心头的燥热；也会蹲在池塘边，用水洗去浑身的汗水，捧得一份清凉。

没有电，没有风扇，乡下人消夏靠的是一把蒲扇和冬暖夏凉的土坯房。中午，塑料布和席子往地上一摊，开着门躺在上面，身下凉丝丝的，我们躺在大人旁边，大人的蒲扇还在摇着，我们已进入了梦乡。

乡下的夜是漫长而丰富的，邻居们一家挨着一家，家家都用扫帚扫出一片空地来。每个晚上，我们放学都要负责搬出桌子、椅子，抬出木床，支上竹棍席，然后，把煮好的粥用瓢舀到大琉璃瓦盆里，等着大人回来吃饭。

月亮升起来的时候，大人们都陆陆续续回来了，一家人围坐在桌子周围，开始吃几乎凉了的粥，尤其是吃面条的时候，不用看，只要用耳朵一听就知道哪家吃的啥。当然，小孩子淘气嫌饭时，大人们就可以准确无误地找到要吃的饭，调剂是正常的事，甭说小孩，就连大人和老人也是经常的，邻居们都以自家做出的饭好吃而被别人盛完为自豪。

我一直把乡村的夏夜当作童年的盛典，好玩、有趣、实惠。说好玩是因为可以和小伙伴们开开心心地畅玩，只管尽情地奔跑、打闹、嬉戏也没人管，感觉当时就是乡村的王，没人能比。说有趣是因为可以听大人们讲那些鬼呀怪的故事，还有动听的民谣，美丽的传说。说实惠是因为有酸的杏、甜的瓜可以分享，谁家的东西都不会藏着掖着，都会拿出来，摆在桌子上随便吃，主人家的热情让你撑得不敢张嘴。

时常，童年的夏天总是在平静中进入夜色的。当大人们一天的劳动之余在少年的轻狂中荡去涟漪之后，整个村子都要休息了，当然是睡在外面，天当屋子地当床。睡的是竹席，家家户户都用，不知用了多少年了，被汗水浸得红通通的，光滑得像细嫩的豆腐。有的打了补丁用布补了洞，也有的用布缝了边。小孩子们都睡了，大人们还坐在床沿上有一下无一下地摇着蒲扇，驱赶蚊蝇，他们小声地说着话，仁慈的爱把我带到无尽的梦乡。

夏天的午夜是安静的，没有汽车的呼啸，没有小吃摊的嘈杂，没有大街上铁勺炒菜击打锅边的声音，没有酒瓶倒地的声音，只有小虫还在低吟，蛐蛐还在弹奏。

"夏天夏天悄悄过去，依然怀念你，多甜蜜，多甜蜜，不能忘记你。"它不是歌，是我丢在乡下，永远都找不回的童年。

原载：2014.07.17《南通日报》

遥远的春耕

　　许久没有那么忙过了，天一亮，父亲就喊我们起床，拾粪的拾粪，积肥的积肥，犁田耙地，忙得不亦乐乎。

　　一年之计在于春，村里人最看重的是春耕的日日夜夜。当家人打开门的那一刻，小村便忙碌起来，刨麦草、整春田，大人小孩都不闲，都有忙不完的活。

　　记忆里的春耕是快乐的、热闹的、人欢马叫的，从村子这头到村子那头几乎没有闲人，老人们在家里做饭，炊烟绕着村庄，袅袅婷婷的，伴着野外的春雾朦胧了吆牛调和劳动号子，露水打湿了弯曲的民谣，土地之上，劳动快乐着村里的每一个人。

　　我最害怕拉着架子车到地里送粪，土路虽高低不平，但也不算费力气，最吃力的是到了铧子田（刚犁过的地），也不平整，一车粪拉起来十分吃力，两条腿酸得挪都挪不动，拉几步就停下来喘几口气，感觉心都快跳出来了。一天下来，虽然只是阳春四月天，上衣竟结了一层厚厚的白霜。

　　挖塘泥、铲草积肥、拾粪一股脑儿的农活都在此时成为小村的主题。大人们满身糊满臭泥忙着把池塘里的淤泥担到麦田里，麦苗开始拔节，这些泥巴是用来压根和提肥的。野外的青草伴着春风慢慢长了出来，一片一片嫩绿像流动的云，如果把它们铲除，放在粪池里和土家肥一起沤，秋后肯定是最好的肥料。还有那些散落在村子外边的动物粪便，都要捡了，堆在一起等待发酵后，拌上土当作肥料用。这样的肥料，如果用在瓜地里，瓜会很大很甜；如果用在庄稼上，庄稼会提高产量。

　　那时候，村子里有很多牛，家家户户都有，最多的家庭养了好几条，有黄牛，也有水牛。不耕地的时候，大人们会让我们去放牛，田埂上青青绿绿的草都是刚长出来的，嫩嫩绿绿的，一蔸一蔸的，牛最爱吃了。我们骑在牛背上，看着大人们在田地里劳作，心里惬意极了。

"清明前后泡早稻，谷雨前后插满秧。"这是我们老家的俗语。大人们都在犁田耙地，准备一场千年不变的农事。这个时候，我喜欢跟在大人身后，看着明亮的犁铧掀开了尘封一冬的泥土，就像掀开一个个明亮的日子，蚯蚓被连根拔起，有的被犁铧划成了两段，露在外面，见到了春天的阳光，感受到和煦的春风，感受到了复苏后的疼，它们都拼命地挣扎着，企图尽快站进泥土里，蠕动中，挣扎中又冷不丁被新翻的泥土盖在了下面。

我可以闻得见新翻的泥土气息，清新的，淡淡的泥土芳香。赤着脚在湿湿的土地上奔跑，脚底软软的，细细的，凉凉的，踩在上面十分舒服，就像踩在细碎的面上。偶尔，也会碰到砖块或石子，硌得脚心直疼。这时候，弯下腰，捡起来，扔到旁边的池塘里，冷不丁"咕咚"一声响，惊得池塘里觅食的鸭子展开了翅膀，在水面上飞起来，双脚拉出两条深深的水痕。

夕阳西下，该是归家的时候，大人们从四面八方牵着牛，扛着犁回到家里，小径幽幽，余晖拉着长长的影子，拖着疲劳和辛苦让村子活了起来。

如今，机械代替了耕牛，种庄稼再也不用跟着牛一步一步把自己种进土里了。年轻人都进城务工去了，村子里只剩下老弱病残的了，外面的世界很精彩，乡村的坚守似乎很平淡，但那遥远的春耕依然还是心中的一份念想。

原载：2015.04.15《河南日报》

月 亮 湾

旺季的时候，游人属于你；淡季的时候，你属于游人。

个中滋味的流转，源于细小的沙粒，源于荡然的海风。

心情是畅然的，像水面上灵动的光影。幸福是沙滩上温暖的细软，柔静如水。我的梦是年年岁岁轮回的四季，总有春天如期而至，阳光灿烂。

春风若绵长的线，一头连着故乡，一头连着游人步伐，脚印是沙滩上的叶子。

不妨脱掉鞋子；不妨亮出歌喉；不妨把最美的时光也铺在沙滩上晾晒。

尽管把自己的心交出去。

可以开心地支配阳光了。可以把深蓝的海水，柔软的心事介绍给海边的泡沫，让它们也能够诗意的生活。

你心胸开阔，当我们一个个沉醉于海滩，你可否能够沉湎于我全部的内心，一如当年宠爱鲜花一样，继续宠爱着这些嘈杂，宠爱着在你身上踩碎的岁月。

或许，我们含情而来，是一场赴会。你可见我萌动的思绪撩动阳光的轻幔。如果，青春如花般凋落，恩爱的夜里别让泪水不安地奔涌。

此刻，拥有沙滩是美好的，海鸟是会飞的文字，一遍又一遍被人朗读，读出潮汐，读出花香和雨水。

一道闪电被月光追回。

月亮湾，我喊着你的乳名，小小的幸福在波浪里复活。

原载：2011.09《打工文学》

走进水街深处

多好啊！我沿着旧时的传说，踯躅在江南水乡大街小巷，走进湘家荡水街的深处。

嘉兴、嘉兴。一壶老酒在梨花深处起雾，飘忽的思绪沿着水巷缠绵，乌篷船摇落在阳光里，清幽的流水和淡雅的花香此时都心野了，在凉丝丝的岸边守候黄昏。

我有些慌乱，桃花绯红，水街排满乡情，让露珠点亮民谣。

此时，水街多像一首节日的小令，在湿湿的石板路上行走。木窗边，火红的灯笼点燃无边的思绪，带来一片故乡的云。

不知道如何揽入这些风景，我悄悄地把用旧的时光打发掉，转身，把水街里的水引到心里。

水街依然是一位绅士，大度地接纳着我们，赠给我们一路花香和灿烂，悠然的美让微风不经意间翻开，露出祥静。

原载：2011.09《打工文学》

藏在心里的春

我一直固执地认为，春天是在百花盛开时才算是春来了，这样的日子，可以无拘无束地沐浴着温暖的阳光，可以悠闲自得地到郊外踏春，也可以在村外牵着纸鸢，把春风放飞；我宁愿固执地认为春天不是季节，而是一个个动词，比如：春风拂面、打春闹柳、萌黄泛绿。它带着古诗词的韵律，从《诗经》的竹简里走来，柔柔的、绵绵的，带着雪花的味道，有时是飘散的柳絮，有时是娇艳的百花，而最懂春天的蜘蛛，在墙角织一张网，静静等候，捕捉春燕的呢喃。枝丫间的鸟窝里，小鸟低鸣，享受着迷人的春。我最喜欢的是那些麻雀，一字排在电线上，像极春天的音符，在冥冥中奏响着。

春天在哪里？人间的春天是藏在心里的，真正的春天是人生之春，需要细细的体味。

很多人都不在意自己人生的春天，一味地挥洒自己的青春，等老了，再回头寻找，春天不在。暮秋里，落叶飘飘，冷霜之后，将是寒冬。

也有人错误地认为人生之春体现在住豪宅、开高级轿车、穿名牌，为此，不分白天黑夜，过分地透支身体，靠牺牲健康为代价，最后，却一无所有，早早地迈进秋天的门槛。

实际上，春天是从一张红纸条开始的，新春的对联红透了整个小村，在一张张红纸条贴到门楣上时，满院的春色已经随着节日漾在每家每户的团圆饭的酒香里。

母亲说，飞雪迎春到，雪花里的春天是看不见的，可春天确实是来了。家人团聚的幸福，亲人温馨的问候，都是温暖的。

一个人在外面打拼，不要太累了，知足常乐。每每听见父母的叮嘱，我的鼻子都会发酸，亲人的关爱不就是人们追求的人生之春吗？生活中，不一定要事业有成，

不一定要荣华富贵，只要开心就好，决不能做风雨中折翅的鸟。有健康的体魄，有幸福的人生，有和睦的家庭，这就是春天，这样，春天不就是珍藏在心里了吗？

曾读过一首矿工写的诗："春从矿工心里来，春从大自然的绿叶间来。"由此，我想到了矿工的辛苦，每天在阴暗潮湿的井下作业，见不到阳光，见不到春风，甚至，也感受不到四季，可他们的心是敞亮的，温暖的。

其实，美好的春天有多种含义，它不仅从冬天里姗姗走来，在大自然和我们的生活中游动，它还深藏在人们的心中！

你准备好了吗？释放早已藏在你心里的春吧！

原载：2014.03.15《北海日报》

穿越在高原的灵魂

是要回头看看了，我梦中的西藏是否还是神奇无比。

写西藏的山水，西藏的人，我时常会痴迷，会被生活过的点滴感动。

借用法国哲学家萨特的话说，写作是对生活的反抗。在萨特眼中，他强调的是一种写作姿态。心底下想一想，反抗什么呢？如果生活在一个没有痛苦、没有忧愁、没有阴暗、没有卑污，唯有欢乐、欣喜、阳光、高尚的世界里，处处太平盛世，夜夜歌舞升平，当然没什么需要反抗的。也会对萨特的时代感到悲悯。

然而事实上我们现在所生活的世界，已经和萨特时代不同，所以，现实中，我宁愿将萨特在写作上对待生活的态度，看作是他对生活不尽如人意的一种自省与宽容，而非一种简单的批判与揭露，可我想要的，是美和尊享。于是，我选择了诗歌，选择了西藏。

很高兴在西藏生活和工作，能在高原领略其独有的风景和人情。我喜欢山口飘扬的经幡，喜欢路边的玛尼堆，喜欢雪山，喜欢酥油茶，喜欢青稞酒。我精神世界的所需，它都有。

信仰很多时候都是一杯酒，会醉掉对方，要想自己清醒，最终互为醒酒的是果汁或绿茶。以及绿豆汤，这些虚无的东西往往是离不开生活中的实体的，我的理解，这就是诗歌。

那些日子，我的心情时常和西藏的蓝天一样碧蓝，当然阳光是灿烂的，云朵是洁白的，在灵魂的高空闪耀着和飘着，把心涤荡得通彻，心里就剩下这些分行的文字了，能不溢出吗？

在八廓街闪耀着诗性的玛吉阿米茶馆，南南北北的人喝着茶，浓浓的乡音和四季阳光一起放射着光芒。我在角落里享受着这些甘醇，恬淡中有了诗的灵性，这得益于我能走进西藏，走进玛吉阿米，还是让玛吉阿米的琴声沿着我的心继续流淌吧！

当一种爱庞大到浩浩荡荡的时候，不写，谁能受得了，那是一种无限，一种永远的情怀。此时，只需把这些经历过的，自己喜欢的不喜欢的都盛放在记忆里，心就会知足地饱满起来。饱满得似乎要胀破了，蹦蹦跳跳的全是高原的热爱和尊重。

我依然是怀着敬畏朗读仓央嘉措的，大师的每一行诗都要击中我灵魂的神经，让我倾倒，让我迷恋，不老的爱情永远年轻着。

我也读扎西达瓦，读他《骚动的香巴拉》，读《古海蓝经幡》。我也会不自觉地被他带入一片神奇的境地，也会在他魔幻现实主义所揭示的民族、社会内涵中沉湎，在深刻、悠远中，穿越高原，穿越灵魂。

我也庆幸西部天国的那份友爱，温馨的茶馆里时常会见到克珠群佩先生、次仁罗布先生、张祖文先生、班丹先生、邵星先生，我们会谈文学，谈诗，谈当下写作，大师们的点化时常让我的心荡漾着，先生们的坚守和光芒照亮了我，让我受用不起，我很感激他们，有这样的诗友是我的万幸，他们是我的师长，也是我的榜样，会激励我，让我诗歌的灵魂飞得更高。

我热爱那片土地，在一起，美是那样的谦虚。敬畏和向往在已经融化或依然堆积的雪山上，希望着。当怀旧和渴望交织，高原的风情会迎面走来，向我的心底深处走来，那该是怎么样的心情。

我实在无以言表。

任何语言在此时都苍白无力，都显得迷蒙、青涩，没有力量。

一直觉得离开文字会无所适从，可是，把全部的心思交给文字时，总觉得自己抵达不了灵魂的制高点，只能是选择一个地方停靠。我确实脸红与自己驾驭文字的能力，我害怕，我羞于诗歌的表达，羞于自己的浅薄玷污了圣地的高远和圣洁。

写下这几个字，全然不是心里触摸到的那个感觉，我是在敲打自己，在掂量自己，但愿这些太轻的文字不会让您有太多的失望，

我把自己的心态比作做梦，我是在梦游。这样的心境，只能是一种姿态，意在点拨我自己要努力，要拿出本真和梦想一起遨游。但有一点是肯定的，无论自己处在什么样的生活现状下，我都会好好生活、善待别人。

有梦终归是好的，我喜欢自己穿越高原的灵魂写作状态，虽然它还很稚嫩，不值得一提，我还是很珍惜自己的那份情感。

这样反而释然了，望望窗外，已是阳光明媚、桃红柳绿。春天来了，我的文字也会伴着墨香开成其中的一朵，希望有些许清淡的花香。

原载：2013.06.30《西藏日报》

凤 仙 花

　　刚见到这种花时，我怎么也不会相信老家随处可见的指甲花，竟还有一个好听的名字，凤仙花。谁起的名字，这么好听？可能是深闺里的妖红，也可能是哪个风流雅士，那么的柔软和温婉，把个给点水土就能活，见到阳光就能长的普通花草，出落得如此的小家碧玉，青莲柔柔，竟带着碎步，曼妙地步入你的视野。

　　其实，迷人的凤仙花还有很多好听的名字，透骨草、金凤花、洒金花、芨芨草、指甲花、急性子、海纳花。这种乡下最普通不过的花，却因了一个凄美的传说而让凤仙花名扬四海。大自然里，凤仙花是手执折扇的公子，抑或步态轻盈的女子，总是那么幽静，质朴而绚丽。娇羞的身姿里，花朵藏在叶茎底部，或嫣红，或粉白，总是无声地、热烈地开着，平静而自然。它从不炫耀惊艳的红，也不张扬逼人的香，安静得如地上的草，田边的野花，彼此呼应，彼此共生。

　　很多时候，凤仙花都是乡下人自己种下的，成片成片地生长，也不择地，很容易成活。春天，只要在野地里浅浅地埋下种子，花就会悄然长成，生机勃勃地向上生长，热闹的样子让你眼馋。

　　我想，人们之所以叫它凤仙花，除了民间的传说，可能是基于这些年轻的女孩子们的缘由，她们喊喊喳喳地，纤指捻过片片花儿，采下绿叶里红的、粉的心尖儿，放在温暖的手心里，一齐揉碎，把汁涂在指甲上，然后用布把手指裹起来，第二天便可拥有一副漂亮的红指甲。现在想起来，乡下的指甲花真是纯天然的美甲，比起今天美甲店里的美甲来简直是一种恩赐，大自然的恩赐，少了刻意和淡薄。

　　老人们讲，凤仙花种、凤仙花的子就是农家称的急性子，凤仙花的茎就是民间流行的透骨草，都是上好的药材，有活血化瘀、利尿解毒、通经透骨之功效。小时候，大人们经常采鲜草捣烂外敷，为我们治疗疮疖肿疼、毒虫咬伤，这些土法治这些病

很管用。乡医也会取其种子制作解毒药，进行通经、催产、祛痰、消积块，很受乡亲们的青睐。"洞箫一曲是谁家，河汉西流月半斜。俗染纤纤红指甲，金盆夜捣凤仙花。"讲的就是老人用凤仙花做草药的场景。

　　说来也奇怪，离开家乡的这些年，家乡的变化，却让儿时随处可见的凤仙花也变得珍贵了。偌大的乡下，竟很难觅得它的芳踪，如果你很在意，也只能偶尔在别人家的阳台上看到一两株种在花盆里，长得也不像原先在人们庭院角落里那样蓬勃生机，花开得也稀稀落落的，让人觉得无法接受，这些活在大自然里的植物，便也和人一样变得娇贵起来。然而，在梦里，岁月深处那渐行渐远的凤仙花，依然是那样的质朴和燃烧不息的花朵！

　　"夜听金盆捣凤仙，纤纤指甲染红鲜。投针巧验鸳鸯水，绣阁秋风又一年。"每每读起这些古诗，我的眼前都会浮现起门前那片妖红。

原载：2014.01.10《淮河晨刊》

古城菊花

是在开封的大街小巷，遇到了这些花中君子。

真个是傲然怒放，一朵，一朵，又是一朵，烫着卷发，怒放在纤弱盈碧的叶子之上，恰似冲出的烟花，爆炸开来，呈现团团的异彩。隐居小巷，又不失高傲、圣洁、平静，美到极致，也娇艳到极致。恍惚它们在低语，潇洒俊逸，清幽中漫着淡香，薄薄深秋，掩不尽金菊绚烂的梦。

秋雨深深，树下黄叶片片，大朵大朵的菊点缀其间，犹如淡雅的水墨，凝重而不失高雅。所有的秋花中令我敬佩的也只有菊花了，它那么坚定地灿然开放，从不管秋霜风寒，一夜间炸开，拉着美丽的弧，鲜腾腾地张开花羽，真的让人惊奇。沈从文眼里的菊花绽开的场景，又与这里的菊花那么相似，黄的厚重、白的圣洁、红的艳丽，为古城平添了诗意。

实在不愿意打扰它们，如此安然而静美的花儿，竟然连心都托出来，率真得像个孩子，刚强得如隐居的侠士。循着花香行走，街道和马路都被它们染香成渠，泛着绸缎般的光泽。行人中有斜插云鬓的，有胸扣间别上一朵的，都是爱花的人在独享清秋的弥香。撤去遮雨的伞，头顶上是雾蒙蒙的天，青灰的城楼，衬着远行的菊，温润了萧条的秋意。

老是崇拜菊花。一直认为菊花出生寒贫却饱含风骨，从不与春天的百花争艳，而是尽然地选择百花凋零的秋天，在丰收的喜悦里敞开心扉，透明得可以见心，即使在墙角屋后，依然默然地开着，平静得如一面水。

自然地，喜欢古城的深厚、菊花的高贵。

桌案摆一盆菊花，堆一堆线装的古书，呈一方石砚，毛笔浸润的是旧时的书卷气。院子里有几朵白菊，玻璃的圆桌上，泡一壶菊花茶，可品出村野清新的味道。想那

黄巢起兵八百万，心中的菊花也抵得上江山一隅，可品可悟。

"物性从来各一家，谁贪寒瘦厌年华？菊花自择风霜国，不是春光外菊花。"总想起杨万里的《咏菊》。宋人眼里的菊花从来是选择风霜的，坚强中有春花的美。

菊花生在古城，和历史与文化共生，雅得高远，厚得深沉，鸽哨伴着花开的声音让人心醉。李白的菊花沿着唐宫长到山野。韩愈爱怜菊花，常侍金菊与野，邀友吟菊黄梨山，醉与山居而忘归。曹操爱菊，挥剑斩断蓬阁坊，诱日光入室。鲁迅守菊披霜谓为闻其香，感冒数日。毛泽东爱菊，植菊于窗台。张学良伴菊而生，百岁而终。菊花天下，多是枭雄俊杰。

宋人之菊落于宅。冷秋中的生命，演绎着大宋的繁华，有雍容、有高洁、有侠骨、也有伤感，饱含沧桑和奋搏。词人李清照在《醉花阴》言："薄雾浓云愁永昼，瑞脑消金兽。佳节又重阳，玉枕纱厨，半夜凉初透。东篱把酒黄昏后，有暗香盈袖。莫道不消魂，帘卷西风，人比黄花瘦。"菊花，在她笔下成了抒发情思的对象，用"瘦"字抒发内心对久别丈夫的思念。

也好，让人感念，有心尖上的钦佩，有自我的觉醒，有梦，有现实。菊花是真正的英雄，佩剑而立，没有孱弱。

古城菊花，相得益彰。高雅也罢孤傲也罢，都是上天的馈赠，尽管大胆尊享。大宋的都城，皇家菊花在民间烂漫，子民惜花、爱花、赏花。菊萎而制茶，明目清火。宋民如单为爱妻卧菊而亡，他枕下的菊花可是爱情？如此，男人的柔骨里，永远都有相恋相依的缠绵。

哲人言，菊花乃花中之魁。一朵菊花，一个雅居之士。怎能不让人感叹，秋夜寒风里，院中菊花开几朵，遍是金黄遍是金。这样的夜里，有菊花相伴，可谓逍遥之极。

有人说，一朵菊花，一段光阴的故事。又何尝不是？旧籍经典里的王苏改诗，苏东坡恃才自傲，在王安石的诗句"西风昨夜过园林，吹落黄花满地金"后加上了"秋花不比春花落，说与诗人仔细吟"，而悔断黄州，真真地学会了洞察人生。

小巷深深，古城幽幽，旧人已逝，剩下的依然是这满大街的各色菊花和曼妙的音乐，今人的脚步留不住时光的花香，笑容不比那些悠然的菊花，让一豆灯火成为黑夜的故乡。

原载：2011.03.02《中华日报》

槐花红槐花白

突然间想起槐花，家门口满树红的、白的槐花，带着淡淡的幽香闯进梦乡。

五月槐花香，家乡的味道，在游子的心里恣意地流淌着，那么的诱人，那么的令人回味。

记忆里，我们村子的槐树种的是最多的，还有很多的花，这些不知名的花斜倚在院子的角落里，一棵棵大大小小的槐树围绕在房前屋后。每年春夏之交，一簇簇碧绿的叶子间，槐树花在细雨的滋润下，慢慢舒展开花蕊。

清晨，揉着惺忪的眼睛，打着哈欠，推开二楼的木格子窗户，淡淡的花香一股脑儿地涌进来，扑鼻的香。目光所及，楼下全是大团大团白的、粉红的花朵，都大大咧咧地突出绿叶，泊在一枝枝丫间，一穗一穗的白，一嘟噜一嘟噜的红，清新了这个夏天的清晨。

我曾经多次循着花香仔细观察槐花的身影，也曾多次手捧一串串的槐花凝视，这些三角形的小精灵，扑闪着洁白的，粉红的翅膀，细长的花蕊是它敞开的心，在夏日的阳光里跳跃，时常，看着这些幽香的蝴蝶，心头不自觉的会产生一丝莫名的悸动，一种畅快的欢悦。

五月的槐花多了浓郁，明显没有了春天的热闹。虽然花事到了尾声，而它们却能够心平气和地开得次第，虽然少了热烈，却也不失娇贵，犹如戏场里的压轴大戏，总会给人留下难忘的精彩，让人回味无穷。

槐花是乡下的贵族，有着高贵的名望。乡下最好的槐花蜜没有几个人能够消受到，祖母做的槐花饼、槐花糕，母亲蒸的鲜槐花，父亲酿的槐花酒，都是我们小时候难得的美食、美酒。槐花香里，那些艰难的时光因槐花而变得意义非凡，且有滋有味。

在乡下，老家人最喜欢在春荒里伴着花香度日。有了一树树的槐花，两个月的

口粮是不用愁的，满树都是，想怎么吃就怎么吃。当然也不会忘记捋很多槐花煮熟后晾干，等大雪封门时拿出来应急。我惊叹于老家人对槐花的青睐，不管老幼，都喜爱吃，也都会吃。

放学的路上，我们这群不羁的孩童是绝对不会挨饿的，沿路满是压弯枝的槐花，也不顾什么斯文，伸手拽住最低的一枝，从树上一串串槐花撸一把塞进口中，清清的，甜甜的滋味弥漫在唇齿间，那副样子好惬意、好满足。也会一大把一大把地捋下来，装在书包里，然后坐在田埂上，剥去周围的花叶，只吃里面的花蕊，说真的，那个甜啊！无法形容。

童年的时光是美好的，也是短暂的，当我们一个个考进大学，走向社会，那一树树槐花却成了美好的记忆。我所居住的城市里，都是四季常青的观赏树，而槐树却只能在公园里才能觅见踪影。槐花盛开的季节，带着孩子前去观赏，有时候会忍不住伸手摘下几穗品味，还是童年的味道。那记忆里的甜，便成了一份美丽而遥远的怀想，少了随意，多了顾盼。

岁月如逝，每一朵花都有花期，我们的花期就在乡下，在开满花香的槐树下。童年的记忆是美好的，那淡雅的白，雍容的红是乡村的风景和希望，是幸福也是满足。多想倚着那棵开花的树，倚着那些洁白的、粉红的花，做一场梦，梦乡里，有家乡的小屋，有清澈的池塘，有乱舞的蝴蝶，有辛勤的蜜蜂，还有一段芳香，一种甜美，一样满足，一份喜悦。尽管只是一场梦，梦里面，也会有许多开心，许多梦想，幸福的心和满树的花香一样迷人。

还是想那村庄周围一树树清幽的槐花香，花香里有家人的溺爱，有小伙伴的呼唤，有童年的欢乐。我在想，如果可能，我会把门前的一串串洁白的、粉红的槐树花搬到城市周围，让整个城市都铺满花香，这不是梦。

原载：2013.06.05《兰州晚报》

麻　　雀

天冷了，麻雀找不到吃的，开始往稻场上的稻草垛里钻。燕林轻手轻脚地溜过去，一只手猛地捂住入口，另一只手在草里掏，把它从稻草里拽出来，放进已经准备好的蛇皮袋里，麻雀在袋子里扑腾着翅膀。

麻雀是最机灵的鸟，天还没放亮，它就站在屋檐下或树枝上叽叽喳喳地叫开了，像在对话，又像是在欢唱，声音清脆而又悦耳。老人们总爱在这个时候起床，开始清扫院子，开始了一个个普通的早晨。

大嘴有一把用钢丝做的弹弓，是他当兵的叔叔留给他的，开始只是打一些大的鸟，时间久了，就用它练习打麻雀。可能是麻雀没有见识过弹弓的厉害，大嘴都站在树下瞄准了，麻雀还傻傻地站在树枝上用它尖尖的小嘴慢慢地拢着羽毛，直到石子"啪"的一声穿过树叶，打到麻雀身上，麻雀从树枝上落了下来，旁边的麻雀才惊恐地跑开了。

燕林说，麻雀是最灵敏的鸟，打了几只之后，你再握着弹弓站到树下，不会等你站稳，一个个早跑得干干净净。当然，小精灵再聪明也赶不上我们这群孩子，我们先是装作若无其事的样子，待麻雀放松了警惕，便迅速取出弹弓，一块石子飞过去，麻雀会唰的从枝丫间掉落下来，在地上扑腾着，挣扎着，试图重新飞起来，但不管它怎样努力都无济于事，只得乖乖地束手就擒。

麻雀是最喜欢群居的。早晨或傍晚，它们结着伴，黑黑的一片，在低空中飞行，远远看去极像被风吹动黑点群，队形忽变，又像有弹力似的。我知道，那是一只麻雀在飞着，带着自由，带着快乐，那么的悠然，那么的欢畅。这个时候，我会想，做只麻雀真好。

不过，这个想法只是在它们快乐翱翔的时候才会有的，更多的时候，我会觉得做一只麻雀其实是很悲哀的，尤其是看到燕林整天举着拴有细线的麻雀奔跑的时候，也不管它累不累，落下来就再抛向空中，一次接着一次地抛，大嘴说："你累不累啊！天天这样。"可燕林不管这些，麻雀多的是，累死了就再抓。

燕林和大嘴都是捉麻雀的高手，看他们捉麻雀你会觉得既滑稽又好笑。燕林家住的新房，门窗都安着透明的玻璃，无事的时候，燕林打开门，在堂屋最显眼的地方撒几把稻谷，之后便一动不动地躲在门后，待麻雀一个个飞到屋子里，他们便猛地关上门，插上门栓，举着竹竿满屋子撵。棍棒之下，麻雀无处藏身，便一个个往透明的玻璃上扑，企图从窗户里飞出去，可是，那是玻璃，不是空气，麻雀一个个撞在玻璃上，发出"咚咚"的响声，几个来回之后，麻雀便撞晕了，纷纷掉在地上。大嘴蹲在地上一个个地把它们捡到竹篓里，之后，脸上露出狡黠的微笑。

麻雀也有家，乡下的茅草屋檐是麻雀做窝最理想的地方，下蛋的时候，贪嘴的蛇会爬进去偷吃麻雀蛋，大嘴把手伸进去，把蛇抓住，狠狠地摔在地上，然后再狠命地踩上几脚。偶尔也会碰到毒蛇，大嘴就用黄鳝钩捣，直到把毒蛇抓住，塞进盛着酒的瓶子里。我最喜欢那些张着镶有金边的大嘴巴幼雀，它们是那么急嘴，一天到晚不停地叫着。啥时听不到叫声了，我们就知道它们已经离开窝，开始学飞翔了，这时跑到树底下，准会看见那些飞累的小雀在地上满世界地跑，速度很快，你很难抓住它。不过，我们还要循着小雀的身影围堵它，直到把它逼到墙角，它无路可走了，才乖乖束手就擒。

麻雀也会生气，它的气性很大，抓住它了便不吃不喝，尤其是拴住它的时候。有时也会装死，趁你不注意，它会从你的手里逃脱，看着它们靠智慧获得自由，心里也会涌起一阵愉悦。

我喜欢麻雀清亮的叫声，喜欢它轻雅的舞姿。它是一个歌者，也是一个舞者。它不惧严寒，天冷的时候还站在电线上，像一首音乐的五线谱流淌着回忆、流淌着快乐。

原载：2013.11.29《焦作日报》

轻轻的二月

最令人向往的节令，轻轻的二月一路走来。它脚步轻盈，悄悄地，伸出温柔的手，拂去大地上的雪花，揭开了春天的面纱。

二月是一年的起始，是踏着立春、春节、元宵节喜庆的节拍走来的。二月是情人节，是天下有情人期盼的日子，有梦、有甜蜜。二月有倒春寒，盛产雪花、毛毛雨，还有烟花。雪花，已经没有冬天的寒，湿漉漉的，一朵一朵飘着悠闲，落在地上就化了；烟花，让这个月份披着彩，照亮了岁月的深处；毛毛雨密密的，浇开了尘封一冬的心，流动的伞花，多像小径上开着的云彩。此时的风，一阵一阵刮着怅然和冷峭，大山深处，阳光在大地升腾生活的温暖，迎春花绽放着芳香、祥和。

二月天生属于春天，是夹在节日中间，是用红头绳扎出来的，是欢乐的鞭炮炸出来的，是吉祥的红灯笼照亮的，是倒贴的红福字倒出来的，是喜庆的红春联贴出来的。二月永远都是忙碌在农事里开放的月份，一个细节都喷香得奥妙无穷。

新年是二月的重头戏，远在四方的亲人都要回家团聚，都要吃一顿暖暖的年夜饭，都要对保佑、赐福于他们的神灵、祖先进行祭拜，都要对一年的历程进行盘点，都要对走亲戚、串邻居，相互拜年，互致问候，都要对下一年进行规划，坐上远去的列车，开进春风里。

二月一切都是新的，大人、孩子都要穿上新衣服，人人都有新的愿望，家家户户都装扮一新，打工的人要走上新的岗位，留守的人要重新整理今年的庄稼，就连池塘边的柳枝也要发出新芽，鸟的叫声也那么新颖。

二月有着浓浓的亲情，回家过年的，没有回家过年的，元宵夜观灯的，都有说不完的悄悄话，都有道不尽的祝福，都有拜不完的年，热气腾腾的饭桌，淳淳的美酒，醉了岁月，醉了心底的春天。

　　喜欢二月，喜欢新春里温暖，雪花里的二月是儿时的期盼，是成年的拼搏，是老年人的叮嘱。在二月可以无拘无束享受欢乐，享受幸福。

　　二月几乎每年都是伴着新年走来，从凛冽的寒风中一步步走来，从亲人期盼的眼神中走来，从窗外的柳枝中走来，从团圆的笑声走来，从火红的灯笼中走来，走得那么轻缓，走得那么随意，就像一阵风吹来，不自觉地就成了二月的花朵。

　　伸出双臂，拥抱二月，拥抱温暖！二月是岁月的一条河，河对岸，就是祥和灿烂的春光。

　　就是盛开的好时光！

　　二月永远都是美的。这样的日子，谁不憧憬未来，谁不向往岁月的美好。走进了二月，就走进了百花盛开的古诗里，只要细细品，每一天都是一杯香醇的茶。

　　轻轻的二月是朦胧的，不信，你做个梦试试！

原载：2013.03.01《锦州晚报》

三月的雨

　　真是快，还没有从新年中缓过神儿，三月就来了，披着碧绿的衣服，浑身满是花香。它一路走来，毛毛雨浇开了一朵朵七彩的伞花。

　　这是三月第一场雨，曼妙中略带着一丝凉意，可每个人的心里却暖暖的，许多美好都晶莹着，顺着伞角慢慢滴落，也会停下身，蹲在地上看草尖上清透硕大的水珠，透明的心，浸润着每一个日子，折射着春的内涵和温润。

　　三月的雨是朦胧的，喜欢停靠在枝丫间的细枝之上，斜倚在嫩草的鹅黄之上，悬挂在檐下的蛛网之上，它们从冬天的深处走来，是雪花微笑时溢出的眼泪，是风把它们带到这里来的，每到一个地方，就点亮一个地方的心。

　　打开贴满红对联的大门，春天就在院子里。春天是一个多么喜庆的季节，欢喜得如孩子铜铃般的笑声，春天是一个细柔绵长的日子，香醇得如案头的一盏茶，春天是一段明亮的时光，透明得如湖底的心。

　　我时常沉湎于这样暖暖的时光间，细微的感动在摇摆的花草间萌动，这样的日子往往是期待着的。喜爱三月嫩嫩的触动，喜欢三月淡淡的雨水，撑一把雨伞，走在小径上、站在胡同口，看着默默行走的人群犹如看着这些静静的雨滴，彼此之间熟悉的心跳、协调和安静都织在这样充满幻想的网里。

　　这样的岁月真好，心都是滋润的。

　　细雨是春天的精灵，这些水珠子平添了我心头臆想过的几分灵气，我珍惜它，喜爱它。透过玻璃窗去看再次落来的雨滴时，却是岁月安好的朦胧，我珍惜这些人间的美好意象，浮躁的心伴着那丝丝入扣的碰击安静下来。

　　三月，已是春天了，村外的树木和野地里已新生了很多叶了，寂寥了一冬的乡下可以充满绿意，充满生机了。我们都十分爱惜这一段好时光，久违的心绪也悄悄

发芽，和着窗外的雨露，默然地修来一场好机缘，就像故事里的一段好的情节。

雨停了，太阳出来了，那些多情的雨珠还不愿离去，依然停留在花间，它们都是多情的，也舍不得这三月最初的芬芳。

我时常感念这样的雨季。三月的雨就是一首朦胧诗，一场细腻的雨，细腻的没有词语，行人花花绿绿的雨伞只能是一句诗的韵脚，而那些花朵，也只能算一个标点，枝丫间被雨淋湿的小鸟，躲在隐蔽处独自思念天空宽阔的蔚蓝和明媚。

三月的雨水是安静的，安静得如一场平静的梦。它们都是真心的，云朵走到哪里，就在哪里安静的落下，从来不挑拣是不是陌生的地方，雨滴落到哪，哪就是它们的家。如果把它们和夏天的雨比较，它们都是低调的，安分的。如果和秋天的雨相比，它们显得更加柔弱、细腻。我常把三月的雨称为母亲雨，大地万物都需要它的滋润。

没有比三月的雨后更有诗意的了。永远没有，真的。

雨过后的春天，像极了你，你的美丽与墙外那支绿叶托起的花多么可比。只是想这样一直看下去，愿意这样老下去，这样平静地消失于暖风吹拂的郊野，或是简单的约定。

原载：2014.03.21《河南法制报》

下　刺

　　我是吃了两三次亏之后才知道别人如何下刺害人的，要是搁现在，这样的小把戏想害人门儿都没有，可毕竟在那个年代，杀伤力还是很大的，现在想起来还心有余悸。

　　那时的乡下是没有柏油马路的，连接县城的除了一条国道，都是清一色的大大小小的泥巴路。天晴一堆灰，天阴一片淤泥，没有车，出行全靠步行。赤脚走路是当时最流行的行走方式，只要不冷，大人、小孩都是如此，脚下的茧子厚厚的，走起路来咚咚直响。

　　燕林家是城里的下放户，他一家没有打赤脚的习惯，燕林穿着一双花格子布鞋，走路很小心，他会绕着走道路的边沿，那里灰少，也长着长长短短的野草。不像我们，只要有路，撒开脚丫子就跑，哪怕没有路，也径直跑开了。

　　打赤脚最怕碰到刺、玻璃、尖瓦片，还有小径上的茅草尖，专扎脚腰，生疼。

　　南庄那群坏小子经常和我们作对，放学的时候，我们就在大塘埂上摆开战场。大嘴打架爱拼命，每次开战都是他冲在前面，别人还没有准备好，他就举着棍瓣里啪啦地揍开了。南庄的人不禁打，一打就散开了，我们就围住一个狠狠地教训他。这是我们的战术，很管用，南庄的那群小子们都挨过我们的打，大嘴说，谁叫他们不团结，各顾各的就是这样的下场。

　　我们家门前就是县高中的农场，经常会有学生到这里劳动。南庄的黄狗（姓黄）也经常来，他长得高高大大的，听人说，已经读高三了，经常是一个人独来独往，专门欺负我们村庄的孩子，我们都怕他，见了他就躲起来。

　　黄狗腿长，我们都跑不过他，那时间，只要是他看谁不顺眼就打谁，村子里小伙伴都挨过他的打。燕林是挨打最多的，他是城里的孩子，穿着和我们明显不一样，玩的东西也很别致，就连滚的铁环也是他外公特意用机器做的，推起来发出清脆的摩擦声，不像我们，推着用铁丝编的木桶箍，又大又细，就因为他的不一般，黄狗打了他，还抢走了他的铁环。燕林也不是省油的灯，死打死上，一直跟到他家里。不过，铁环没要回来，黄狗把它扔到门前的池塘里去了，即便是这样，黄狗还是挨了他父亲的嘴巴子。

燕林发恨要报复黄狗，就在黄狗经常出入的路上下了刺，都是从老槐树枝上掰下来的，短短粗粗的刺，直接往土路上的灰里密密麻麻一放，一脚踩下去会扎进四五根，即使拔出来，刺尖尖也会断到肉里，钻心地疼。

黄狗没有上当，他走路很小心，早在下脚前用棍子查过了。而南庄那群孩子却遭了殃，一个个搂着脚哭起来……

夏天，土路上的灰可以淹住脚背，如果没有刺，踏在上面是很舒服的事，软软的，犹如脚下踩着厚厚的面粉，上面热乎乎的，下面却是凉飕飕的，还会溅起细细的灰尘。可这些厚厚的灰里到处都是刺，有我们下的，也有南庄那群调皮蛋下的，他们下的我们不知道，我们下的他们不清楚，双方都吃亏。

下刺的方式有很多种，有直接下在灰尘里的，有专门挖个坑，把刺排在坑里，上面盖上毫土的，还有用泥巴团排上刺，然后再堆上灰的，总之，防不胜防。下刺的种类也越来越多，开始只是槐树刺，这种刺好采，也好下，正好是下面大，上面小，放在灰里稳，放时啥样，一直是啥样，不倒。渐渐的，出现了枣刺，菱角刺。菱角刺是倒刺，一旦扎进肉里，用针挑都挑不出来。

我们最怕的是蛇刺，据说蛇刺扎进去就挑不出来，会烂、会生疮。不过，没有人扎过这样的刺，都害怕扎上，走起路来格外小心，用脚试着往前走，以免遭殃。

尽管这样，我们依然被扎，一瘸一拐地忍着疼走回去，让大人用缝衣针把刺挑出来。更多的时候，我们自己带着针，一旦扎了，就坐在地上现场把刺挑出去。

我至今不敢打赤脚走路，心里还是怕那些防不胜防的刺尖尖。

原载：2011.07.07《信阳日报》

雪花里的春天

　　雪花，虽然没有春雨的朦胧，夏雨的热烈，秋雨的缠绵，也似乎少了些生机，多了份沉寂和萧条，但那却是一个充满幻想，诗意绵绵的世界。

　　雪花是冬天最后的翩翩舞者，跳着春天的圆舞曲，冰凌是它最透明的裙裾。雪花飞舞，大地和屋顶开始变得洁白无瑕，在这个无声的童话里，炊烟是春天写的第一封信，邀请绿色和百花回到枝头。

　　河水开始结冰，薄薄的冰牵着积雪的手，在河岸静静等待今春的第一缕春风。河水在冰层下流动，鱼儿在河底嬉戏，它们拼命地往上游游动，心里盼望呼吸到最早的春水。鸭子在冰层上跳着芭蕾，没有灯光，光滑的舞场让它们的身姿显得笨拙和乖巧，叫声划出春天的轻音。

　　河边的柳树迎着寒风低垂，枝丫间满是落雪和冰凌，寒风中，柳树摇摆着，发出"吱吱"的协奏曲，声音清脆而绵长。阳光柔柔地照着，唤醒了沉睡的叶脉，淡淡的绿在心底流淌，细枝拂动中，萌动着淡淡的鹅黄，这些春天的标点，停留在冬天的雪花中，待春天的诗会开始时，作出浅浅的标注。

　　麦子被雪花覆盖，它们枕着厚厚的雪绒被做着梦。梦里有暖暖的阳光，细细的春雨。偶尔有露出的叶子，在和雪花话别，害虫都在积雪中灭亡，成了麦子生长的肥料。麦子睡了一冬，已经攒足了劲，一开春，它们都会百米冲刺，憋着劲地往上长，在苗壮中为农人捧出丰收的果实。

　　农人更是不闲，他们喜欢在雪花落下的最后一刻，挎上竹筐，背着尿素，麦子和油菜干了一秋，雪地里最适合施肥，把尿素撒在积雪上，太阳出来，春风吹来，雪化了，肥料也一起化掉，都沁入庄稼的根里。

　　雪花里的春天是朦胧的，细软的，藏在雾里，隐在草里，响在春节的爆竹里。

腊月，孩子们举着红红的鞭炮，在笑声里"噼噼啪啪"地炸开，艳艳的红落在地上，或是溅到雪上，似红梅或玫瑰的残瓣，通体透着吉祥幸福的光芒；那红红的脆响，像春雷的急雨，悄然地落在心里！

雪花里的春天是红色的，从接近除夕的黄昏到新年零点的钟声敲过，再到新春的第一缕光芒微露，再到早晨，到上午，一直到即将走出新春的元宵节，红红的雨一直落着，一浪高过一浪，红色的精灵伴着喜悦在雪地里跳跃，而舞动这红雨的主人和孩子该有多么雀跃和美好的心绪啊！他们的脸被照亮，显得酡红，他们的心慢慢燃烧，像饮了一杯杯的醇酒，哪儿都是美的，哪儿都是热闹的，哪儿都是春天的温柔。

春天来时，雪花注定是一场桃花落，雪花里的春在根系里潜滋暗长，羞涩的萌动会自然地转身，在清晨，在午后，在夜里，蜷缩在嫩叶里，浮动在茶香里。有时，它是随风飞舞的红丝巾，有时是田埂上冒尖的茅草，有时是清香的迎春花，总之，雪花里的春天经过了寒冷和纯洁，都变得妖娆和妩媚，灿然的身姿映入了鲜艳的色调，洁白之后，开始多彩。

无端的，爱着雪花，爱着雪花里的春。

原载：2014.03.12《德阳日报》

正月里的春天

　　还在正月里陶醉，来不及从浓浓的年味里回过神来，朦胧的春就急不可耐的撞开了山野的门扉，把丝绸般的微风披在大地身上，回望田野，庄稼拔节的声音，昭示新生命诞生的欣喜。

　　正月里的春天，带着温暖的梦想，带着敏感簇新的情怀，带着碧青的绿意，一切都是美好的，好奇的，期待的，如果你细细倾听，那无限温柔里一定藏有幻想，藏有喜悦，藏有激情，藏有醉意。

　　初春的雨却是最调皮的，它悠悠地下着，带着一丝清冷，却又不舍得去冻一冻万物盎然生机的大地。彩色的伞花犹如冬天的心结，一一都打开着。田野里，细细的雨丝斜织着，树枝被毛毛雨浇开了，结出了一个个滋润的苞朵，小草静静地斜靠在一起露出了尖尖的脑袋。此时，你可以穿着雨衣或是撑着伞，行走在乡间的小径上，抑或在小河边迎风而立，沐浴在柔柔的雨中，心也早早地醉了。站在石桥上远远看去，小村在雨里静默着，青砖黑瓦的房子，在雨雾中渐渐迷蒙，透出祥和安静的气息。好一幅淡雅的山水画，我在想，春天的脚步真轻，甚至都感觉不到。

　　春天，是绵绵细雨洗出来的。

　　一场春雨一场暖，就连阳光也都洗得净净的，一股脑儿地抖落在院子里，日子渐渐地亮起来。这时，春风不再寒冷，也不钻身了，带着温情，母亲般慈爱地抚摸着你，几许关爱，几许溺疼。风中有青草的新鲜，有迎春花淡淡的香，还混着泥土的醇，那么让人陶醉，那么让人畅想。我忽然明白，原来春天是盈盈春风吹出来的。

　　人勤春早，正月里的春天阳光明媚，麦子开始变得黑油油的，油菜也开始从地里站起身，农人们忙着为庄稼施肥，有的忙着撒尿素，有的忙着施农家肥，也有的把自家尿水挑到田里，更有心急的老汉，早早地牵出牛，明亮的犁铧掀开了封存一

冬的土地，原来春天是犁铧犁开的。

南迁的候鸟也重回到了枝头，燕子飞回到每家每户的檐下，它们成群结队地在空中翻飞着，叽叽喳喳叫个不停。田野里，各种小动物都醒了，伴着春天的旋律，唱着快乐的小曲儿，欢快地低吟，奏响了春天的序曲。就这样春天被清脆的鸟声唤醒了。

正月里的春天是孩子们放飞纸鸢的好时节，他们牵着春风，欢快得如小鸟一般，在村口跑啊、跳啊、追啊、乐啊！忘记了料峭的春寒，头上带着细密的汗，泛着热气，一个个就像刚从蒸笼里钻出来似的，让小村充满了朝气，到处是喜悦与畅快。春天，是小朋友的汗水暖化的。

城里的工厂和工地都开工了，到处是机声隆隆，到处是热火朝天的场景。街上的门店都开业了，街道被行人压得笔直，可以看见新春的红灯笼，可以看见从高高烟囱冒出的白烟，最显眼的是一个挨一个的起重机，伸着长长的手臂，把春天的愿望举得高高，塔顶上的红旗，染红了人们一年的渴望。春天，是工人们用挖掘机挖出来的。

正月里的春天是曼妙的，是一场轻音乐，没有夏的火热、秋的残酷、冬的萧条，具有年轻人酣畅淋漓的热情与活力，有中年人的稳重和憨厚，有老年人的温婉和老成，明媚着、鲜艳着、芬芳着。春天的美好，有生命中的憧憬与忙碌，有新生命诞生和成长。

一年之计在于春，我喜欢正月里的春天，尽管仅仅是一年的刚开始，但它是最有希望的，最让人回味的，因为，春天是被人们憧憬开的……

原载：2013.02.20《新邹城》

啊，中国红

喜欢热闹，喜欢喜庆，喜欢红色。

一进入正月，人们便沉浸在浓浓的年味里，红成了一年中最耀眼的底色，杀年猪、喝年酒，脸总是红红的，容光焕发的样子总希望能红运当头。

年来了，年是古朴的，年是祥和的，吉祥、喜庆的年，被耀眼的中国红涂上了鲜艳、涂上了多彩、涂上了喜色。大红的福字挂起来，挂出了年的期许；火红的对联贴出来，贴出了年的喜庆；红彤彤的灯笼亮起来，照亮了一年的幸福，照亮了一家的温馨；最喜人的是挂在檐下的一挂挂鞭炮，红红的果实饱满着、清脆着，从季节的枝头滑落，满地的红纸屑昭示着新一年红红火火的开始和希望。

动人的红哟！那么显眼，那么凝重，这个中国人心中欢快的颜色，在节日里是如此的吉祥、喜庆、耀眼、璀璨。它更是年的代表，在新春佳节时浓墨登场。过年了，人们喜爱吃的红烧肉、红焖鱼，喜爱穿的红棉袄，喜爱戴的红丝巾，喜爱喝的红葡萄酒，喜爱玩的红烟花，喜爱摆的红玫瑰，都是一份期盼，一份心情。年画是红的，鸡蛋是红的，门神是红的，红包是红的，就连脚踩的袜子也是红的，不为啥，就图个吉利、顺心，期待让红运时刻伴在左右，带来美满，带来好运。

从古至今，人们喜爱红色，崇尚红色，红色成了人们心中的吉利色。古人有用红色驱邪避祸之说，红色是最热烈、最欢悦、最喜庆的幸运底色。几千年来，大大的红色渲染着，浓浓的红色流动着，一代接着一代、一年接着一年流行着。家里有了喜事，必然少不了浓重的红，结婚的窗帘是红的，盖东西的布是红的，新郎的领带，新娘的头绳，别在胸前的胸花都是红的；遇到生孩子的，还要染好多的红花生，小宝宝要穿上红色的夹衣，用的尿布也都用红色的。特别是家里老人去世，黑孝章上都要印一个红红的"孝"字。

中国红是迷人的，在中国人的眼里，红色代表成功，从古到今，单位挂牌、揭匾、剪彩，古人的红榜，现在光荣榜，都是红色唱主角。

红色是吉祥的，人们祝福时不忘说红红火火，红光满面。还习惯把领导身边最亲近的人说成是领导身边的红人，把过年给的压岁钱叫作发红包，甚至，企业获得利润，股东分的利润也称作红利，这些叫法目的只有一个，就是讨得好的口彩，希望好运常在，每年都会满堂红。

啊！中国红，你是神州大地的节日伴侣，你是欢乐和幸福的舞者，你是美好的使者，你是吉祥的代表，有了你，节日才能生辉，有了你，新年才会隆重。

我喜爱这些红色，更喜欢红红的中国年。

原载：2016.02.19《信阳周报》

2015.03《中州建设》

窗　帘

是哪一天，我记不住了，几个工人匆匆忙忙地抬进用塑料纸包着的大包，打开来，竟是新做的窗帘。家里的窗帘都好好的呀！正疑惑间，妻开口说："噢，是我订的，家里的窗帘过时了，看这些好看，就定下了。"

有这个必要吗？多浪费啊！我自己和自己讨论起窗帘的事。知道妻的脾气，也懒得争辩，就看着工人换窗帘，心里有些失落感，或者说是惋惜，窗帘用了几年，拉来拉去的，习惯了。反而，老觉得新窗帘怪怪的。

坦率地说，老窗帘可是屋子的原配，搬进来之前，我是根据新房子的布局，从颜色的搭配、大小的布置，布料的厚薄，颜色、质地等做了充分的考虑，才几年啊！就落后了，我越来越怀念从墙上摘下来的金黄色方格子布帘，心里总想着它背后那些曾经的岁月。

如此，我不止一次地盯着新换的粉红色窗帘，寻找老窗帘闭起时的那份超然的感觉，都没有了，除了新，大脑和屋子一样空空的，这些，激怒了热心的妻，她反复地拉几次新装的窗帘，霸道地吼道："不是挺好吗？"

就现实而言，窗帘的作用无外乎是遮挡阳光，为生活在屋子里的人留一片隐私，又有啥感情不感情的，说白了，老辈人压根就不用窗帘，不也都过来了。

越是想释然，越是解释不清太多令人觉得透彻的东西，习惯和留念总是挥之不去的，是不是年龄的缘故，开始念旧了？

有了窗帘的确很好了，最起码没有了老辈人津津乐道的"偷窥""窥视"一类的词出现过，一帘相隔，把屋内屋外隔成两个世界，外面依然如故，屋内的一方世界清新、祥和，偶尔带着神秘。

如果说一段幽静需要这些亚麻编制的布做阻隔，我真的是喜欢陪伴我几年，熟

悉到每一个纤维的老窗帘，最起码我接受了，躲在它后面能感受到这种静态，觉得这种遮蔽是放心的，舒服的。

再有的就是习惯，习惯于它的颜色，它的式样，这样想来，念旧却也是很可怕的。

不过，我还是力争从心里培养对新窗帘的喜爱，极力地熟悉它，习惯它。我知道，这是妻喜欢的，有她的好意在里面，可每每伸出手拉开和收起，我都极其讨厌这鲜亮的颜色，轻佻的质地，少了亚麻布帘垂的感觉和厚实的安全感，尽管来的客人都会夸起新的布帘。

好些日子我都不能好好地睡觉和写作，觉得新安装的窗帘没有原装的舒适，连窗台上的那些花似乎也不适应，一盆盆的坏掉，甚至叶落花谢，难道它们也是念旧的？

索性连花一起换了，从花市重新买回几盆兰花和紫罗兰，几天下来，出奇的好，真是应了人间万物、和谐相生的话，妻怪我还不如那些花。

妻是懂我的，她又找来工人，把书房和卧室的窗帘重新换了回来，折腾了几个月，我终于可静心地读书，安心地睡觉了，我很快恢复了原有的状态，触碰到窗帘的那一刻，心里有了漾动，心想，还是原配的好！

好几次，我都是很温婉地对妻表白，躺在厚实的亚麻布帘遮挡的卧室里睡觉真的很惬意，尽管布料陈旧，图案简洁。

有一句话这么说，新的不一定都好，旧的不一定都差，都有它存在、发展的需要。我觉着在理，这一切就是我们诚实地面对生活的重要因素。

尽管屋子里的窗帘有新有旧，但我和家人各有所需，彼此保留相互的喜爱和习惯比什么都幸福，不信，你可以试试看。

原载：2014.06.04《西藏法制报》

冬日阳光

多年来，总是忘不掉乡下工作的日子，忘不了冬日那一片暖暖的阳光。

单位在郊外，除了落叶的树，没有什么可以挡住这些灿烂的暖阳。雪后的上午，阳光柔柔地爬满窗口，这个时候，将一床床被子抱到院子里晒。那些枕头呢，则放在断了腿的藤椅上，或者反光的窗台上，午后，徜徉在暖暖的屋檐下，竹制的摇椅摇落一地阳光。

一直以为，冬日的阳光是踏着碎步走来的，沿着公路，顺着乡间小道，踱着小方步。

冬日的清晨，阳光披着薄薄的冰霜，淡淡的，冷冷的，直到中午，才打开闸门，让阳光敞开她所有的热情，倾泻着、温柔着。

原本潮湿阴冷的被子开始松软了，那些鲜亮的颜色在阳光里一下子饱和了，阳光的味道浸在棉被里，夜晚钻进去，立马会感受着来自心底的松软，一缕缕阳光散发着温热。

厨房的大师傅刚洗了个澡，拿着毛巾正在擦着头发；老伴早已备好了茶，放在了院子的小玻璃桌上，远远地，可以看见茶的清香在弥漫着；那只大黑猫慵懒躺在椅子上晒太阳，大师傅走过来时，它的眼睛也懒得睁一下。

单位的人都喜欢在院子里晒暖，谁的收音机总是响着，老是新闻和评书，偶尔会有歌曲，也会有京剧。

这样晒暖的习惯一直持续着，在乡下工作的那些日子，我几乎每个中午都是这样，有时，那几个爱闹的年轻人，会在一起打牌，输得多的，脸上贴满了纸条，在阳光下忽闪忽闪的，犹如这满院子的眼光，也是扎了胡须的。

所长的家就安在这里，平日里，他们家很少出来晒暖，老婆和孩子都关在屋里，窗口那台破空调，烦躁地响着，打破了小院的宁静。天气晴好时，他们家的墙上会挂出成串的咸鱼和腊肉，用他们家孩子的话说，阳光都关在屋里，装在心里了。

有段日子，单位添了一对新婚的小夫妻，院子里多了大红的喜字，多了喜庆的窗花，连整个冬天都感觉温暖起来。最耀眼的是他们的被子上的龙凤呈祥、花开富贵图案，让萧条的院子姹紫嫣红起来，单位也变得生机无限了。

很多时候，我们下队是赶不回来的，不要紧，厨房大师傅的老婆会拿着鸡毛掸子，挨家挨户的把被子的两面都"嘭嘭"地敲个遍。然后，把被子再反过来晒，在她心里，单位的人就是一个大家庭。阳光明媚时，任何人都不要辜负这么好的冬日，她把无声的爱也洒进这些阳光里。

冬天的日头不毒，过了两三点便渐渐冷下来，厨房的大师傅夫妻一个人抱着被子，一个人拿着成串的钥匙，一间一间地打开门把被子放在床上铺好，关上门窗。

乡下的夜晚是漫长的，那时候经常停电。劳累了一天，钻进暖暖的被窝，感受温热的阳光，体味舒适的气息，心也是暖的。此时，点亮烛光，执卷夜读，仿佛是在春天里，淡淡的幸福流淌着。

原载：2012.01.06《广西日报》

花生豆菱角仁

大清早，全福站在门外叫，是喊我和连桂一起去翻菱角。大人们都下了地，外婆在家里看我们。

听见叫声，外婆扭着小脚去追我们，我们仨像三只兔子，一口气就窜出村子，把外婆的呼唤远远地甩在身后。

弯塘的水干了，经过一个夏天的风吹日晒，入秋后，塘底裂开了大口子。我们早已习惯把弯塘称作荒塘或鬼塘，主要是因为弯塘是在荒郊野外，除了农田灌溉，平时也少有人管，大人们谈到的多是与鬼有关的传说，听起来毛骨悚然，盛水期时，塘里长满了水草和野菱角，旺盛的时候，整个水面竟没有一点缝隙，当然也不会有太多的鱼，这都是大人们说的，他们说那个塘野，叮嘱我们少去。

水多的时候，我们一般是不去的，全福就曾在上学的路上向我绘声绘色地讲起他碰到的鬼。是夏天的一个中午，他家的大水牛没拴好，恰恰跑到弯塘吃水草去了，他找到牛时，远远看见有个光屁股小孩就骑在他家牛身上，也看不清脸，见有人来，扑通一声，一头扎进水里，水花溅起老高。全福伸出他那双又黑又瘦的爪子比画着，吓得我不敢走在后面，生怕后面窜出鬼来。

全福神秘兮兮地向连桂描述弯塘里的野菱角，还教他如何去拾。我跟在后面，听得似懂非懂。全福的棉裤开了花，棉絮争先恐后地从一个个洞里挣脱出来，耷拉着，风一吹，犹如一匹匹奔跑的狼。

我们下到弯塘，全福往塘底一跪，立即站起身，上面沾满了一粒粒黑黑的野菱角。连桂喊我一块摘，我们蹲在地上把全福破棉裤上的菱角一个个地拽下来。全福一动不动地站在那儿，看着大雁从头顶飞过，心里充满了向往。

弯塘里的野菱角真多，连桂的手被菱角刺扎了好几下，大拇指还出了血，全福说，

野菱角的刺是倒刺，扎着了很难拔出来。

回来的时候，正好路过油功家的花生地。花生刚收，还没来得及收拾，地上散落了很多饱满的花生果，本来是油功在那儿看的，这小子不知跑哪儿野去了。全福示意我们下去捡花生，连桂脱去上衣，我们三个弯下腰，睁大眼睛，偷捡起来。

听见有人在叫，直起腰，看见油功站在北坡的塘埂上，挥舞着棍，后面跟着他家的大狼狗，是在向我们示威，全福赶紧招呼我们提起上衣，逃得无影无踪。

连桂最会剥野菱角。一般野菱角都是长三只角，也就是三根刺，不小心就会扎到手或嘴，那家伙不怕，直接咬掉两根刺后，就可以剥出完整的菱角仁。

全福和我不敢碰野菱角，就蹲在地上剥花生豆，这活比起剥野菱角来轻松多了。天黑的时候，我们剥了一大碗菱角仁，一大盆花生豆，全福偷吃了几个，便把每样分成三份，各自回家去了。

整个寒秋我们都这样过着，只是油功家的花生地很快便收拾干净，已种上了小麦。弯塘的野菱角也不那么好找，落雪的时节，我们都盼望着来年春天油功家的花生地，会有好几天可以扒出地里的花生种，当然是有代价的，会和油功干上几架，也会丢失自家花生地里的种子。

这就是我们，这就是乡下的童年，每每回忆起来，野菱角、花生仁的味道依然很甜美。

原载：2013.10.30《盐阜大众报》

慢慢淡落的情侣椅

　　许久了，它们一直是我和妻的珍爱。之所以称它"情侣椅"，因为是在我和妻恋爱时就陪伴着我们，见证了我们的爱情，也见证了我们家庭的幸福。清新的早晨，每当我拉开满是碎花的落地窗帘，看着明媚的阳光从洁净的玻璃窗里洒进来，带着温情斜射在窗下两只用细藤编织的竹椅上，让中间那只小小圆几透彻地亮出桌面上的鲜花，淡淡的香味弥漫着，温暖着花盆边泛着热气的清茶，也温暖着我们的心。

　　那是我和妻刚恋爱不久的事，这两只竹藤椅和一个小圆几是我们相约在家具城见面时两人同时看中的，都是喜欢舒适的，都是喜欢浪漫的，于是毫不犹豫地买下来，搬进了单位刚分的新房里。起初是放在书房里的，当然是为了我看书方便。结婚后，妻就让人把这对藤椅和小圆几搬进了卧室，还专门为小圆几买了盆鲜花。经她这么一倒腾，果然，卧室立马变得雅致起来，有了韵味。虽然只是一对别样的竹藤椅，卧室有了它的点缀，却让我们的生活更加滋润，有了爱的诗意。

　　听家具店的老板讲，这套竹藤椅是他在江西出差时碰到的，一眼就看到了它的别致和乖巧，没想到会卖得那么好，经常缺货，大家都喜欢，也不贵。自从这套竹藤椅搬进卧室的那一刻起，我和妻就给它们起了个好听的名字"情侣椅"。

　　新婚是甜蜜的，充满希望和浪漫的，生活对我们而言一切都那么新鲜，二人世界里，早早晚晚我们会坐在上面看书、品茗、聊天，谛听美妙的音乐。单位的趣事，家长里短都要在这里演绎，家庭规划和畅想都在这里谋定。可是自从有了孩子，那份闲情逸致就从生活中淡出了，每天都是忙完工作忙家务，成天都是小毛孩的哭闹和杂事，累了也只能靠在沙发上看看电视，侃侃新闻，已经没有时间和兴致坐到情侣椅上喝茶聊天了，更没有时间冲泡咖啡细品慢咽了，幸福曼妙的小资情调很快淡出了生活，而对待它们的是搭满了小孩衣服和尿布的琐碎生活，俗不可耐。

我时常会留恋逝去的时光，那些美好和甜蜜被生活冲淡了，我和妻倾心构建的浪漫情怀成了经典和怀旧，代表我们爱情的情侣椅只好平庸到和挚友的蜜谈的笑声里，想从三人世界里营造私密的二人天地却成了奢望。每次清理情侣椅上的衣服和尿布时，我的心里总会涌起淡淡的青涩，叹息人生其实很庸碌，由爱产生爱的转移太快，轻易地转身中，多了关怀、牵挂和担当。

  很快的，我已习惯于把情侣椅作为新的指代，犹如我们的爱情，会开花结果，它的花就是搭在上面红红绿绿的衣裳和洁白的尿布，虽少了单纯的小甜蜜，却多了深厚的大爱和责任。

  本来，情侣椅就是为日久弥新的二人世界而设定的，为爱情的饱满和家庭的圆满而预备的，怎么用都还有情侣椅的作用。许多时候，我都在想，虽然我们不可避免地生活在庸碌中，也许将来，我们的孩子也会沉浸在甜蜜的二人世界里，享受情侣椅的甜蜜。或许在我们的生命走进黄昏之后，我们还会在牵手相依的日子，依旧坐在情侣椅上静听世界、回味人生。

原载：2014.03.03《河南日报》

耙　藤　子

耙藤子是长在渠沟或田埂边的一种野草，方言里叫耙藤子，到现在我也没弄清楚它的学名叫啥。这种草细长有节，每节都有几条白色的根须扎进土里，从上往下爬生，沟有多深，它就能长多长。这种草可以吃，没事掐几节放到嘴里嚼，有点甜。

我们也是无意间发现这种草可以嚼出甜味的，春天是它重生的季节，经历了一冬的风雪，猛然间恢复了生命，长出了新节，糖分自然就多些。

生产队的牛和城里搬运队的老驴是最喜欢吃耙藤子的，如果它们挣脱了缰绳，跑到野地里，你不用担心，肯定是在田沟里寻找耙藤子草吃，这样，一逮一个准。

县城搬运队有一大群拉毛驴车的，不定期的把化肥和建房子用的红砖、红瓦还有水泥送到乡下，卸完货，一群人便卸掉毛驴，坐在地上歇脚，摆龙门阵。也有的，趁这个间隙跑到野外的沟里扯耙藤子，这东西，乡下多的是，不大一会儿就会扯一大堆，用绳子捆了，等回去喂老驴。

县城的"眼镜"经常骑着自行车到村子里卖些针头线脑的小东西，他长得有点像电影里的南霸天，就是个子比南霸天高，村子里的人喜欢喊他"眼镜"或者"高霸天"，起初，他还反抗，慢慢地就习惯了，也默许了。有些日子，这家伙转完村子，卖完东西，就把自行车靠在大路边的树上，自己猫着腰，下到沟里扯起了耙藤子，我们都笑他傻，没事干了，扯这些野草干啥？神经病。

星期天赶城和父亲起个大早，到了北关口，天才大亮，城市里已经忙乎开了，人来人往的，那群拉毛驴车的搬运队都在那里集合，有的在吃早餐，有的坐在架子车上说笑，父亲认识他们，便和他们打招呼。这时，我看见高霸天挑着耙藤草向拉毛驴车的人兜售，一毛钱一把，很好卖，不一会儿就卖完了，我看见高霸天蹲在商场门口的零公里桩上数钱，手不停地蘸着吐沫，足足有十多块钱，我心想，这家伙

心里肯定在偷偷地乐，不然，他怎么会那么专注地数钱。

原来草也可以卖钱，我终于明白这家伙为何卖完货，就把自行车靠在树上，兀自到沟里扯耙藤子了。我把想法和父亲说了，父亲看看我，赞许地点点头，我知道，父亲是在默默地夸我。

赶城回来，我就开始到沟里扯耙藤子，天天在野外翻田沟，我太了解哪里的耙藤子长得旺，哪里的耙藤子长得瘦了。很多时候，我会喊上小伙伴一起去扯。

回到家里，父亲教我按照藤的长短分开，长的扎一把，短的扎一把，一把把扎好后，把根部放进水里养，一个星期下来，会有挑不动的一大捆。

还是起个大早，依然是天亮时赶到县城，放到毛驴车的面前，也是一毛钱一把，呼啦啦就被抢光了，我一数整整十二块，当我返身准备离开时，我看见高霸天敌意的目光，他的耙藤草一点没动。经常到我们村子送货的赵瞎子手里掂着刚买的耙藤草对高霸天说："坏蛋，看看人家这，一毛钱一把值啊！你那一毛钱一把可以给这当儿了。"说完，吹起口哨，坐到架车上。

从那时起，我每月都会有四十多块的收入，比起那时一个月领二十八块五的工人来，我还算得上是一个高薪收入阶层！很长一段时间，我都没有看见高霸天下乡卖东西了，一天，我在县城的一个拐角处，看见了他，改卖糖葫芦了，转身的一刹那，我发现他的一只腿没了，腋下撑着一个木头拐，我赶紧跑过去，买了两串糖葫芦，我知道他现在更不容易了。

那些年，村子里的小伙伴都是靠卖耙藤子草贴补家用并读完了中学，后来都考学离开了家，那些伴我们快乐的耙藤子草也被冷落在乡野间无人问津了，我们也只能在梦里还能见到它。

原载：2014.05.15《芜湖日报》

秋　　后

秋后是俺娘挂在嘴里的一句话，好像什么事情都要等到秋后，也弄不明白娘为何老把事情推到秋后。

长大了，知道了娘的苦衷，农村人指望的就是这满地的庄稼，收了秋，年初的计划就有了希望。

一场秋雨过后，天气渐渐凉爽。雨后的阳光清新、明媚，我们放了学，走在软软的河滩上，岸边的狗尾巴草已经发黄，随着风瑟瑟地抖动着。这个时候，脱掉鞋袜，挽起裤脚，把脚伸进清凉的河水中，任秋后的河水沿着脚边缓缓流动，看着小鱼悠闲地游着，秋后的河水里有无比快乐的童年，有晶莹剔透的希望。

家里的大黄狗摇着尾巴站在河边的柳树下，迎接我们的归来。大人们开始准备秋收的农具，二宝爷刺啦刺啦的磨镰声在小村里回荡着，氛围既熟悉又温馨。

院子里的葡萄熟了，散发着淡淡的清香，圆润可爱。小伙伴们馋了，都忍不住跑过去，爬上凳子，选择熟透的轻轻地摘一颗，放在嘴里一嚼，立即，葡萄淡淡的酸味，丝丝的甜味溜进心间。好个秋后的圣果，甜美了我的童年。

家家户户都在碾压稻场，有机器的用机器先把稻场犁一遍，没有机器的用牛拉着木耙，女人们挑来水，在耙好的场地上用瓢浇水，村子里几乎像是约好了似的，都做着同样的活、同样的梦。

秋后，大人们开始忙碌着，而我们这群孩子却是悠闲的，可以沿着河滩嬉戏，可以划着船穿过拱桥，用船橹使劲地敲打着船帮，惊起一群在河边觅食的水鸟，目送着它们惊慌地向秋天的深处飞去，惊悸的身影随着水波扩散着。

水边洗衣服的老奶奶，槌声在河道里回荡，让一河的秋水有了生机，涟漪一圈圈在心底扩散，撞在我们的船上，继而变得平静下来。河边聚集着村子里洗菜的妇

女和姑娘，家家晚上吃啥菜都端在手上了。

炊烟总是在傍晚的时候袅袅升起，秋后的夕阳下，暮归的老农赶着羊群，牵着老牛，烟袋锅或明或暗的亮着，咳嗽声沿着小路曲曲弯弯绕回到家门口。

秋后的乡村敦厚，葳蕤。屋前屋后，红的苹果，黄的鸭梨，一个接一个地露在稀疏的叶子外，一个个饱满香甜，秀色可餐。细细长长的丝瓜青青嫩嫩的，挂满了藤架。菜园里，红的番茄、绿的辣椒、紫的茄子，像形色各异的灯笼，坠满枝丫。田畦中，长满白霜，挺着大肚皮的南瓜，结实圆滚，宛如一个个顽皮的孩童，躺在叶丛里。金黄的稻子弯着腰，沉甸甸地低着头，等待收割的镰刀和收割机的光临，此时的乡下一切都是厚实的，让人感到欣慰的。

红彤彤的柿子挂满了枝头，哪有工夫去搭理，都到地里忙秋收去了，挖红薯、拔花生、割稻子，秋后的乡下已经不分白天黑夜了，回乡下帮老人打点农活的那些离开家里的后生，也不忘摘一些带回去，放在纸盒子里一闷，还要放几个苹果、梨，味道会更甜。

秋后的枣也是最甜的，家家的枣都熟了，有铃枣、有冬枣、有驴奶头枣，一棍下去，熟透的枣而便噼里啪啦地落了一地，捡裂开的枣放进嘴里，让秋后的甜美涌进心底。有时候，一棍子下去，也会打到马蜂窝上，惊起一大群马蜂，可不要跑，马上趴在地上，不然，你的头准会被马蜂蜇成西红柿。

定定神，等马蜂绕着你飞几圈，确认你不是打它的人而返回树梢时，你再撒开腿逃离村庄。

秋后，稻场满了，天地空了。

乡村的秋天，依然那么诱人，那么劳累。娘说，秋后，新米下来了，带些回去，让家里人都尝尝新。

原载：2013.10.30《河南日报》

收音机里的快乐时光

　　我一直认为，童年的夏天中，最美好的时光时常是从每天的正午开始的。

　　十二点钟准时，我家供桌上用红布盖着的红灯牌收音机就会被父亲轻轻地提到院子里的大枣树下。院子里已经聚集了很多人，大人们蹲在树根周围，小孩子们围着大人嬉戏。

　　这个时间，在农村恰好正是吃午饭的时候，每家每户都关上门，大人小孩都会端着碗到我家院子集合，谁家有好吃的，看得见的，都在枣树下的大海碗里，之后，便会一点点分到小孩子的碗里。很多时候，比起好吃的蛋炒饭和鸡鸭鱼肉，收音机里的评书和歌曲是最具有诱惑力的。

　　最渴望的是能听到流行歌曲，可大人们更喜欢听评书，况且，开关收音机和搜索节目的权利掌握在父亲和邻家大哥的手里，我们也只能陪着大人听评书。

　　起初是听刘兰芳的评书《岳飞传》，不久，又变成了单田芳的《三侠五义》。一集接一集的听，饭吃完了，也顾不上去盛，生怕漏掉了最精彩的情节。一个个张着嘴巴，仿佛战场就在身边。有时，实在是饿了，就打发小孩子去盛，这时候，总会有几个小插曲，不是饭烫到了小孩子，就是心急的小孩子跑得匆忙，不小心脚下，"扑通"一声摔倒在地，饭洒了一地，碗被摔得细碎，这时候，就是呵斥声和巴掌的起落声，末了，还是那个年纪大的老奶奶收场，抱着孩子离开了人群。

　　中午的阳光透明而炙热，整个村庄都竖起了耳朵。我们睁着好奇的眼睛，紧紧地盯着来自空中玄妙的声音，它神秘而遥远，说书的人长的什么样子，穿着什么样的衣裳，又是怎么钻到收音机里，说起话来声音怎么那么洪亮，这些都令我们无限遐想，百思不得其解。

　　那时候，我家的院子里种了很多果树和不知名的花儿，一年四季都有花儿开着。

随处可见的栀子花，很淡雅的，很恣意的，很雍容的，散发出逼人的清香。还有一树树槐花，真香，连小村都沉醉在花香里。插秧时节，我会摘很多洁白的栀子，在每个扣子眼上，上衣口袋里都是，走到哪，都能闻到幽香。这时候，搂着收音机，把收音机的音量调到最大，在歌声里，在戏曲声里，醉倒在夏日的花香里。

更多的时候，我们会在下午放学时一路小跑的赶回家，以最快的速度打开收音机，旋转旋钮，调到播放歌曲的电台，流水般的音乐一响，我们便翩翩起舞。谁也记不得老师布置的作业，大人安排的农活，只顾疯了。

邻家小妹最喜欢听小喇叭。我们都喜欢听小喇叭的开始曲："嗒嘀嗒、嗒嘀嗒、嗒嗒，小朋友们，小喇叭开始广播啦。"每到此时，她们的小脸蛋立刻会红扑扑的生动起来，扑闪着一双双大眼睛，犹如要看清里面的人似的。

村子里只有我们家有收音机，乡亲们都喜欢听，也都不客气，只要闲下来，就不约而同到我们家听收音机，父亲也是个豪爽的人，也不苛刻，先是每人让了一支烟，接着是倒茶让凳子，都安排妥当了，才会把收音机开开。当然，父亲对我们小孩子是很苛刻的，从不让我们碰他的宝贝疙瘩，也心疼电，一对电池要一块一，那可是十几个鸡蛋的价格。当着他的面，我们表现得很听话，从来不轻易地去碰收音机，只要他一离开，我们就会立即打开收音机，听新闻，听歌曲。

如今，收音机已成为古董和收藏，许多快乐的时光都成为了历史，时常，我会不自觉的回忆起那一个个妙曼的夏季。没有风，阳光厚厚的舒服的晒着。花儿们开的心儿滚烫。阳光从树木的枝丫间洒下恬静的光，碎银子一样在地面闪烁。又像一匹印花的布，铺在地面。一声声清脆的鸟鸣，从叶子里透出来，带着清凉。许多时候，我总会不停地回味起收音机里的快乐时光。

原载：2013.05.20《苍梧晚报》

寻梦百花园

走进百花园，满世界的花。

哇！

咋的一声惊叹，真真动了她的樱桃，扭动的秀发，如云。如此美丽的景色，诱人。惊讶，许是美眉的好奇，没了淑女的矜持，细竹的。

来的人大凡如此，睁大好奇的眼睛，花的海洋，眼睛忙不上，多了一分兴奋。

毕竟，曾经的野山地，荒凉，偏僻，换了天地，如此骄人，诱惑，满目的花，流彩……

但百花园还不是一脚就到哩。没有风，花似动，一阵春风，花径随着视线流动，涌动的花潮，淹没了楼影，满世界的香。

牵手走上一个绿坡，高处仰视，定格一方花框，方寸之间的颜色，多彩而优雅，似仙境，又如花海，我们自觉得飘了。

眼睛刚刚掠过山坡，花的红出其不意地流了出来。坡上站住，"一核、两轴、四相、十二园"尽收眼底了。这样的花，这样的楼，这样喷泉，绿显得冷落，而红活跃起来。

花固然喜庆，游客来是要沾点喜气，因了心情，因了风景。红只在姑娘眼睛里红，虽然红得好看，而叫姑娘站在坡上好看的是一坡绿啊，与百花园相映、相伴，姑娘素面桃花，人美，花美，真真要了三月的枝叶，舞动着信阳红的茶香，醉了谁家的炊烟。

道路笔直，四通八达，宽宽的马路两边也是花，谁的手笔，描绘得如此尽致，路边坐着的那一位扫马路的清洁工，她歇了她的笤帚，坐在那里眼巴巴地望，她望那个穿纱裙的。

白裙子的手指天画地，旁边的老人是他父亲还是……清洁工迷茫，她年轻时也是美的，有很多梦的，可惜，犹如这些花，要谢的，凋零最多的是她的心思。

是呵，洁娘，扬起她的笤帚，为百花园留下一丝洁净和安宁，百花园美在心里了，有梦，为了乡下的家，有美，写在那群孩子的脸上了。

嘘，别吭声，勿惊动道边树上的山雀，它们恬静地眯着眼，在享受人类的呵护，那些蜜蜂，鸟雀的朵朵笑容，开在花里，花蕊挑动三月的春风。

这时一对喜鹊飞过来，撩动草的声音，这个鸟儿确是飞来述说百花园的，"一核"即百花园中央错落有致、四通八达的"窗"。这扇现代而时尚之"窗"寓意信阳人民瞭望世界、走向世界，也期待世界认知信阳、走进信阳；"窗"的红色昭示着红城信阳永葆革命本色，"窗"的通透表明绿色信阳迎来万紫千红。"两轴"即园中央的世纪文化轴和南北景观轴，是引导人流的主要景观视线。东西轴线象征中国南北地理分界线，表明信阳位于"秦岭—淮河"这一中国南北地理分界线上。"四相"即绿谷花境、绿野花街、花语绿堤、五彩花海，对应春夏秋冬四季打造百花胜景。"十二园"即根据植物不同花期，对应十二花仙形成十二个主题花卉园，每个主题花卉均配置与自身季节相近的花卉，创造日日有花开、月月有花赏的美景。即一月山茶园，二月迎春园，三月杜鹃园，四月牡丹园，五月月季园，六月紫薇园，七月木槿园，八月桂花园，九月菊花园，十月芙蓉园，十一月红枫园，十二月腊梅园。在百花园中轴线的中心点还设有零地标，是信阳交通"零公里"起始的标志点，也是丈量信阳与世界各地之间距离的基点；零地标下是百年地宫。

坡上的天斜到地上的麦，城麦青青，麦芒闪着希望，阳光拍着翅膀，那一抹绿，那一片红，惊了白裙子的镜头，连风都拍了进去。

洁娘还是看白裙子。

白裙子偏了眼，杏眼酸倒了洁娘，两人都不言而会。

呵呵！两个似曾相识的人笑得弯了腰，洁娘的眼泪好浊，岁月流逝，白裙子也在哭，她看到了家里的母亲，同样的劳累，同样的年龄，同样的女人，经不起激动……

走进了园里，白裙子哈哈地笑。

哪里是来看花，简直就是吻花，对着一朵朵娇艳，她伸长脖子，亲亲三月的胭脂，花香温婉了这座城，豫南的香吻流连了多少游子？

玉儿又笑了白裙子，白发老人也笑，游人也笑，玉儿的虎牙也在笑，就为这一园的灿烂，一园的和谐，一园的美满。

那座宏伟就是市委市府，主楼配楼鳞次栉比，好看，巍峨，雄壮，白裙子指着不远处，火红的国旗一面面悬挂在路边，直到市府的楼前，飘着的红滋润了信阳，给了信阳火红的日子，做信阳人真好。

"真讨厌！"

玉儿打了她一下，然而自己也回头一看了，笑。笨蛋，我知道，玉儿不过拍一拍她的肩膀，白裙子的脸红了。

玉儿笑着，兰花指指着，看，西北方向的建筑叫百花馆，是市图书馆和博物馆。北侧为图书馆，南侧是博物馆。东北方向的建筑叫百花城，是信阳市规划展示馆和国土地质博物馆。西南方向的建筑叫百花之窗，是信阳市行政审批中心。东南方向的建筑叫百花之声，是信阳市会议演出场所。在我们正南方向的"彩虹"型的建筑叫百花会展中心。百花会展两侧叫百花酒店，它是一座五星级的酒店，建成后是百花园区域乃至羊山新区重要的旅游接待设施。这九大建筑有序布置，围合规整，简洁大方，充满活力，你们看哈，这就是我的家乡，美吗？玉儿一脸得意和骄傲，生怕别人不知道，那种傲，超过了一个少女的娇羞。

算了罢，越说越多，又不是导游，不介绍了。我不了解你们家乡是什么样子，我告诉你听，有许多地方，听着有趣，看起来没有什么，我们这里，你看你看，哪哪都是诗，哪哪都是画。

白裙子虽让玉儿往下说，但她不知听了没有？劈口一声，好妹妹，我知道了，信阳美，百花园美，信阳的女孩更美，说完，她嘿嘿一笑，很多人都听得入了迷了，这诱人的豫南美景，简直就是半个城市满园诗。

玉儿凑近白裙子的耳朵嘟哝，在信阳寻个夫君何如？

白裙子要动手打她一下。

讨厌！

抬起手来却替她赶了蜜蜂。

好大的园子，好美的花，好有创意的信阳，走进树荫，仿佛再也不能往前一步了。而且，初夏的阳光老毒，姑娘们怕毁了自己的素容，一个个地钻到树下，当然，大树不过一把伞，画影为地，日头争不入。

累了的，也不顾地上的灰，席地而坐，有奶，有茶，品着景致，陶醉于三月的茶城，那山，那水，那城……

该回了，车停在马路对面，没有人动，依然站着，坐着，伴着的当然是花。

哎呀，好美的坤包，谁的呀？

白裙子没有动。

玉儿也没有动。

好地方，谁愿意离开。

原载：2013.06.02《信阳日报》

剥　　麻

　　燕林家的麻熟了，一家人在塘坎里看着燕林爸穿着裤衩下到臭水里捞沤好的红麻，水太凉，燕林爸瘦瘦的身板在水里颤着，嘴唇发乌，远远可以听见他嗑牙的声音，他站在水里骂道，这狗日的水，冷到了骨头缝，还叫人活不。

　　燕林一家是从城里下放的，全村子的人都管父亲叫爹，唯独他管父亲叫爸，听起来蛮新鲜，我们却喊不出口。

　　俺们村红麻种的最多，铺天盖地地疯长，只剩下几条出村的路像几根细线穿着村庄，无月的夜晚，小孩子从不敢单独行走，即使是大人也是心里寒寒的，生怕半道上窜出一个鬼来，吓你半死。

　　我最烦砍红麻，要劲，还扎手，不注意，脸上和胳膊上都会划出伤痕。星期天的上午，大嘴使劲挥舞着长竹竿打麻叶，大人们忙着砍麻。四爷说，打掉麻叶扛起来轻，沤出来麻屎也少，剥起来方便。

　　老门老户的庄稼人砍麻、剥麻一般都抓得比较紧，都会趁天气暖和时沤麻。燕林爸不在意农时，别人家红麻都剥完了，他才回过神侍弄北坡的红麻，刚落过霜，红麻叶已经落光，只剩下光秃秃的杆子，燕林妈边砍边骂谁家的牲畜跑到了麻地，打倒了她家一大片麻。四爷背着手走过去，看着燕林一家子，摇摇头叹息道，不是做庄稼的人，这都啥时候了。

　　燕林爸把红麻一捆一捆地从水里捞上岸，排满了整个塘埂，红麻沤得臭烘烘的，燕林不愿下手，就在塘埂上磨蹭，任凭燕林妈怎么喊都不动，燕林爸火了，拿起棍就打，燕林撒腿就跑，迎面碰到四爷，四爷呵斥燕林爸不要吓着孩子，然后，挽挽袖子开始剥麻，接着，全福也来了，村子里的人都来了，二百多捆红麻不要一上午就剥完了，塘埂下堆着一堆堆脱光了皮的麻秆，光溜溜的，又白又嫩，像小孩细白的大腿。女人们各回各家，男人们下到池塘里帮燕林爸洗麻。水又黑又臭，洗出的麻却又白又长，麻皮在水里游动，极像游动的蛇，抑或龙尾摇摆着，洗净的麻皮丢上岸，被燕林爸一把把挂在麻绳上晾晒。

四爷说，全村子的红麻就数我们家的最好剥，长的大，剥起来方便，燕林家的红麻又细又矮，难剥，也不出活，卖不出好价钱。燕林爸红着脸，一句话也不说。

大人们忙着干活，我们则在池塘里捞翻着白肚的鱼玩，全福说，要不是天冷，这些鱼早烂得连骨头都找不到了。燕林把这些死鱼装进蛇皮袋里，打算拿回去煮煮喂猪，全福说，死鱼猪不吃，可以把它们埋到栀子花下面，来年栀子花肯定会开出满树的白花，鱼肥啊！

帮忙的人都走了，燕林妈和燕林爸又把那些用于捆红麻的小麻拾到一起，一个个地剥，虽然都是又短又细的，剥起来费劲，可他们也不愿意扔掉，不指望它卖钱，家里用得着，搓个麻绳啥的，一样的用。

我不喜欢剥麻，这种活太脏，可红麻是村子里唯一的经济作物，家家都种，人人都剥。不过，我最喜欢用红麻做鞭，抽起来响亮，童年的路上，谁不会甩着鞭追赶着岁月，留下一路的欢畅？

燕林说，再剥麻，他还跑。

原载：2014.08.26《陶瓷信息报》

打　霜

　　小麦刚刚泛绿，一场秋霜就如期而至。早上，连桂使劲地拍打着我家的大门，他大老远跑我们家来，是来告诉父亲，我们两家的韭菜被霜打坏了。

　　那是最后一茬韭菜，头天父亲还在和连桂爹商量准备收割拿到集市上卖，想不到今年的霜降的这么早，损失两家半年的菜金钱。父亲开始心疼他那片霜打的韭菜，我和连桂在菜地里奔跑，白菜已经卷心，萝卜都拱出地面，大大小小的萝卜青顶着散开的叶子，虽都覆盖着白霜，却都依然碧绿着，决不像那些韭菜，耷拉着脑袋。连桂拔了两棵萝卜，用衣服蹭了蹭，剥去皮，递给我吃起来。连桂说，打霜后的萝卜最好吃，又脆又甜。

　　"这霜太大了。"连桂爹递给父亲一根烟，用火柴点着，吐了一口长长的青烟说。"是呀！早知道把韭菜割了，也不至于损失这么大，千把块没了。"父亲也吐了一口青烟惋惜地说。我们看着二人拄着铁锨在韭菜地里说话，口里冒着热气，也分不清哪口是烟，哪口是呵出的热气。

　　大人这么一说，我们这才注意到从房顶到田野都是一片白，犹如下了一场薄雪。田埂上的枯草已经变得金黄，霜花附在草叶之上，依稀可以看见晶莹的霜瓣，细细的透着淡淡的寒。

　　我把牛牵到池塘边饮水的时候，池塘似乎更加清澈了，泛着丝丝的雾。一群鸭子在水里游着，它们是那么畅快，根本不在乎外面的霜下得有多大，而是像往常一样，"嘎、嘎，嘎"地叫着。连桂说，池塘中间的小岛里经常会有鸭子在里面下蛋，我们骑着牛到里面去拣鸭蛋！我说天太冷了，还是等到中午再去捡吧！连桂不同意，骑上我们家的牛就向池塘中间游去。

　　连桂捡了十几个鸭蛋，他说，干脆我们俩分分，拿回家炒炒吃算了。我说，别，还是拿到代销点卖了，买些纸和笔用。连桂同意了我的建议。但鸭蛋放哪呢？就放在公屋里的粮食堆里，我说。

从公屋的窗户跳进去，把鸭蛋埋进金黄的粮食里，连桂小心地做着记号，生怕有谁发现拿走，或者被老鼠叼走，他一遍又一遍地把谷粒盖得厚厚的。

中午放学的时候，连桂看见守仓库的谢老头在屋里用秋辣椒炒鸭蛋，他赶紧喊我到公屋去看我们藏的鸭蛋，整个谷堆都扒遍了，也没有找到一枚鸭蛋，果然是谢老头偷吃了我们的鸭蛋，连桂气得快疯了，他拿起谢老头的印盘，叭的一声摔出老远。

我们再也不理谢老头，也不帮他打扫院子了，连桂特意把牛牵到他家的菜地里让牛啃他家的小麦苗，还用牛鞭不停地抽打他家的茄子秧，直到把那些霜打的瘪茄子一个个抽掉，才解恨地悻悻离开。

有霜的早上是寒冷的，通常我们会小手通红地提着粪筐到村子外拾粪，什么粪都要，鸡粪、鸭粪、羊粪、牛粪，连桂最喜欢牛粪，尤其喜欢水牛粪。远远的，水牛粪就像一顶又黑又大的帽子，有时候上面落了一层白霜，有时候还冒着热气。而我却独爱捡鸡鸭粪，好找，工分也高。通常情况下，我会挖很厚的土一起充当鸡鸭粪，谢老头也不较真，比起捡牛粪来，轻松多了。

秋霜一场接一场地下，几场秋霜之后，门前的柿子树和枣树叶子都落光了，杨树还顶着稀稀拉拉几片叶子，柳树虽然柔弱，叶子依然没有脱落，随风飘摆着，而那些冬青却绿得出奇，菊花和桂花都相继开了，一片接一片地沁着幽香，老远就可以闻得见。

连桂家正在建新房，夜里，连桂爹在空房子里生了火，确切地说是生了烟，满屋子都堆上了厚厚的麦芒、麦皮和稻谷皮，火在下面燃，烟在上面冒，连桂说，别看见不到火，温度可高了，这些烟可以保护粉墙的水泥不让霜冻，好着呢！

霜重的时候，有些田块的小麦苗都被打死了，父亲说，没事，来年开春，它们还会活，黄的是叶子，根和心都还活着。于是，我们开始盼望春天能早些来临，好让我们心里的庄稼尽快绿起来。

再次打霜的时候，我们穿上厚厚的衣服，拉着长长的牛绳，躲在田坎里，看着大雁一群接一群地飞着，把白云甩在身后，前面，就是温暖的阳光。

原载：2013.11.01《陶瓷信息报》

冬天的老槐树

冬天就是这样悄悄地来临，眨眼间的工夫，金黄的树叶落光了，只剩下稀稀疏疏的几片嫩叶点缀着光秃秃的树干和细枝在寒风中摇曳。

清晨起床，打开窗户，冷清的空气迎面袭来，我不禁打了个寒战，赶紧披上厚厚的睡衣挡寒。这时，窗外的村子里，一棵棵老槐树下，满地的黄叶，簌簌的，随风跑得正欢，犹如一封封写给大地的情书，在寒风中旖旎，翩跹。

"弛担披襟岸帻斜，庭阴雅称酌流霞。三槐只许三公面，作记名堂有几家。"夜读宋朝诗人洪皓的《咏槐》，陡然生出许多感慨来，这些家乡随处可见的落叶乔木，此时竟如此的坚强，一棵棵脱光满身的绿色，昂首挺立着，丝毫没有畏惧和退缩，让冬天肆虐的寒冷绕开它们的坚挺的身躯，顺着山沟溜走，即使是皑皑的千丈雪，也压不倒它们强壮的斗志。

我一直认为，老槐树是乡村带刺的贵族，它们向上的精神和尖锐的思想及品行影响了家乡一代又一代人，也造就了勤劳和不屈的庄稼人。

在老家，家家户户的院子里都有几棵老槐树，家乡人喜欢称槐树为国槐，也有人称家槐，它树形高大，喜光、根深，生长迅速。槐花为淡黄色，香味四溢，可烹调食用，也可作中药或染料。其荚果跟其他豆类植物不同，肉胶质，在种粒之间收缩，形成念珠状，俗称"槐米"，也是家乡应用广泛的中药。夏末的槐花由于和其他树种花期不同，所以是一种重要的蜜源植物，家乡的槐花蜜一直受到外地人的推崇。

草木中，我尤爱槐树，没有理由的喜爱。故乡庭院里、水井旁、道路上、菜园边，好多好多的槐树。听祖母说，池塘边那排粗的，就是祖父辈种的，都是一抱搂不过来的大小了。而乡间小道的那些碗口粗细的家槐，便是父辈栽种的。还有村子周围的那些槐树，密密匝匝的，多半是自己发的，顺着大槐树的根茎自己长出来，便成了树。

入冬后的老槐树，虽没了春夏的葳蕤绚烂，却另有一番日薄夕暮的人生况味。黄昏，穿过弯弯曲曲的乡村小道，道路两旁的槐树，光秃秃地矗立着。冬景萧萧，浓浓的夕阳好像如绸的细金，洒过稀疏萧条的枝条，洁白的雪地上，红彤彤的一片，望不到尽头。仿佛是一幅洒金的油画，恬静安然，意蕴幽深。悠悠信步，随意间，深一脚浅一脚，踩着松软的槐树叶，脚下的雪"咯吱、咯吱"地响着，这冬声，清脆、透明、细碎，像一曲经年的民间小曲，轻缓地流淌着，流淌着乡下的旧时光，抚摸着冬天的洁净。

冬夜，围炉闲读，火红的槐树炭火燃烧着，跳跃着。窗外万籁寂静，唯有漂泊的雪，一片片，一声声，落在槐树叶上，落在窗外的木栅栏上。一个人的冬天，不觉回想起儿时和小伙伴在故乡的槐树林里，无忧无虑嬉戏玩耍的情景，用槐树叶烧红薯，在道路上下槐花刺害人，那般的纯真恍若还在眼前。而今，在这寒冷的冬夜里，倚窗看雪，望着村外萧瑟凄清的老槐树，心境正恰似"一片黄叶一片雪，一点思乡一点愁"。

冬天的老槐树，家乡的记忆，一岁一枯荣，一冬一涟漪。那珍藏在心底的年轮，在白雪中蕴含着生机，我盼望来年的春天，它会在睡梦中醒来，接着满树碧绿，枝枝绽花，依旧果实累累。可生活在烟火尘世的我们，行走在这岁月的冬天里，伴着寒冷，伴着冰凌，人生能有几个轮回，必须倍加珍惜。

有槐树的家乡是美的，有槐树相伴的冬天是温暖的。

原载：2015.01.31《中国老年报》

放　猪

　　星期天对于我们这群乡下孩子来说是充满期待的，可以骑在牛背上悠然地畅想一切美好，然而，大嘴和全福都能如愿地跨上牛背，大人分给我的活老是放猪，让我很是失望。

　　吃过早饭，大嘴和全福威风地骑着大水牛出发了，十几个人排着长长的队伍，犹如一队骑兵，着实让我好生羡慕，我眼巴巴地看着他们走出村子，不自觉地挥舞着手里的长鞭到各家各户赶猪去了。

　　大人们都下地了，我就挨家挨户地打开猪圈的门，把猪放出来，全福妈在那里看着，把猪集中到一块。这个时候，我就问："大妈，去哪儿？"全福妈会说："还去南坡吧！"

　　全福娘身体不是太好，干不了农活，生产队就让她领着鸽子放猪，鸽子是个半大小伙，按当时的话说是生产队的半个劳力，遇到星期天，队长就让他到粉坊去帮忙，让我顶替他和全福妈一块放猪。

　　村子有三块地方是最宜放猪的场地。一块是南坡的小园子，一块是西坡的转园，另一块是北坡的大围沟。这三个地方都有一个共同的特点，就是四面环水，只有一个路口可以进出。只要把猪赶进去，人往路口一坐，就不用管了，等到中午或傍晚把猪放出来，猪自个儿就能找到家。

　　我最怕赶刚买回来的生猪，不入群，也不认路，自己想往哪儿走就往哪儿走，我就和他赛跑，用手里的鞭子狠命地抽它，直到把它累得口吐白沫，它才服帖。现在想起来，我那时真能跑，简直就是运动健将。

　　实际上，猪也是通人性的，胆子小，还怕挨打，我手里的鞭子经常会教训那些调皮的小猪们。不过，很多时候，大人们对付生猪的办法是在它脖子上套上夹板，然后拴一条绳子拉着，即使这样，猪劲太大，我也拉不动。有时它会带着我走，我急了，就用鞭子教训它，直打得它遍体鳞伤，即使这样，大人们也不见怪，知道是我用鞭子打的，伤不到什么，很快就会好的。

　　鸽子爹会剃头，十里八村地走，年终会有不错的收成，吃的麦子、稻谷，烧的麦秸，都是附近几个村子送的，每年有些盈余，他家养猪最多，大大小小三头，他家的大老黑是村子里最大的，是猪王，别家的猪见了它都害怕，我就把它放在最后，其他的猪只得乖乖地顺从我的驱赶。

　　我和全福娘把猪赶进小园子，就坐在路上，把住出口，全福娘开始纳鞋底。我看着大大小小的猪都在园子里用嘴拱着土里的草根，闲着无事，我一眼瞅见在草地上酣睡的大老黑，便悄悄地溜过去，用鞭子赶起它，然后，一抬腿骑在它身上。起初，大老黑有些不情愿，嘴里不停地哼哼地乱叫着，渐渐地，它习惯了我，也不在乎我骑在身上了。

　　很多时候，我都玩得很尽兴，全福娘也不管我，她明白，就我们两个人，整天守着一群猪，见我玩得开心，脸上也漾着微笑，让我感到很知足。

　　不过，也不是每次都是那么相安无事的，鸽子家的小猪时常会不安分，会偷偷溜出去，或者跳到水里游走，害得我追出老远，才把它截回园子里。

　　时间一久，每头猪的习性我便熟悉了，这些可爱的小猪猪也和我亲热起来，阳光下，我时常会用小手搔它们的厚肚子，只一两下，小猪们便倒在地上，舒服地闭着眼睛，任凭我轻轻地为它们搔痒痒。最多的时候，我能把一二十头猪放倒在地上。

　　那些日子，不论我走到哪家门口，那些可爱的小猪都会把长长的嘴巴伸出圈门，哼哼地和我打招呼，我似乎能懂得它们的意思，可能关急了，在等着我把它们放出去。

　　我走远了，它们还在看着我。

原载：2014.01.19《陶瓷信息报》

父亲的小满

　　乡下长大的孩子，总是伴着农历里的农时细数光阴的，一个个流水般的日子，农时点缀其间，如一枚枚闪光的纽扣，扣住了民间朴实的记忆。父亲就是穿行在这些记忆里的农民，四季里，为每个农时打上一个牢牢的结。

　　马上就是小满，父亲的小满是忙碌的、欣慰的、期待的，带着夏日汗水的味道。

　　"谷雨下早稻，小满插满秧。"此时，正是小麦灌浆成熟的时节，小麦由青变黄，颗粒开始饱满，麦粒捏在指尖已是肥嘟嘟、软浓浓，果实感特强，父亲会时常走进麦地，看着麦子一天天成熟，心里的甜蜜，丰收的期待漾在了脸上。

　　小满是夏天一个最重要的节气，阳光下，麦子和父亲一样厚重，都是丰收的年龄，都是乡村的希望。小满时节，父亲会指着这些即将成熟的麦子对我说，小麦是庄稼里的侠客，不畏严寒，不畏雨雪，顽强中带着淋漓和豪爽，坚挺地走向成熟，我明白了父亲，也明白农时的要义。

　　很多时候，小满是父亲的叮嘱，眼看就是农忙，父亲总不忘在劳累中打来电话，当然，说的都是农事，是小满，那些农谚，我有的懂，有的一点也不明白。"小满小满，麦粒渐满。"

　　"小满未满，还有危险。"说的是小麦此时基本成熟，如果还在灌浆，小麦就会减产。"小满不满，芒种开镰。""大麦上场小麦黄，豌豆在地泪汪汪。"说的是大麦收割后就要收割小麦，此时豌豆粒像泪珠那样大了。"麦套棉两亲家，收了麦子又摘花。""小满芝麻芒种谷，过了立夏种黍黍。"……这些父亲烂熟于心的农谚，也像小满的麦粒一样饱满着，沉甸甸的堆在我的心头。我静心地听着，默默地记着，心里流淌着一股股麦香。

　　慢慢地，父亲的话越来越多，那些农事通过电波，溜进城市，停靠在我的耳边，我几乎有点烦了，还是母亲明白，她叮嘱我不要因为父亲唠叨而烦他，人一旦上了年纪，总要说自己的农事。儿子是父亲的庄稼，当父亲老时，你才成片成片的长出来。

母亲的话让我更加理解父亲，电话那头有个家，我知道父亲此时肯定趁着月色，在院子里磨那几把已经放了一年的镰刀，"刺啦、刺啦"的磨镰声随着风在小院里回荡，直到把天上的弯月磨得清亮，他才知足地回到屋里。

父亲的小满是忙碌的，早晨，父亲扛着铁锹到地里看庄稼，他第一件事是看看秧苗田里的水够不够，有没有牲口祸害这些小苗，水浅了，他会挖开池塘，把水放到秧苗地里。水多了，他会把水分到下面的池塘里，也会沿着小径寻找漏水的地方，漏洞多是黄鳝打的，找到了，顺着漏水的方向，在田埂中间挖下去，很快就会捉到一条又大又肥的黄鳝。也会走到麦地，用铁锹铲去田埂两边的草，即可当肥料，又不至于和庄稼争肥料，还可以防止牲畜啃到庄稼边偷吃庄稼。他南坡北坡的转，每一块庄稼都长在他的心里。

父亲陶醉在农历里的节气里，我不懂，一如我不懂得那些庄稼，我想，我没有资格做父亲的庄稼，这些年，我离开农村，离开庄稼太久了，我的小村，我的农谚都在父亲的梦想里。

城里没有农时，没有农历里的节气，星星和月亮都被七彩的霓虹赶到了乡下，父亲的小满披星戴月，沾满了泥巴，他的命运里都是铁锹和镰刀，稻谷和麦粒，岁月的长河里，依然是沿袭老祖宗留下的农历过活每一天。

我更加敬重汗水味浓重的父亲，敬畏父亲的农时及小满。不论"小满麦满"，还是"小满芝麻芒种谷"，都关系庄稼、关乎乡下，每一个农历的节气都带着乡土的气息，还有炊烟的味道。

原载：2015.05.21《中国电视报》

谷雨香椿

香椿树是祖上留下来的，沿着院子周围一年一年的滋生繁衍，一株一株地延伸，竟和邻居家的连了起来，成了村子里的一道风景。

乡下没有城市里的灯红酒绿，有的尽是各种果树和这些香椿。春天来临的时候，自家房前屋后的香椿悄悄地把树枝探到二楼的窗户前，不用出门就可透过玻璃窗，目睹香椿打苞、发芽的全过程。

村子里的人都喜欢吃香椿，一提起家家户户做的香椿炒蛋，我就忍不住流口水，那些日子，我总是不停地站在窗口前看着这些枝丫，希望能早日发出嫩芽来。可是这些枝枝杈杈，好像故意和我过不去，整天摇动着一条条细枝，就是不肯吐芽。

走了两天亲戚，星期天回到家里，才进村口，远远地便嗅到了丝丝清香。急忙丢掉手里的书包，跑到树下，踮着脚尖，熟悉的点点暗红点缀在枝丫间，终于冒了出来，一簇簇胖胖的芽米，次第的排在枝头，自上而下，错落有致地像是给这位老者扎上了灵动的蝴蝶结。夕阳下，那肥嘟嘟紫茎绿蕊的芽子，被余晖涂抹成了紫红，散发着诱人的清香。

不出几日，满树就会变得绿油油的，香椿芽已经长成了小丫头的冲天小辫。老人们讲，香椿树越老发芽越早。村里人采摘香椿苗多在谷雨之前，分头茬、二茬和三茬，先后采摘三次，余后就不好吃了。

听说，香椿树越掰越旺，你若是不掰它，芽子反而会长得缓慢。因此，每到谷雨时节，村里的人便找来一根根竹竿，用铁丝弯一个钩，绑好之后，便一棵树一棵树地采摘香椿。可当谷雨一过，芽子便会"生植"，质老粗硬，已经变得不能吃了。再过一段时间，香椿开始结果，枝叶纷披，一树挺然。珠子似的小籽，累串盈枝，有风吹过，散珠满地，院子里便弥漫着馥郁的香味。

香椿的吃法很多，可以炸着吃，腌着吃，也可做汤，不过我最喜欢吃的还是香椿煎鸡蛋，那个香啊！啧啧，就是喜欢。

小时候，家家条件都不是很好，大人们就做炸"香椿鱼儿"给我们吃。祖母的手艺最好，在村子里是有名的，她先是把香椿一片叶子、一片叶子地择好、洗净，放在盆里用盐腌一下，腌出水之后，祖母在碗里打两个鸡蛋，放入适量的面粉和水，搅匀，稀稠掌握在能用筷子拉出丝为正好，然后取出腌好的香椿在面糊里裹一下，迅速放入滚烫的油锅里，只听"吱啦"一声，那个裹了面糊的香椿，顿时翻滚着膨胀起来，成了焦黄颜色，从油锅里捞出来，控控油，趁热吃，又焦又香，好吃极了。

香椿苗多的时候，也会吃不了，就拿到街上卖，一小把一小把的，都喜欢吃，也都喜欢买。毕竟，是季节性的，时令过了，就别想吃了，也只有等到来年，因此，都不愿错过机会，见到了，都会买几把尝尝鲜。

香椿不仅味道鲜美，还有清热解毒的药用功效。中医认为，香椿味苦，性寒，有清热解毒、健胃理气、杀虫固精的功效；它的味道芳香，能起到醒脾、开胃的作用。《唐本草》中有"叶煮水，可以洗疮、疥、疽"的记载。《陆川本草》称："香椿健胃，止血，杀虫，治痢疾。"老家人身上长了疮，也不用到医院，在树上将几把香椿芽和大蒜一起捣碎，然后敷在上面，慢慢地就会好了。

乡村里的香椿是充满诱惑的，香椿里的乡村是充满回忆的，这些，在我们的心里，需要用一生的时光，回味咀嚼其中的味道。

是的，乡村里有香椿的味道，香椿里有乡村的味道。

原载：2013.04.18《淮河晨刊》

没有落叶的冬天

其实，早就是冬天了，可街道边的树都还是绿油油的，有的叶子变得通红，也没有蝴蝶般落下来，没有满地飞舞的枯叶，只有走在街上，才能感觉冬天来了。

一直是喜欢冬天的，喜欢它雪花飘飘的样子，喜欢它那份寒冷中的宁静，喜欢它那种纯洁中的安然，这个冬天少了萧条，多了绿意。

早上，院外薄雾霭霭，四周一片朦胧。和煦的阳光穿过树的枝丫，顺着玻璃窗照进来，暖暖的，柔柔的，带着雪霜的味道。墙角边，几枝花朵枯萎了，依然昂着头，寻找着温暖，寻找着阳光。小区里绿意盎然，那些垂柳、松柏、冬青依旧披着绿纱，为这个寒冷的冬天送来了春意。公园里，马路边，晨练的人们穿着单薄的衣服，嘴里哈着热气，为这个冬天带来了生气，偶尔也有嬉闹的孩童，笑声如铃声清脆，为这份宁静平添了几分蓬勃。

没有落叶的冬天也会下雪，雪落在绿叶上的感觉真好，雪花飘飘洒洒，飞舞着满身晶莹，为这样的冬天带来了惊喜。此时，一切是那么的畅快，所有的压抑和不悦都随雪花飘落，快乐就这么简简单单的到来了。站在雪地里，忘记了寒冷，静听落雪的声音，和心跳的律动一起放飞梦想，让静谧的、深邃的雪天净化自己的心灵，感觉那是一种莫大的享受。雪后，空气那样清新，景色是那么怡人，灯光下多了温婉、多了迷离。

回到屋里，才知道如今的冬天确实变了，单位开始供暖，屋里已是温暖如春。在这样环境下，我时常会想，儿时冬天的味道哪儿去了，真的留恋起外面寒风肆掠、屋里炉火通红的日子。家在乡下，童年的冬天漫长而又寒冷，祖母早早地生起炭火，点燃一家人的希望，她一边加着木炭，一边翻烤着几块地瓜，直烤得地瓜香味四溢，口水四溢，那种红火和甜蜜的滋味至今难忘。更喜欢母亲亲手包的水饺，热气腾腾的母爱时刻都记在了心中。如今，祖母已经作古，父母还固守在家乡的田园里，我一直不明白，他们为何不喜欢这里没有落叶的冬天，不喜欢我温暖的楼房，依然那么固执地守在黄叶满地的老屋里。

慢慢地，我明白了，乡下的冬天是自然地，没有人工雕琢的，家乡的温情是靠心灵的体味得来的，即使是寒风中秃树虬枝，也会默默守候一地的黄叶，看着它们成熟的面孔。

不过，没有落叶的冬天也是美的，我也是喜欢的，凡是经历过失败、彷徨、茫然，从生命冬天走出的人，更能珍惜这样的冬天，因为他们的心里总是装着亲情的温暖、友情的温馨。当我们换一种心情、变一个视角来品味冬天的风景，用一种春天的心境来感悟寒冬，准会看到冰天雪地后春回大地那种万物复苏的美丽。

请记住雪莱的一句话："冬天来了，春天还会远吗？"在这里，没有落叶的冬天，依然是温暖的。

原载：2012.12.19《信阳晚报》

刨 树 根

全福扛着刨锄喊我时，我正趴在桌子上吸溜吸溜地喝着稀饭，那家伙的刨锄是新的，刚开了口，明晃晃的，不像我们家的那把，早被磨得只剩下一小截了，更不用说钢口了。我匆忙喝完稀饭，开始找刨锄和铁锨，姐姐努努嘴，示意我到门后找，我知道姐姐不能张口说话，张开嘴，嘴里的稀饭就会洒出来。

初冬的早晨天气有点冷，刚打的霜，全福的新棉袄挡风，觉察不到，我却冻得直哆嗦，想掩紧破棉袄可扣子全掉完了，只能披披，然后，到草垛揪一条草绳往腰里一勒，便暖和多了。全福哧哧地笑，说我像个要饭的似的，我说，不管那么多，这样腰里不钻风了。

南坡的大塘埂有许多树根露着，树都是秋天砍掉的，已经当作檩条和门板盖成了房子，树根大大小小地按照栽的样子排列着，看不清，极像一个个倒扣的象棋。有些树根已被别人刨去，留下一个个大土坑。

全福选了一个离地面较高的大树根，围着转了一圈，找准下锄的地方，之后，呸、呸，往手心里吐了两口唾沫，狠命地刨开了。我找了好几个都不满意，全福说，刨树根千万不要刨贴在地面的那些，难刨不说，柴火也少。但我知道，大人们放树，一般都是贴着地面锯的，好锯，也不浪费材料。

连桂也扛着锄头来了，他远远就看到了塘边的一个大树根，一屁股坐在上面，算是霸了，只是抢先了我几步，我也瞄上了那个树根，也看到了。我说，是我先看到的，我来得早，已找了一大会儿了。连桂显然不同意我的话，红着眼睛和我较上了劲。

我去拉连桂，想把他拽起来，连桂小脸憋得通红，两只脚用力地蹬着地面，身体拼命地向下蹲，任凭我怎样使劲，就是不起来，我们俩僵持了一阵子，我索性松

142

开了手，连桂猝不及防，一个翻身弹到塘里。

我是用刨锄把连桂从池塘里捞上来的，连桂没有哭，他把湿衣服脱在地上，一件一件地拧干水，放在树根上晾，凡是离地面高的地方都被他占了。我害怕他冻坏，只好脱掉自己的破棉衣披在他身上，然后到别的地方找大树根去了。

刨树根需要技巧，先用铁锨挖去四周的泥土，斩断四周的根须，树越大，根扎的越多，挖起来越吃力。我的树根周边的土还没起完，全福就拉着公鸭嗓子喊我去给他帮忙，这是不成文的规矩，谁先清完四周的泥土和根须，都要为他帮忙斩断主根，这种活一个人很难完成，通常是大家合作完成。

全福的新刨锄就是厉害，只几下就把主根刨断了，我们把树根抬到地面，又各自忙自己的去了。通常，我们刨出的树根是不运回去的，都堆在塘埂上风干，大人们再把它劈成柴，运到城里卖，或下大雪的时候自家取暖。

每个冬天，全福家卖的钱都比我们多，一是他比我们有力气，二是他家的刨锄快，干起来省力。城里那几家炸油条，开饭店的都爱要我们刨的树根，不比树枝放进去冒股烟就没了，树根耐烧，炭火也旺。

我们家的树根卖的最远，是南城做胡辣汤的老简，别人嫌远不愿送，父亲不嫌远，自己送了，好几次还带上我，老简看看我，夸我能干，称好付完钱，还专门送我和父亲一人一碗胡辣汤，他家的胡辣汤正宗，生意好，味道特别，我至今都留念那冒着热气，喷喷香的胡辣汤。

大雪封门的时候，那些不好卖的树根就派上了用场，一圈子的人伸着手烤火，火里烧着茶，烤着红薯，农家的日子就这么红火着、温暖着。

原载：2014.05.06《垫江日报》

秋　天

季节的变化就像是在做梦，朦胧中却到了另一个季节。

眼下正值秋天，一场雨下来，我感到了<u>丝丝潜行的寒</u>，农历里的古老节日牵着节令的手奔跑，细心的人都能感觉到。

四季之中，人们喜爱秋天，主要是因为秋天是收获和欢乐的。尽管秋风萧瑟，秋叶飘零，秋水苍茫，但这样的季节里，人们踏着秋露，在田野里劳作，心里是踏实的，带着幸福和感怀的，那一粒粒饱满和沉甸都是汗水凝结的期望，这一年中上天的恩赐，带着兴奋和知足。

秋天是夏天的转身，虽然天气会随着一场场秋雨逐渐凉爽，但还会摆出"秋老虎"的架势，闷热着、毒辣着，让你如害怕盛夏一样躲到空调间里，等待一场雨浇灭它的嚣张。

古人云"落一叶而知秋"，带着诗意的体悟道出了先民对季节的敏感。秋天来时，大树是第一个用落叶感知的，每每此时，文人雅士开始吟咏感伤和萧条，而我却能从片片落叶中获得坚强和成长，也让我联想到人生和命运，我一直以为，自然界里，小草有小草的活法，大树有大树的活法，即使小草长不成大树，它们也会努力的蓬勃着，在风雨中历练自己，努力把自己培养成一片绿洲或一方风景。

秋天是殷实的，田野里到处是一片片成熟的庄稼。老人们说，丰收是庄稼钟爱大地的深情回馈。《说文解字》云："秋"，禾与火也，是禾谷成熟要用骄阳烘烤的意思。因此，秋忙时节，人们会抓住这最后的炎热，及时抢收，及时晾晒。宋代杨万里在他的《暮热游荷池上五首》说过："也不多时便立秋，寄声残暑速拘收。瘦蝉有得许多气，吟落斜阳未肯休。"春天洒下多少汗水，就会在立秋后收获多少财富。诚然，播种是一种希望，守候是一种幸福，收获才是最大的快乐。

唐代王建《秋日后》的诗句："住处近山常足雨，闻晴晒曝旧芳茵。立秋日后无多热，渐觉生衣不著身。"在我国农村很多地方，迄今还流行着"摸秋""秋忙会""贴秋膘""啃秋""秋社"的习俗，秋天不仅收获欢乐，还传承着民俗和古老的歌谣。收获里，忙碌都是勤劳的朴素表达，对丰厚收获的美好期盼。

秋天是多变的季节，有闷热也有清凉，家乡有句俗语叫"过了七月半，放牛小孩溜田坎"，讲到了此时清早的寒冷，正所谓"秋不凉，籽不黄"。这样的时光里，可以踏着瑟瑟的晨露，在尽意的秋寒中挥洒汗水，为一年的等待收割无尽的情思，劳累着、幸福着，期盼着。

秋霜也会慢慢登场，一片片树叶开始凋零，看着飘落的枯叶，我时常会感叹生命的秋天多像这些随风飘散的黄叶，在生命的最后一息，用人生最后的灿烂，勾勒岁月的迷人风景。其实，人生又何尝不是如此，每个人的秋天都会如期与你邂逅。只有一如既往盛开热情，奋力拼搏，总有成熟朝你芬芳。在这样的季节里，请记住歌德的一句话："希望是不幸者的第二灵魂。"

永远地把秋天记在心里，尽情享受金秋的迷人和收获，分享丰收的快乐。

原载：2013.10.14《信阳晚报》

细雨蔷薇

　　院子是父亲亲自设计的，靠墙放着一个大花架，摆着一盆盆栀子、铁树、南洋杉、台湾竹、穗香、雪松，两边种了两蔸细竹。过道的中间用木头搭了一个长廊，已经爬满了蔷薇，没有一丝的空隙。如此花园般的小院，谁见了都会沉醉在这一方风景里，真可谓，当户种蔷薇，枝叶太葳蕤。

　　是父亲为我们营造了一片春天，每日穿行在春意盎然的小院里，心里满是绿意，微风拂过，枝枝微颤，每一片绿叶都在律动，都在展示朴实的光芒。很多时候，花架上多情的栀子，灿然的铁树，婀娜的水杉，挺拔的雪松，婆娑的穗香，一盆盆流翠，一棵棵燃绿，不禁让人想起王维的诗："独坐幽篁里，弹琴复长啸。深林人不知，明月来相照。"

　　不过，小院最有情趣的还是院子中间的长廊，更是有无尽的韵味。我独爱这一架满满的、密密的蔷薇。水晶帘动微分起，满架蔷薇一院香。两个卧室的窗户都对着蔷薇，入夜，淡淡的馨香扑鼻而来，花香里的梦境更香、更甜。我喜欢在这样氛围里生活，它是父亲的溺爱，每天，躺在父亲的味道里入睡，很踏实，很幸福。

　　我真的不敢相信蔷薇的生命会如此蓬勃，才几年工夫竟按照父亲的设计爬满了木架，藤蔓蜿蜒向上，一棵棵淡红的嫩枝兴奋地昂着头，身后碧绿的叶片悬在架顶上，拥挤在那一方天地里。

　　一阵春风拂过，满架的蔷薇瑟瑟地舞动，如同舞者掀开的裙裾，在醉人的午后翩跹展姿，阳光下，羽毛般的叶子簇拥着，在木架上构起了一道绿墙，不论你何时穿过花廊，你都会感觉到绿意中的清新。夜晚，月光静静地流淌在蔷薇的枝叶间，满架的蔷薇都沐浴在春天的月色里，姿态雍容贤淑，犹如一位美丽的少女，柔软的腰肢是那样的迷人。

花开时节，鸟在花香里尽情地歌唱，欢快、悦耳的歌声在耳际萦绕，畅享这天籁之音，恍若在梦中，临窗而望，快乐的鸟扑腾着翅膀在蔷薇架上嬉戏，花香和鸟声组成了立体的田园画，有诗、有画、有梦。

更喜欢春雨绵绵的世界，雨珠在绿叶上滚动着，调皮的水珠顺着绿枝慢慢滴落，留下晶莹的身影，细雨里的蔷薇一片朦胧，它们在细雨里漫步、舞蹈，朗读着春雨的诗情和画意。细雨中，枝叶愈发苍翠、碧绿了，一朵朵红的、白的花点缀在枝叶之间，红的娇艳，白的纯洁，宛如出浴的美人，又恰似绿意里的美娇娘，含羞中呈现着娇媚。我时常把细雨里的蔷薇比作楚楚动人的新娘，有细雨的滋润，显得格外的妩媚。

想起清孙枝蔚的《扬州竹枝词》："带露蔷薇入夜香，屏开孔雀喜灯光。"生活在这样的天空下，每一个清晨都从鸟鸣里醒来。在每一个黄昏到来之时，闻着院子里的花香，在花香里聆听细雨滴落的声音。在每一个夜晚，感受月光照在绿叶上的唯美诗意，真的很知足，其实，再奢侈的生活也不过如此！

原载：2015.11.17《杂文报》

春天从一张红纸条开始

时常，春天是伴着春节的喜庆走来的，在家家户户贴上红对联的一刹那，春天一闪身便走进了家里，团圆的年夜饭、热气腾腾的饺子都蕴含了春的气息，炸响的鞭炮，火红的落英，那是春天的花朵，染红了幸福的日子。

立春是早春的序幕，冬天的最后一场薄雾被浓浓的年味拉开，就这样，春天一溜儿小跑回到村庄、回到城市、回到过年拜年的人群里。

过年的红纸条是春天的第一枚红叶，暖暖地、绵绵地温润着，我喜欢春联所带来的希望和憧憬，慢慢消融的冰，渐渐退去的寒冷，涌动在天边的春雷，潺潺流淌的小溪，无不昭示着一个温暖的季节、一片幸福的回望。

或许，此时的天气还有冬天的影子，山峦上的积雪依然洁白着，村庄的周围照样弥漫着淡淡的雾霭，檐下的冰凌兀自晶莹着，早晨和傍晚还是冷得发颤，但春天确实来了，在红对联贴上之后。

春是贴出来的，一张红纸条引领着春风，挥洒着春雨，让大地忽然变得朗润，让积雪悄然融化，不知不觉中丢却了冬日的僵硬，把温暖和细柔挂满枝头。

几场春雨，几阵春风，田野里的麦子开始茁壮地拔节，满地的油菜开始疯长。河边的柳枝开始发出鹅黄的芽苞，泥土里的野草也都探出脑袋，尤其是田埂上的茅草，在和风细雨里露出尖尖的嘴。

鸟也是认得这些红纸条的，那是春天写给鸟的邀请，它们成群结队地飞回树林里、屋檐下，叽叽喳喳地叫着，清脆的叫声让萧条的冬天化在春风里。

鸟鸣吵醒了沉睡的村庄，走了一冬，炊烟从屋顶上直起身，大摇大摆地行走在春天的天空里。这样的天气，这样的微风，似乎不再往衣服里钻了，慢慢地，人们盖的被子变薄了，身上的衣服变少了。冬天里裹得厚厚的身体此时已变得轻巧了，走路也不觉得累了，变得灵活。也可以在避风的院墙前晒晒太阳，不必担心寒风会把人吹感冒，尽可能地享受着阳光，很多时候，都会惬意地眯着眼睛，静静地闭目养神，想着开春后的打算，春天就是这样牵着红纸条的手走来，走进院落，走进庄户人家的心里。

人勤春早，当浓浓的年味还未散去，农人们已经开始整理农具，挎着大大的竹筐为家施肥，他们赶得就是最后一场雪，让雪水把肥料带进泥土里。而城市里上班的人们，计划着新一年的设想，早早地便踏着积雪上班了。

早春的红纸条是一个个催进的号角，总是在立春的时候吹响。虽然天上飘着毛毛雨，人们还是戴着斗笠，披着雨衣，行走在田间地头。

劳作的人们可以间歇地坐在田埂上喝杯茶、抽支烟，或者哼上两句吆牛调，沉寂了一冬的大地忽然间鲜活了起来，跳跃在闪亮的犁铧上，锋利的镰刀上，弯曲的锄头上，在麦苗与油菜潜滋暗长的拔节声中。可以听见昆虫在田边低吟，厌倦了冬天的画眉鸟，也亮开了歌喉，乘着早晨与黄昏的春风，在枝丫间啼叫。

其实，春天是在不知不觉中到来的，春天就是从一张红纸条开始的。

原载：2014.02.04《迪庆日报》

矮墙漫出桃花红

一墙春风，满院桃花，几枝鲜艳，几枝妖红，漫出淡淡的清香，真美！

我喜欢这样田园风光，时常回到遥远的乡下，看桃花，闻着花香，在妩媚、妖娆、靓丽中穿行，心中也有一片桃花在开。

桃树是父亲种的，也有我种的，暖暖的阳光下，花骨朵竞相开放，一树树，一枝枝挂着粉红，挂着洁白，层层叠叠，薄透如绢。眯眼看，红花绿叶，如锦似缎，艳俗华美。

"去年今日此门中，人面桃花相映红。"大诗人崔护描绘了春天桃花开在家门前的场景，又让我感受到了乡下的家、乡下的桃花；而白居易却说："人间四月芳菲尽，山寺桃花始盛开。"他看到了山寺成片的桃花；可陆游则认为："桃源只在镜湖中，影落清波十里红。"他写出了湖边的十里桃花，那么多，那么灿烂；至此，清朝的袁枚也只能感叹："二月春归风雨天，碧桃花下感流年。"这些古诗词里的桃花年年盛开，这么多的花，肯定都会翻过矮墙，把一朵朵微笑、一脸的粲然、一树的花香漫过院墙，给人间以美，给大自然以锦簇。

最喜欢站在矮墙下折一枝枝桃花拿回家，插在酒瓶里养着，让一枝的花骨朵在窗口慢慢打开，让淡淡的清香伴着我入睡，花香里有梦，有幸福。

也会看见邻家小妹悄悄地站在我家的矮墙下够桃花，小女孩个子不高，踮着脚依然还是很吃力，她显然很小心，她羡慕这一树的花，喜欢它们，更害怕会被祖母看见，依然那么的谨慎。每每此时，我会爬上院墙，按照她手指的，一枝枝地折，直到她认为不需要了，我才会扑通一声从矮矮的院墙上跳下来。站起身的那一刻，我分明看到了一张桃花一样的脸在微笑。

大人们也是喜欢花的，劳作了一天，扛着铁锨路过我们家院墙时，会情不自禁地看一眼院子里晒太阳的祖母，看一眼满院的桃花，会很麻利地折去头顶上的一枝，然后，吹着口哨，在淡淡的花香里离去。

最是那些牵着娃娃的村妇们，一手抓着矮墙外最长的枝条，一手寻找开得最密、开得最艳的几朵，轻轻一掐，旋即插在小娃娃的头上，而后，也不忘再掐几朵戴在自己的头上。

原来，都是爱花的人，心都如这些翻过矮墙的桃花，把花香丢在风里。

祖母常说，桃花是春天的胭脂，禁不得雨，一场雨下来，原本热热闹闹的一树树桃花，却脆生生地被雨淋湿了心，心凉了，花朵便开始凋零，一片片的落花，无声地讪然落下，甚至来不及在空中翩然。花落无声，香味都是湿的。

祖母最见不得这些落英，会扭着小脚蹲在矮墙下一朵一朵、一片一片地拾起来，她不是葬花，她没有黛玉的矫情，她是洗净，晾干，做桃花茶。等谁家孩子感冒，或者上火，就给一点冲茶喝，很管用。她还把多余的花瓣，浸泡在澡盆里，用桃花水为我们洗澡，洗去一身的污垢，留下一身的花香。

现在想起来，那矮墙下的桃花该会有多大的诱惑，不用说女孩子戴花戴朵，就连我们这些男孩子也忍不住把桃花别在耳边，让一缕清香永远地伴着我。

抬眼间，看到一户人家半露围墙的桃花枝，那一簇簇粉红在鲜嫩的绿叶间跳跃。就如站在老家的小院里看院墙那边桃花怒放的情景。忽然明白，杜甫为何感叹"肠断春江欲尽头，杖立徐步立芳洲。癫狂柳絮随风去，轻薄桃花逐水流"了。

原载：2013.04.02《如东日报》

和几枝花一起坐着

我不知道是否该喊院子里的那些花香一起陪我度过这个星期天，但是我把院子里的花剪了几枝，插在我早就准备好的玻璃瓶里，摆在餐桌上，让他们陪我一起看电视，陪我一起看书，一起下厨房，一起吃饭，一起午休。

我爱人喜欢花，尤其喜欢在春天里怒放的桃花、梨花、蔷薇、玉兰、海棠、樱花。她愿意把满地的野花当着淘气的孩童，任凭和煦的春风轻抚它们的脸蛋，也会和我一样，把这些花请到家里来，种在墙边，她爱说，人这辈子，一年四季，有花相伴应该是幸福的，充满诗意的。

我从不在乎爱人把那些无关紧要的花移植到我们家小小的院落里，这样，我也可以毫无顾忌地在院子里把我认为不好看的花栽在最不起眼的地方，让它们远离大红大紫，在安静的一隅悄然绽放自己，而后，在某一个清晨，给我们一份惊喜。

也是，世间的一草一木都有自己的活法，都会在自己的领地里称王，哪怕一小片土地，也都能灿烂无比，最大限度地让自己开放，开出最大的绚丽。

我认识一位花工，在花圃里辛劳了一辈子，默默地做着自己，突然有一天，他把自己搬到了花圃地里，和那些花儿一起睡。开始，花园的主人以为老花工病了，后来，他明白了，老花工已经把自己当作花了。再后来，他老得走不动了，就让徒弟们用轮椅推着他在花圃地里走，他一辈子没有结婚，这些花都是他的后代，他的子女，他把爱都给它们了。

很多次碰到春游的人们，不管男女老少，都会选择在开得最好看的花朵前留影，我明白，他们是想把自己最美的一面和花朵一起定格，留下最美好的回忆。即便是最普通的油菜花也是一样，哪哪都是爱花的人。阳光下，你在看，女孩子的头上，男孩子的胸前，自行车的车把上，小孩子的手里，都不忘别两枝自己喜欢的花，那一刻，爱花的人该是多么的惬意和欢喜啊！

有好多次我都在想，如果我不是做了码字工，我肯定会是一个出色的园丁。我一直认为，我这人不仅喜欢花，而且懂花，知道花。不仅仅是我生在花乡，最主要的是我对花有着特殊的认识，我能看到花的疼。公园里，遇见小孩子和那些爱把花据为己有的人我总是不识时务地予以制止，我知道，公园里的，应该属于大家，不属于个人，都这样，那些灿然的花很快就会掐光，或者，剩下光秃秃的树。明理的人都会理解的，都是爱花的人，喜欢，可以在自家的房前屋后多种点，也可以折几枝插在瓶子里养着，就像养着一颗仁慈的心。

朋友爱说，与几枝花坐在一起吃饭。这句话看起来很普通，是俗不可耐的一句话，但仔细一想，简直就是一句诗，最起码是诗意的生活，庸碌的世界里，有几个人能够有这样的生活。或许，我们都在为生活奔忙，而忽视了这样看似普通却又很有情调的生活，与花为伴，每顿饭该是啥样的滋味。

有位女孩曾经无数次向我炫耀她的甜美爱情，她没有炫耀豪车，也没有炫耀豪宅，但我一直怀疑她的爱情保鲜度。突然有一天，我的一位朋友说起她，羡慕她找了一个好老公，结婚五六年了，每星期都会买一束鲜花送给她，即便是出差也不间断，让我着实地一惊，与花为伴的爱情一定是花香四溢的，一定是新鲜如初的。

我终于知道花的世界是多么的宽广了，人在这个世界上，就如这些花，喜欢终归是好的，不要祈求别的，平常的日子里，能和几枝花一起坐坐便是人世间的幸事，与花为伴，让自己花一样开放，多好！

与几枝一起坐坐，让自己也开成一朵花。

原载：2016.01.07《郑州日报》

青瓦上的故乡

一场雨，让寄居的小城隐在淡淡的雨雾中，临窗而立，瓢泼的雨把楼下的青瓦洗的清亮，雨水顺着瓦楞流着，在檐下挂起了一条条银丝，清脆的雨滴声里，溅起了思乡的水花，朦胧里似曾看见了青瓦上的故乡。

夏天的雨下得如此的急，甚至楼下的阿婆都来不及收院子里的衣服，我木然地看着阿婆迈着祖母一样蹒跚的脚步，在院子里奔忙，脚下踩着家乡一样的韵味。这个时候，我会庆幸自己住的楼下还有一片这样的风景，幽深的小巷里，几十排青砖黑瓦的老房子错落有致地排列着，弥漫着民国的韵致。

这样的天气里，我可以在雨中细细品味故乡的味道，精心聆听雨中的精彩。雨滴拍打着青瓦，犹如奏响了一曲美妙的轻音乐，雨声里有我梦里的家，有我青砖黑瓦的童年。我似乎看到瓦楞间的青苔和一棵棵直起腰身的野蒿，还有散落在小巷里的一朵朵红的、蓝的、七彩的伞花，一切都那么相似，古巷就是一条长长的藤，一头连着故乡，一头连着南方夜空中最广阔的宁静和最深沉的安详。

真的没有想到在这样的闹市里还会有这样的一片天地，和家乡的情调如此相近，只是少了青山秀水，一片片青瓦覆盖着的都是民国遗留的新天地。如此，那无边的乡愁也变得淡然了，虽然身处异乡，却因了这些故乡一样的青瓦而内心殷实，充盈着幸福和快乐。不管这家园是地理上的还是心理上的，我都很知足。

在江南这一排排青瓦覆盖的老房子里，已经摒弃了民国所有的遗风，已找不到故乡古村落的封闭和凋残，它把古朴的身影遗落在繁华里，在城市的节奏里呼吸、生活，除了青瓦本身的年龄和记忆，所有的都融进城市的心跳里。

雨中的青瓦格外别致，这些城市里的隐士，把青衫和旗袍压进箱底，让梅雨的叮咛慢慢发霉，长出许多思念来。一片青瓦，一块历史，一片浓得化不开的乡愁，在小巷里弥漫。我想起戴望舒，想起丁香一样的女孩，想起民国的油纸伞，那时花开已没了旧人。

不过，我还是喜欢家乡的青瓦房，没有拘束，可以自由地敞开胸怀，让细细的炊烟顺着风远行，流浪的身影里，有瘦弱的文人、有迁徙的商贾、有远嫁的红颜，在这样青瓦泪里思念着、怀旧着，他们在青瓦覆盖的木格子窗棂边沉吟、思念，古诗词里张继、李商隐带着古风流下了思乡泪水。

时常，我会把青瓦当作一部旧书，把它当成故乡老家的屋子，在亲切和畅想中阅读乡愁。我相信很多人都有心中的家园，任何一处青瓦覆盖的老房子都有家乡的况味，都能生出家的温馨，天南地北，青瓦就是流浪的历史，任何建筑都无法代替的历史。当然，加上木门边的蓑衣和斗笠、檐下的农具，堂屋里雕花桌案上的青花瓷坛，案头上的线装书，这些民间的朴实记忆沉淀了一个地方的丰厚底蕴，我喜欢。

青瓦也是历史中发黄的名片，它们静静地鱼鳞一样点缀在各个角落，有名的，没名的，都一样的厚重着，抵达游子的内心深处。如角直、周庄、鲁镇、凤凰、木渎、同里、乌镇、西塘、宏村、大理、婺源。院落有乔家大院、李家大院、刘家大院；大的有古城的城楼，小的有不同时代的县衙；文人雅士里有周作人的苦雨斋、丰子恺的缘缘堂；有戏院、有宗祠、有寺庙。总之，那些与青瓦有关的建筑细节，花窗、飞檐、雕梁和隔扇，早已脱离了一般意义上的建筑点缀，成了一种文化抑或精神上的指向，指向古典，指向旧梦，幻化出生活的七彩来。

青瓦上的故乡是低语、是倾诉，是遥想、是民间的歌谣，是农历里的季节，是婉转的鸟鸣，是唐代李义山缠绵的"巴山夜雨"，是宋朝柳三变萧瑟的"秋风斜雨"，是陆放翁清新的"杏花小雨"，古人如此，今人也如此。雨声里，我把目光久久地定格在凝重的青瓦之上，看着它们静静地被雨声浸润，这落魄的秀才充满了忧郁和惆怅，玲珑着骨子里的穷酸和孤傲。

雨声敲打着青瓦上的思乡曲，茫茫雨色里，市声繁华，又有谁能掩掉喧嚣的尘世，看到青瓦上的故乡呢？纵使青瓦逐渐淡出我们的视野，而那记载着前世风雨的故乡依然清晰，是我们永远的家。

青瓦上的故乡是民国留存的旧照片，在传统和现代之间，是最硬的风骨。

原载：2013.08.06《四川政协报》

深山说书人

一场大雪之后，山里开始寂静起来，村子里老老少少都猫在屋里烤火，吃饱了等饿，唯有老根叔不怕冷，头上冒着热气，一行脚印歪歪斜斜地拐进村里。

老根叔是远近有名的说书人，三乡五里的都爱听他说的书，急骤的鼓点之后，定会杀出一队人马，领头必然是一位少年将军，立马，鼓点伴着半月钢镰清脆的金属声，抓住了全场听书人的心。

老根叔说书有说有唱，说得精彩，唱得委婉，声情并茂，有张有弛，让那些掉了牙的老汉们紧张得张大了嘴巴，催着他快点讲，好早点知道胜负。然而，老根叔总是在最关键的时候停下来，坐在那儿，燃上一支烟，品几口野山茶。他很会卖关子，不管别人怎么问，就是不告诉结果。

我们还是孩子的时候，老根叔可是村子里的明星，没有人不认识他的，好几代人都听他说书，记得有《岳飞传》，有《杨家将》，有《包公案》，还有一些现代的，好像是《红灯记》之类的，大人们不喜欢，往往是现代的只说了一段，就应大人们的要求改到古书里去了。

记得老根叔最红火的时候，收了好几个徒弟，能当上老根叔的徒弟可是村里人家的骄傲，说书这活既艺术，又不费力气，着实让人羡慕。

乡下无电的时候，老根叔就是村子里的光明，枯燥无味的农忙之余，听老根叔说书是那时最美的精神享受。只要老根叔竹子鼓架往稻场上一扎，就是整个村子的节日。很多时候，老根叔只说一个开头，剩下的就由他的徒弟代劳了，他则坐在那儿悠然地喝着茶，让茶香醉在一段段故事里。

那时候说书，公社要各村排队才行，老根叔根本忙不过来。有个连阴雨天，父亲留着他说了好几天，老根叔的《岳飞传》说完了，大人们还要听，没法，老根叔急得团团转，他面对后院的竹林和棠梨树陷入了沉思，虽然他大字不识一个，但他编的《竹将军大战棠夫人》整整说了三夜，人们还不愿散去。

后来有了电视，年轻人都不听书了，他的几个徒弟也都改了行，老根叔也老了，他孤单的身影如掉队的大雁。稻场上再也没有黑压压一片，围着他的只有几个上了年纪的老人，虽然都听了好几遍了，但他们依然是听得津津有味。

村子里最富的八爷，儿子在外发了大财，好多次儿子要带他到大城市他都不去，他就喜欢听老根叔的大鼓书，在他身患绝症临终时刻儿子问什么他都摇头，直到去世，眼睛还睁得大大的，家人们都在猜老爷子为何闭不上眼睛，还有什么搁不下的，想来想去，想到了老根叔，几段书下来，八爷安详地闭上了双眼，那一刻，老根叔也是泪流满面。老根叔明白，纵使心中有千军万马，在光与声的社会里，说书人却是形单影只的坚守者。

原载：2014.03.04《河南日报》

摔 泥 炮

　　说起来，虾米那家伙真叫能耐，每次都是把泥巴碗做得又大又薄，举得高高的，口朝下摔下去，"嘭"的一声响过，中间都会裂开一个拳头大的裂口，然后，逐一向我们要和好的泥巴补上，继而裂开拖着鼻涕的大嘴开心地乐着，让人好生嫉妒。

　　儿时的乡村没有柏油路，也没有水泥地面，有的是树林和土坯屋子，什么都缺，就是不缺土。淮河在村前拐个大弯，把村子圈进河湾，经年的淤泥细腻而有黏性，是最适合打墙和烧制坛罐的材料。大嘴比我们大两岁，是教我们玩泥巴的老师，水坑里抠出大块的淤泥，在树底下一坐，像和面一样，把它和得烂熟，用手捏出牛、羊、鸡、鸭，还有小人，而后放到太阳底下晒干。印象里，我们每个人都是一个王国，都有成群的鸡鸭，牛羊，都有千军万马在心里厮杀。尽管都是最普通的泥巴团，当你赋予它生命和想象，嘴边的微笑一样地会漾到心里，牵动着喜悦，牵动着烦恼。

　　虾米是第一个和大嘴玩摔泥炮的人，大嘴是从江南水乡的姥姥家学来的，他先教会了虾米，只玩了几次，虾米就能赢大嘴，气得大嘴只咽唾沫，干瞪眼，没法。

　　其实，玩摔泥炮游戏，村子里的大人们都会，他们小时候都玩过，只是担心小孩子到池塘边、小河里抠泥巴不安全，害怕发生意外，而不愿意教我们玩这种游戏，况且，玩泥巴不卫生，大人们更是不愿意教了。

　　对于泥巴，凡是乡下长大的孩子，哪个人都会有割舍不尽的情缘，哪个人又不是伴着泥巴长大的？树荫下，草垛边，大路上，都是玩摔泥炮的最理想的境地，很多时候，小伙伴们会结伴而行。一吃过早饭，大嘴就挨家挨户地喊，然后，赤脚下到河坎里，一团一团地把泥巴从河边抠出来，扔到岸上，每人都要抠很多，晴朗的日子，土路上会起一层厚厚的灰尘，我们会用手把这些细细的灰集中到一块，把稀泥加上灰和，把硬泥加上水和，直到把泥巴和得软乎乎、细嫩嫩的，便开始玩起来。

摔泥炮的游戏玩起来，人数越多越有意思，夕阳下，一个个大大小小的泥炮依次摔响，而后，大家一个个地检查裂开的口子，用自己和好的泥巴团补上，口子开的越大，补的越多，直到把别人的泥巴赢完为止。

很多时候，胜利者总是守着一大堆和好的泥巴，失败者则两手空空地看着自己一次次和好的泥巴被别人赢去，心里很不是滋味，毕竟是一场竞技，毕竟输了。

就是喜欢那些"嘭、嘭"的泥炮声，那里有竞争，有技巧，有快乐，普通的泥巴，普通的乡下，普通的童年，让欢乐和失意在瞬间变成渴望，那种过程，感觉好极了。

真希望再有机会和小伙伴一起玩摔泥炮，让昔日那份快乐从梦里变成现实。我盼望着，希望真有那一天。

原载：2013.08.20《开封日报》

豌豆尖上的童年时光

　　卧在村子旁边的麦地里偷吃豌豆荚的时候，我只认识豌豆的"豆"字，豌豆的"豌"怎么写，见都没见过。而那一片片嫩绿的豌豆尖，简直再熟悉不过了，是我还没说话时就开始吃了。物质匮乏的年代，豌豆尖是我们家的最家常的饭菜。祖母最喜欢做豌豆尖饼、豌豆尖馍、豌豆尖茶。母亲最喜欢做炒豌豆尖、调豌豆尖。父亲的豌豆尖酒可是三乡五里出了名的。很多时候，母亲会把吃不完的豌豆尖焯过水，放在院子里绳子上晾干，等大雪封门时，用开水泡开，做菜干饭吃，那些记忆里的美味至今回味起来还会流口水。

　　农谚说："寒露天种豌豆"，父母总会选择星期天播种豌豆，当然我们会派上用场。母亲在前面用锄头刨坑，我在后面弯着腰在每个坑里放上三粒豌豆，然后，母亲用前面刨出的土盖住后面的豌豆坑，很多时候，我一直都不明白母亲怎么会那么准确地将土盖上去的。

　　下雪了，厚厚的雪把又小又嫩的豌豆苗埋在雪下，那些调皮的碧绿的牙尖，长得翠绿欲滴，一个个尖着小脑袋探出来，是在寻找冬日的阳光，还是等待我们掐它回家。

　　我最喜欢干掐豌豆尖这样的活，一点儿都不累，只轻轻一碰，那滴绿的小芽芽就乖乖地断了。绿叶的菜里，豌豆尖属于最不夸堆的那种，一家人一顿的菜，要一大筐蓬松的牙尖儿才够，竹筐快掐满的时候，我和哥哥会在豌豆地里打雪仗，也会印雪人。少年不识愁滋味，那样的时光里，依然是快乐的。

　　姐姐说，豌豆是需要打头的，掐了发出的嫩尖儿，豌豆才会发更多的头。它生长的速度特别快，两三天过去，就会冒出许多又嫩又绿的尖尖来。现在想起来，童年也是很会偷懒的，从家里出来，压根儿就没记住大人的话，到外坡的远地里掐豌豆尖,而老是在最近的几块地里掐,好些日子,近处的豌豆苗都被掐得光秃秃的了,而远处的豌豆还没有掐过一次,难怪母亲一出去就可掐一大筐。

豌豆尖是村子吃的最长的时令菜,从冬天一直吃到夏天。每年开春雨水一浇,那些被掐得光秃秃的豌豆苗就迅速疯长起来,藤蔓爬起来"呼、呼"地响。几场雨下来,一株株豌豆苗柔肠琴心,和着满坡的桃红柳绿,绽放出白的、粉的、淡紫的花朵,热闹的场景简直就是一场花海,散发着幽香。

村子里的豌豆苗大多套种在小麦地里,等小麦拔节生长的时候,那些散落在麦地里的豌豆苗也按着小麦的肩头直起了腰身,微风里,这些散落在麦地里的豌豆苗,淹没在无际的麦海里,不仔细看,是觅不见豌豆苗的身影的。

我们家的菜园总是有瓜和豌豆种在一起,瓜没做果的时候,就专门吃豌豆尖儿,本来是不准备让豌豆苗结豌豆的,谁知道每到谷雨它们都会满满地挂一大串鼓鼓囊囊的豆荚,这样的结果,其实老辈人都知道,我们这群懵懂的少年哪会清楚?

相比于掐豌豆尖而言,我还喜欢刚坐果的豌豆,可以摘下来连皮吃,青青的,甜甜的,很好吃。我们村子到学校的路上都是豌豆地和小麦套种的豌豆,从刚做果到长饱满大约有一个月的时间,先是连皮吃,接着是吃里面的嫩仁,皮可以剥着吃,等豌豆仁硬了,就不好吃了,有点发惺,豌豆地一般藏不了人,我们就悄悄地卧在麦地里偷吃豌豆,也不会被大人们发现。

正是吃豌豆尖的季节,城市里也很少见得到,超市里的芽菜虽然是豌豆芽,但却不是童年的味道,多年前,豌豆尖上的快乐时光只有梦里才可以见得到。母亲种了几畦豌豆苗,过年回去吃了,还带了一些回来,而正当豌豆苗茂盛的时候,我们却不能回去掐,只有任它们随意长了,那些弯曲的触角可否触到我的童年呢?我在想。

原载:2013.05.24《宣城日报》

麦黄杏子

燕林搬到我们村子时，满树满树的杏子把绿叶甩在身后，挑出成熟的甜，这些即将熟透的夏日，让我们的初识有了酸酸甜甜的味道。

从那时起，我俩都有一个认识，杏子这种果实总是和麦香一起，泛着庄稼的味道，藏着丰收的喜悦，带着喜悦和酸楚。

五月流火，成片的麦子波浪滚滚。我和燕林坐在杏树下，看着午后的空气中闪动的蒸汽一缕缕地升起，奔跑，仿佛童子眼里的精灵，生命蓬勃地生长，散开。往往此时，我会说是我先看到的，燕林会说是他先看到的。燕林拗不过我，就赌气地离开，抑或爬到杏树上，一个一个试着摘已经熟透，果肉酥软的黄杏，放进嘴里，甜美的样子让人眼羡……或许，他是在向我示威，或许，他的确忘掉了刚刚的不悦。总之，这时候，我不理他是没有道理的，我不会爬树，又想吃树上的果子，也只能妥协，喊着燕林的名字，告诉他，我看到的熟透的杏子，让他去摘。

大人们已经顾不上门前的杏子，麦子黄了，如火的天空下，麦粒炸响在午后的汗水里。

乡下的孩子，农忙时节也是要派上用场的，农活紧张的时候，要和大人一起下地割麦，闪亮的弯镰，粗布的毛巾，是割麦时的必备品。早上的麦子打软，镰刀是刚磨过的，锋利无比。中午，镰刀钝了，而麦子干燥易断。就是那汗水，从早流到晌午，擦都擦不及，眼睛都蛰疼了，好想到池塘里洗把脸，可是，看看大人们，干得那么苦，也不敢想了，只能弯着生疼的腰，"唰、唰"地割着，那个时候，我真的可恨那一畦地太长了，总也割不到头。

不敢再直起腰看了，越看麦子越多，总也割不走。大人们的汗衫上起了一层汗渍，白白的盐霜有些刺眼，饿了、累了，有些吃不消，总想找个阴凉的地方歇歇，可大人们还干得起劲呢，也只能咬着牙坚持，手上起了泡也不敢吭。

　　燕林像个浪荡公子，他不会干农活，就在村子里游荡，晌午的时候，他游荡到我家麦地，远远地就向我打手势，挤眉弄眼地示意我向他靠拢，待他走近，父亲直起腰，擦了一下汗说，是燕林啊！大晌午跑麦地干啥？燕林举了举手里的布袋，天太热，来给你们送杏子的。

　　又渴又饿，真是及时雨，我的心掠过一丝惊喜，还没吃，嘴里便流淌出一股酸水。

　　杏子摆到麦地上，拿一个，在身上擦了擦，立马会被杏的清香沉迷，一口气吃了十几个，酸酸甜甜，又解渴又解饿，犹如补充了能量，浑身又有了力气，又可以坚持干下去了。

　　其实，燕林是想来帮我割麦子的，但他没镰刀，就只好站在我身后，央求我让他割几把，我把镰刀递给他，他弯下腰，学着我的样子割起麦子，我累了，早就厌烦了这样的劳作，而他，似乎很感兴趣，干得那么开心，那么起劲。后来，我才知道，整个村子都在忙麦收，村子里除了老人，没有一个人陪他玩，他急了，就找我到了麦地。

　　回家的路总是充满诱惑的，路上会经过杏树林，燕林爬上树，在枝头上找又大又黄的摘，这是经验，又大又黄的甜，不酸，肉也多。我坐在树荫下乘凉，空气有些燥热，汗水会不声不响地流下来，我感觉到了汗水的咸味和苦涩，也感觉到了劳动的艰辛，羡慕燕林这样的城里孩子的悠闲和舒适，而他却全然不知。

　　燕林从树上爬上爬下的一趟趟地把杏子运下来，堆成了一堆，那么多了还不甘心，还在摘，我喊他下来，他不听，他站在树上看那个卖冰棒的人咋还没来，等了一顿饭的工夫，他叫道，来了，来了。

　　冰棒当然换到了，不过很奢侈，几百个杏子才换了五个冰棒，我们舍不得吃，捧起冰棒就向家里跑，我们心里明白，好东西要先孝敬大人，这样的大热天，他们吃了会更高兴。

　　杏子的成熟期不长，它和麦子一起变黄，麦子收完了，它们也要落下来，和麦芒一起在夏日里安静地陨灭。

　　麦黄杏子，麦黄了，它们还在枝间招摇，就像燕林，是个浪荡公子。

原载：2016.07.11《信阳周报》

压畦春露菜花黄

一场淅淅沥沥的春雨就这样轻轻柔柔地下着，还没有从初春的寒风中回过神来，一眨眼，桃花落尽，满坡的油菜花已经开始结蕾。

大堤上，细细的柳枝在曼妙的池水边舞蹈，春水流啊流；小道上，农人们扛着木犁，牵着老牛开始了春耕。被细雨浸过的麦苗泛着油绿，拔节的声音在农人的心中滋长，而坡上的油菜，这个春天的骄子，风风火火地抽起了薹，没日没夜地昂着头生长，花没开，馋嘴的蜜蜂已经闻到香味了，开始"嗡嗡"地闹腾开来。

家乡的庄稼里，油菜是最性急的，一场春雨，几缕阳光，他们便不知不觉的在梢头顶起了束束金黄的花。只要几日不见，漫山遍野地全被镀上一层厚实的金黄。春姑娘是一个多么绝妙的画家，她把大地当作调色板，用麦子和油菜把土地和山冈一块块地画开，黄了菜花，绿了麦子。

压畦春露菜花黄。春夜里，一个人静静地躺在床上，任凭一阵阵清雅的芬芳带着春露透过窗棂，弥漫在小屋里，淡然缥缈，这样的月光里，枕着花香入梦，该是多么惬意的一件事啊！你再不会因为劳作了一天而感到乏味，心里拥有的是七彩斑斓的遐想。

掩映在菜花地里的村庄，袅袅炊烟总是流连于院外的花香里，清脆的鸟声总是和家畜、家禽的叫声和鸣，演奏着春天的圆舞曲，淡淡的清香里，它们的声音都沾着金黄。

早早放学的孩子丢下书包，在油菜地里捉迷藏，田埂边、垄沟里都是他们隐蔽的理想世界，菜花落处，几个孩子已经压在身上了，倒了一大片油菜，笑声在菜地里游荡。接着，会站起身，开始在菜地里追赶着，叫着，笑着，菜地都被他们闹翻了。玩够了，玩累了，就躺在田埂上，掐几截已经断掉的菜薹，剥去皮，放进嘴里，立即，清幽的甜沁入心田，农家娃娃的野外美食此时只有品尝了才会知道。

不知道什么时间，村子的道路边多了一间挑起的帆布棚，田埂上整齐地码起了数排的蜂箱，是外地的养蜂人来赶花期的，他们可不愿错过这么好的花季，早早地定下了满坡的油菜花。

村子里的老人们说，我们这里是油菜花产地，每年菜花飘香的时节，都会有走南闯北的养蜂人带着自家养的蜜蜂来采蜜，赶潮似的，从南向北不停迁徙。不过，村子里的大人们还是喜欢这些养蜂人的，如若哪年春日养蜂人没有如期而至，村口便有乡亲张望的目光。油菜籽丰收，指望着蜂儿多多传粉，当然喜欢蜜蜂能成群结队到自家的地里采蜜，也希望能喝到自家地里的蜜，让这样的日子一直甜到心底。

菜花怒放的日子里，姑娘们的心也随着怒放起来，她们挎着筐到菜花地里打猪草，也会挖些野菜。很多时候，村子里的后生们也爱赶热闹，菜花芳香，含情脉脉的眼神总是传递着爱慕和喜欢，她们说着、笑着，在田埂上席地而坐，嘴里含着刚拔掉的青草，或躺或卧，眼睛看着蓝天，身边是热闹的油菜花，耳畔是嗡嗡的蜂鸣，各自想着自己的心事，各自编织着自己的梦想。当然，对于这些情窦初开的年轻人来讲，淡淡的花香里有对爱情的渴望、对未来的憧憬，往往，油菜花成了他们美好姻缘的花地。

压畦春露菜花黄。的确，农田里没有哪一种庄稼能够像油菜花这样铺天盖地地涂抹艳丽的金黄，让春天显得如此厚实，如此幽深。没有哪种花在恣意开放之后，能结出如此细密的果实，有这么丰富的油水，也只有油菜花敢如此淋漓地粲然飘落，有甜的蜜，有花的香，有丰硕的果实，有肥嘟嘟的油。

记住春天，记住金黄，记住开在心中的油菜花，明年春天依然还是遍地黄花。

原载：2013.05.04《锦州晚报》

纸飞清明

记忆中，家乡的清明节，永远是雅致的、相思的、寄托的、感怀的。

清明，会有雨，而且是蒙蒙的细雨，在池塘边的细柳下，在群山连绵的云雾里，在墓碑前的鞭炮里，在熊熊燃烧的黄纸里，此时，一切都变得空蒙了。

清明插柳是老家人的习俗，家乡的房前屋后，田埂边、池塘旁，到处长满了如线的细柳。清明前后，正是它们抽条生长的时候，此时，随便砍下一截，往地上一插，来年定是一棵树。不过，柳树喜欢水，只要水分充足，细柳也很快苗壮起来。同时，在砍掉枝节的地方，还会长出好多枝条，变得更为茂盛，更为美观了。于是，清明节这天，村里的孩子们也会折柳，做出长长短短的柳笛，朦胧中，潮湿的笛声在田间地头流淌，打湿了多少老人相思的泪水。梦里，村前清明节的细雨，是流动着清脆的声音的，是充满幻想和迷人的。

年年祭扫先人墓，处处犹存长者风。其实，清明是深婉而豁达的，因为它是人们对已经作古的亲人的怀念，不仅意味着怀念与感恩，同时还有历史的纵深感与人生的立体感，是站在新旧坟茔前获得的。在此时，一家人团聚在春天里，借着细雨的这种感受，有的烧一炷香，点儿支烛，放一串鞭炮，摆一份果蔬供品，然后，闭着双眼，在缭绕香火的幽香里，让自己走近祖先，走进历史，去获取生命的维度。让翻飞的纸屑追寻着曾经的记忆，走进幸福，走进期盼和眷恋。

当然，清明也是阳光的。阳光，是清明的性格，也是界定时光的节令，这些充满希望的阳光，在山间、在田野、在小溪、奔跑着、温暖着。门前的这份阳光，于农家，就是季节，是播种的希望，是对丰收的渴盼，乡下，我的乡亲悄然拂去心中的思念，下到浸满了还有点儿刺骨的水田里，把秧苗一棵棵栽下，让身后长满长长的嫩绿。

清明还是鲜美的。鲜美是清明的味道。这鲜美，不是鸡鸭鱼肉，更不是山珍海味，而是春天的、野生的、鲜嫩的，有着无限娇嫩的味道。渠道边、野地里、小溪旁，一株株芨芨草、蜜蒿蒿、麦花萍、马儿牙、荠荠菜生长得正欢，随便挖一筐就是下酒的好菜，无论是做饺子、泡馍，生着吃、炒着吃，都是佳肴美味。还有家门口的茶山上，采茶姑娘的指尖，轻轻捻下的那一抹细芽，更是叶之精品，在玻璃杯的心里，也早早醉了一池清水。

　　一场春雨，一怀愁绪，一杯醇酒，景、人、物、情，如此恰切地相生相融，铸成了纸飞清明的不朽经典。

原载：2013.04.12泰国《中华日报》

拔　棉　柴

收完最后一茬秋桃，棉花秆上的叶子已落光了，只剩下光秃秃的棉柴。早上，母亲吩咐哥哥带着我们到自留地里拔棉柴，一人一畦，谁偷懒不许吃饭。

棉花地在南坡，大嘴和连桂已经早到了，他们都在拔自家地里的棉柴，见我们来了，就停下手中的活，拿出从家里带来的烤地瓜给我们吃。大嘴说，这地瓜可甜了，刚打过霜，地瓜在窖里出了汗，好吃着呢！连桂说，都吃了吧！我带了些生地瓜，不够，再烤一些。

大嘴抱上一大堆棉柴，用火柴点上枯树叶，用它们慢慢引着棉柴，很快一条乳白色的烟柱便弥漫开来，火升起来的时候，连桂把地瓜一个个地投进去，等火灭了，红红的火碳把地瓜埋得严严实实。大哥说，都去干活吧！干累了再来吃地瓜，再说，地瓜也不是一时半会儿能熟的。

拔棉柴真不是什么好活，根深、土硬，几棵拔下来，手勒得生疼。弟弟说，二哥，要是有副手套戴着就好了，说完，眼睛直勾勾地盯着大嘴手上的军绿手套。

"大嘴！"我直起身叫道。

"啥事啊？还没摸到活又叫开了。"大嘴嘴里咕哝哝着走了过来。

"我俩摔一跤如何？你赢了我给你拔一畦棉花，你输了把手上的手套给我弟弟戴，敢吗？"

"那有啥不敢的。"大嘴去掉手上的手套，往手心里吐了一口唾沫，向我扑过来。

我瞅准机会，一个腿别子把大嘴撂倒在地，把大嘴摔得"哐"的一声便直挺挺地躺在地上。

大嘴几乎快疯掉了，又老虎一样伸着黑黑的爪子扑过来，我向后一闪，顺手抓住他的胳膊使劲向后一带，大嘴一个趔趄被我摔趴在地上。我弯腰从地上拾起手套给弟弟戴上，对大嘴说："三局两胜，你输了，不许耍赖啊！"

大嘴显然不服气，但又无话可说，只好悻悻地离开了。

大哥拔了一会儿，就坐在棉花领上看着我们一个个脸憋得通红，虾米一样弓着腰使劲拔着棉柴，我们都超出他一大截，我知道他又要生坏点子，我告诫自己不要上当。果然，大哥冲我们叫开了："你们都过来。"大哥最大，我们都不敢得罪他，听到叫声就都围了过来。

大哥用棍把他那畦棉花划了四截，对我们说："看见没，先干我的，每截五分钱，谁先干完另外奖励五分钱。"大嘴开始用步子量各截的长短，我们简单目测一下，拣最短的一截干了起来，等大嘴量完，只剩下最长的一截了，他有些不情愿地干了起来。

弟弟手上有手套，拨起来很得劲，很快就完成了任务。弟弟伸手向大哥要钱，大哥挤了一下眼睛，大声说："等下一起发钱，小弟，你先歇会儿。"

我们三个都拔完了，就看着大嘴自己还在鸡点头似的拔着，连桂抹了一下脸上的汗，幸灾乐祸地说："大嘴那家伙真是聪明反被聪明误，还去量，我们边歇边等吧！"

大嘴呼哧、呼哧地拔完棉柴，屁颠儿颠儿地赶来时，我们每人已经吃了两个大地瓜，他表情痛苦地伸出打了水泡的鸡爪子对大哥说："哥，给钱，手都起了泡了，还有两个水泡开了，真疼。"

大哥一脸的不高兴，板着脸对我们说："我没说是给现钱哈！都欠着，大哥说话算数，到时一定都给你们还上。"我们几个没有一个人敢犟嘴，都是大哥拳锤子教训出来的，谁也没反对，就干自己的活去了，我们心里清楚，这回的账又记到水瓢底子上了。

天快黑的时候，我们几乎同时完成了任务，连桂说："大队部今天放电影，夜晚我们一块去吧？"其实是问大哥的。大哥说："好的，今晚，我领大家去看电影，不过，拔棉柴的钱就免了。"

路过村口的时候，弟弟弯腰捡了五分钱，接着大嘴也捡了五分钱，我们每人都捡了几个，估计是谁的裤兜破了，硬币便一个个地掉落下来。大哥走在最前面，扭头看我们手里的钱，用命令的口吻说："小兔崽子，捡了我的钱也不吭声，都给我交出来，那是明天发给你们拔棉柴的钱。"

我们一个个把钱交出去，盼望明天大哥能够兑现。

原载：2013.11.07《华东电力报》

春烟袅袅二月天

新春佳节，一切都是美的，回到久违的乡下老家，一阵阵热闹的鞭炮之后，在一片片粉红的落英之中，我猛然间寻到了乡下草长莺飞的二月。

毛毛细雨朦胧着，炊烟带着潮湿的气息，在初春的天空中舒展着腰肢，可以不撑伞，不穿雨靴，径自踩在厚厚的野草上，在乡间小道上寻着冒着尖尖小芽的春草，这些心急的小草，有的刚露出头，有的小脑袋还藏在薄冰下，嫩嫩的，略显一丝丝鹅黄。

池塘泛着薄薄的水雾，田埂边、塘坝上、村前屋后的柳树开始变得细柔起来，枝丫间的苞朵慢慢地滋润着；小羊咩咩地叫着，它在田埂上悄悄地嗅着青草芽的味道，焦躁的心也慢慢地醉在春风里。此时的风也是轻柔的，感觉不到吹动，有阳光的味道，有青草的味道，还有新翻的泥土味，闻着是那么新鲜，那么迷人，这种意境，体味了，才知道留念。

人勤春早，村子里人趁着细雨，赶早把化肥、尿素背到田间地头，及时为庄稼追肥，虽然，地里的庄稼还绿油油的，可还是趁了这场雨，把肥料施足，那些洁白的颗粒，就是他们一颗颗跳动的希望，梦洁白着，盼望有个好收成。

庄户人家喜欢花，家家户户养着水仙，一盘盘地栽着。甚至，过年喝过的饮料瓶，用剪子剪去上面部分的，都用上了，满屋的葱茏，满屋的洁白，满屋的清香。走出门，谁家的木棉花，翻过矮墙来，给村庄添了喜庆一笔。二叔家的探春花正开着，谁见了都要夸几句，夸的人高兴，听的人愉悦，心里也如这开着的花，都灿烂着。

更喜欢去家里的塑料大棚，这里没有季节的更迭，只有春天，父母习惯叫它们春棚。走过一片麦地，穿过几畦菜地，就是我们家的菜棚。圣女果和草莓都在坐果，一垄垄红红的果子点缀在绿叶间，绿的滴翠，红的耀眼，随手摘下一颗，放进嘴里，酸酸甜甜脆脆，沁人心脾。

二叔家的花田也在旁边，种的玫瑰花刚采过，在城里的情人节那天卖得很好，二叔正高兴着呢！趁着二叔高兴，我和小妹钻进他家的花棚，立即，我被眼前的妖娆惊呆了，二叔真是一位精巧的花匠，所有的花都开着、幸福地笑着。有玫瑰、康乃馨，还有百合花，百合花真香啊！浓郁的香醇，简直无法形容，仿若梦中。

我和小妹回村的时候已经是傍晚了。小村笼罩在淡淡的炊烟之中，家家扬起了炊烟。我想一定是心灵手巧的婶婶婆婆为自己的家人准备着晚饭。直到现在我还记得村西头的二婶做的炸年糕特别的甜，后庄的张奶奶腌的萝卜条清香脆口，还有好多好多回忆都在这袅袅的炊烟之中弥漫开来。

乡下真的是变了，变得我都不认识了。

走进村庄，池塘边，几位老人正带着孙子在大柳树下放风筝，他们似乎忘记了自己的年龄，在村庄前跑着，高兴的样子，连傍晚的炊烟也直起腰看着他们找回了童真。我不禁想起高鼎的《村居》来："草长莺飞二月天，拂堤杨柳醉春烟。儿童散学归来早，忙趁东风放纸鸢。"诗中描述的，不就是眼前情景吗？

我越来越喜欢乡村的二月，一片春烟中，早春蹒跚着走来，温暖的心晶莹着，梦里正在酝酿着姹紫嫣红的精彩呢！不信，你也回去看看吧……

原载：2013.03.14《牛城晚报》

孤独的碌碡

元人王祯有本叫《农书》的册子，记录了很多农具，其中印象最深的是碌碡，而今人编的《太平风物》《中国农具发展史》也有记载。王祯画的碌碡极大，是一段截开的石柱，有两人合抱那么大。我掌握的资料中，碌碡按形状分大约有两种，一种是一头大一头小的，另一种是中间大两头小。

我们家乡会把碌碡统一称作石磙，也有分得清的，把专门用来碾米唤作碌碡，将专门用来打场用的碌碡叫作石磙，只是碾米用的碌碡比打场用的碌碡大一套，很好区分，但不管怎么叫，乡里人都知道是碌碡。也都是套在厚木条做的架框里，碾米用的碌碡多为人推，打场用的碌碡多要拴在牛、马、驴的身后，靠人拉着牲畜带动碌碡滚动，把稻场上晒干摊好的稻子或麦子从秸秆上碾压下来。

童年的农忙是不分白天黑夜的，我们时常帮大人打替手，当然干不了重活，也只能牵着牲口帮大人打场。月色下，伴着老牛细碎定的脚步，在庄稼上一圈又一圈转着，感觉腿硬邦邦的，呵欠一个接一个地打，犯困了就偷懒，人站在中间，老牛围着我不停地转。很多时候，都是一个地方碾压过火了，秸秆都轧烂了，有些地方还没有碾压到，大人当然知道是怎么回事，也不会怪罪，只好重新套上牲口，把"生"的地方再补一补。

那时的乡村简直就是一场民歌的约会，稻场上铺满了月色，老牛身后的碌碡"咯吱咯吱"地响着，伴着老人沧桑而又委婉的吆牛调，在小村的夜空里回荡，悠远而又深邃。古朴的民谣里，门里是庄稼的家，门外是庄稼成长的摇篮，门里门外都散发着咸咸的汗水的味道。

刀耕火种的年代是劳累而又原始的，我曾经无数次地推起公屋里的碌碡，也曾不厌其烦地在稻场上牵着牛，把稻谷和麦子从秸秆上碾轧下来，那样的岁月，有我很多快乐的时光。

有很多次跟在大人的屁股后面看热闹，村子里的年轻人在摆擂台，都是血气方刚的年龄，都有一股野蛮劲，众目睽睽之下，谁也不服谁。老保管宽爷当起了裁判，先举稻场边的小石磙，大家伙一个个扎稳了双腿，两条胳膊暴着青筋，脸憋得通红，也没有人能举过头顶，不是刚刚抱离地面，就是才想举到空中就双腿一软，石磙扔出好远，人却倒退几步，喘起响气。就剩最后一个了，大家伙都把目光投向了二叔。二叔也不含糊，他运了运气，对着手心吐了口唾沫，猛地一使力气，石磙呼的一声举过了头顶，他颤颤巍巍地走了几步，便"嘭"的一声把石磙扔出老远，在地上砸了一个深深的坑。惹得大家齐声叫好。接着是挪碌碡，这个大家伙躺在那儿，看谁挪得远。这个有技巧，高高大大的二叔反而败给了矮矮胖胖的金牙叔。傍晚的阳光开始变凉，可稻场上依然是热火朝天的。

如今，这些快乐的时光都成了过去，村子里的年轻人都进城务工去了，家里只剩下当年举石磙的老人们，他们和那些遗落在稻场周围的碌碡一样，被冷落在岁月的长河里，成了历史的记忆。这些曾经代表了农忙和时令的碌碡也被现代文明无情抛弃，委身于池塘的边缘或小村最不起眼的角落里，经受着时光的煎熬，孤独的身影如乡下最偏远的老者，在月色里回味着曾经的辉煌。

原载：2013.08.24《四川政协报》

那些花呢

　　当我想起那些花的时候，夏天的烈日已经把门前的柏油马路晒得快要化了，走在上面软软的，吸脚。季节热起来，空气里的一切似乎都在膨胀，热切的心性，多数好像无法平静下来，也没有了春天的影子，那些花呢？

　　季节更迭是突然间的。还在酒桌上谈着桃红梨白，呼吸着清雅的槐香，一转身却是夏天了，换季没有了序幕，都直奔主题了，抑或那些无须清理的向往、凉爽、安慰以及关爱，都随着春花飘逝殆尽，记忆变得漫长而美好。我多么迷恋春天的点滴，多么迷恋花还有婉转的鸟叫，没有仪式地悄然谢幕，是来不及告别，还是急切地踏出了脚，跌进了夏夜？

　　春天是夏天暖化的，还有那些花。天热之前，我还在海边的别墅里埋头创作，换季的衣物、书籍，我都整整齐齐地码放在柜子里，等待换季时穿在身上，在开满春花的海边散步。夏天来了，很突然地来了，我只能把这些衣物连同春天一起邮回家乡，也不要留下念想和鲜花的任何东西。

　　我曾对四季做过不同的体验，多年以来游走于各地，通过身边的老人，我得到教诲，对于这样的夏天，本来是很有心理准备的，但依然地还是没有适应，突然间大脑缺氧，糊涂起来。比如，我曾经在桃树和梨树林里，很不道德地折下开满花的细枝，拿回去插在玻璃瓶里，也曾无休止地打发保洁到花园掐各式的花朵放在床头，独自自私地吞噬花香，抑或偷偷地溜进玉兰花树下，用小刀无情地刻上"春"、刻上"爱"，很多时候，我喜欢在春夜里翻着夹着春花的淡香书页，打着瞌睡，梦游在三月的桃花里。

　　只是之后我还是无法自拔，老想着心里的那些花，傻吗？这样天气，它们早早地远离家乡。

夏夜烦躁，我在楼顶的阳台上胡乱地吹着一曲曲萨克斯，是《回家》，也不流畅，眼瞅着一颗流星划破天际，雪白的尾巴很像那些花。

那天傍晚，阳光的余热还在肆虐，邻家的老夫妇却早在院子里了，满院的花都碧绿着，大概都过了花期，唯见月季花和百合在靠墙的角落里怒放，显然老人是用心呵护它们的，为它们找了个阳光不容易暴晒的角落，远远地看，闻不到花香，心底却也是馨香的，如此，也就不再寻找了，老人已经呈现了太多了。

燥热的天气使多数花草树木都蔫了下来，都是无精打采的样子，叶子都微微缩起，繁花散尽，绿色在意境里默默等待明年的春风。我相信夏日的花朵一定拥有更加热烈的心，那种煎熬和炙烤，远比春花更加本真和顽强，大度地灿然着。

芳菲歇去何须恨，夏木阴阴正可人。曾读过这样一段话，夏天，花们也不甘示弱，粉红色的、紫色的、黄色的牵牛花在盛夏之时，开始压轴表演。红色，白色的虞美人尽管滋生了鸦片，可也展示着自己微弱的生命力。月季花更是娇艳动人，有红色、白色、黄色等，争奇斗艳，竞相开放，你不让我，我不让你，赶趟似的。记不清是谁的了，好像是说酷夏的花也是美的。

春天和夏天都是要经历的，就如这些花，春花和夏花都好，心中有物有道也好，只是教人莫荒了那灿烂、那灵气、那念想。心上多留一些春天的风，住进一些清雅的境界和季节，幻化里把日子过得美一些、潇洒一些，我们就可以和美丽的花朵很长很长时间待在一起了。

夜深的时候，你不要想，那些花呢？

原载：2013.08.21《信阳广播电视报》

蝇头小楷

我一直不明白，写蝇头小楷的人内心是多么安静，静如寂月，每一根神经都在笔画里。

苍茫岁月里，过了不惑之年，突然间心里敞亮起来，似乎一切都活明白了。敞亮也好，明白也罢，都是过眼云烟，细细品味，那些书中一行行的汉字如汉砖、如城墙，在心里蜿蜒。也是，人生长河漫漫，蓬勃向上的朝气一旦散漫，骨子里那股狂草般的心劲便弱了下来，歇斯底里不自觉地喜欢上了正规正距的小楷。

这是必然，人生的快车总要有减速的时候，到站的时候。

老话说，字是人的另一面，作为汉字，是文化人的脸。帝王的庙堂之下，所有的锦锣之人皆为书法王圣，每个人，每支笔都是一脉之王，一派之宗，哪个人都能幻化出生命的七彩来。即使是身着布衣的穷酸秀才，一出手便是一纸锦绣，令今人汗颜。

蝇头小楷写乌丝，字字钟王尽可师。元朝大书法家丁鹤年这样称赞楷书笔祖钟鹞，一笔一画里都有钟鹞的潜心苦练和发现，为书林培育了新体，世代传承，演化，汉仪天下，楷正人间。

人说，正楷是文人的骨子。不错，古人传承下来的颜体、柳体、欧体、褚体，哪一种体超脱了大汉的骨形。正楷的神韵，应该说，万变不离其宗，个中滋味稍微变化，多了另一种况味。

那日，在书法之乡看小学生写楷书，一百个人坐在那，像一大堆开出的花，气势磅礴，稚嫩的小手手下捏着细柔的笔，一起一顿，招式古典，竟是一页页方正之书，瘦的干练，肥的丰腴，小人儿笔下必定是规矩之中的浓香，浸着旧时的学风。

曾经无数次地看那些醉意书家们飞毫，凝神静气地把草书、行书、行草演绎得跌宕起伏，行云流水、变化万千，骨子里如龙如蛟，外表里俊逸洒脱。却单单苦了楷书，被先古文人圈定在中规中矩的九宫格内，一笔一画皆得要领，外华内刚，彰显一身正气。

不懂书法的人总对楷书存在偏见，总认为写楷书是初学者，其实不然，写一手好楷书需要下多大功夫，方知楷书乃万体之源的道理。

若果非要把各种书体比做人，我想，正楷应是初出茅庐的刚烈小伙，浑身都是棱角。放在古代，定是清欢寡欲的不阿清吏，一生正气、一本正经，两袖清风。

我极佩服那些静修于蝇头小楷的书者们，年轻的仔细，年老的拘谨，一笔一画都是功夫，一招一式都是积累，每一个字都是一片天地。他们的心是静如清水的，河流、山川、鸟鸣皆不为所动，有的，便是这方正如初的小楷，平常的就像家常便饭，一日三餐，有小米粥的味，擀面条的味，洋葱的味，红薯的味，但又都不是，墨香里的天地，只有书者清楚。

市井里已少见临楷书的人，名利之下，已耐不住寂寞，哪有心思一笔一画地写就古人的文静，而更不用说蝇头小楷了。古人十年寒窗熬的是夜色，练的是笔画，写的是锦绣。今人却不比祖上了，繁华世界里，有谁能为汉字倾心，为一枚方正的楷书素衣灯下，有谁能一生钟爱，和生命一起潜行？有，但不多了，除了老夫子，年轻人还有几许。

老先生启功爱说：没有一颗禅心，怎么会有那样如沐春风的字？是呀！祖先传承了下来，岂有不发扬光大的道理？

曾经，天下读书人以字为荣，能有一手好字，可谓学养通达，字出惊人。如今，常有不学无术者从政、从商、做学问，往往因了一手臭字而遭人鄙夷，不致为饱学者。而那些出手锦绣、潇洒自如的签字大为人生增色，平添了许多光彩，言：字如其人。

楷书是方正的，一笔一画带着规矩，带着章法，大千世界里，楷书是从仕的敲门砖，是代代王朝的选仕榜，是末代皇帝的退位简，是民国的魂，是现代人羡慕，书香门第的祖训，可以不理不睬，可以相安无事，可以痴迷相恋，但是，岁月如斯，那一方字帖里，全是墨香和书卷气。

不妨也摊开米字格，一笔一画地临，把自己写进方块里，让自己在米里存活，开花、结果。

练习楷书，让自己静下来，静得能听见古人的足音，直到力透纸背……

原载：2016.06.07《石家庄日报》

秋来柿子红

我真喜欢吃家乡的懒柿子，皮薄，肉甜，喜欢它一吸进嘴里就化的感觉。

老家里，家家都有几棵。

都知道，采摘柿子的最佳节令是在中秋前后。那时，树叶已落，枝丫上就剩下红彤彤的果实。回到家里，满树的红灯笼一盏盏地亮着，一树树丰硕的果子，跃然入眼的，你一定会瞅见最大的几个。秋风里，你说它闪烁耀眼也好，你说它纷繁暴露也好，你说它悠然自得也好，它不是因为你大老远赶来，才结得如此多，它们默默结果已经成百上千年了，已经成了习惯，你不来，鸟儿们也照样会光顾。

昂着头，盯着一树的灯盏，心早醉了。弯弯的枝条上，一个个滑溜溜、圆滚滚的小灯笼，灿然地摇曳在风中，皎然颔首，饱满昂扬，生动有姿，秀色可餐。此时，你不会相信你的眼睛，像是在看一幅画，然而，当你一个个地摘下这些尤物，直觉告诉你，这是真的，真的柿子，家乡的懒柿子！

找来梯子和竹筐，抓紧时间摘啊，拣最大的摘，摘一大筐。都喜欢吃，也会吃，这样的活总不能让父母爬高上树为你摘好送去。都动手啊！儿子在树下叫着，连同柿子旁边最后一片绿叶也一同摘到筐里，那可是今秋最后的青绿了。

摘柿子可不是你随便就可以够得到的，大的，往往都会挂在高处，有的，还顶在最高最细的枝头，那么柔软，竟不能容你近身，你不由得生出很多渴望和诱惑，总希望摘到它。也许你会认为它这样独立枝头、优雅从容的外表下，是不是太高调了。那有什么，果实是最丰盈的骄傲，一切猜测和埋怨都不妨碍柿子的性格，它依然会把最诱人的香甜举得老高，把最甜蜜的心思昭然公开，留下一声声感叹。

"七月黄泥红树岗，西风果熟一村香。"人人喜欢的柿子树，时常是远离闹市的，它悄然地选择偏僻洁净之所，默默地生根发芽，开花结果，也不择土，任何地方都可以生存，与生俱来的品行，招致了硕果累累，这是它不被发现的品德，几人能够体会。

有一种柿子，我叫不上名，不需要嫁接，也不需要剪枝，顺着墙根长出的，花也很碎，每一根枝丫都会结很多果实，果子不大，数一数，一根枝条，能结出三四十个果子来。遇着这样的柿子树，家里人总会多一份呵护，用干树枝或竹子在树根周围围上一圈，而后，静静地等待花开、结果。

柿子树在我们当地还是最好的风景树。不能结果的时候，它原本就是一株普通落叶乔木。我想，这么多年来，人们喜欢它，肯定不是仅仅爱它能结果，更多的时候，还是因为它平实、丰硕、傲然。

"霸气十足，不拘小节。"这是我对它的评价。乡村俗果，素有山野之风，生于僻处，不因偏僻而不高昂头颅，这山中的隐士，高雅繁烁，性格孤傲。诚然，红尘之中，能有几人能做得到，静心在遥远的乡下开花结果，欣然捧出满枝头的累累果实来。

柿子树不仅是老家的记忆，还是归家的诱惑。年年岁岁，灯笼高挂。只是，现代化的都市里，水泥和钢筋的森林里，能有多少它生存的地方？

不过，乡下永远是它的家，它选择了坚守，牛羊声里，顽强地坚守，不怕孤独，不怕风雨，院子里、院墙外、池塘边、田埂上，什么都挡不住它的顽强，它依然果实满树。

庭院深深，柿子点亮家乡的情怀，梦境里，永远都是令人心动的风景。

原载：2015.10.11《太行日报》

真情信阳茶

信阳茶有毛尖和炒青之分，也有绿茶和红茶之分，红茶是近年开发的，有个好听的名字——信阳红，我一直钟情绿茶，一致认为产于大别山的绿茶是上天赐给天下人的，更应该是一种清冽甘美、舒卷自如、温文尔雅、旷达写意的精神气度，这也更是信阳这片山水的文化风范。

闲暇，总喜欢泡上一杯信阳茶，细细品味玻璃杯里浓缩的春天，即便是飘雪的隆冬，只要放上茶，倒进开水，冬眠的绿叶便纷纷地醒了，在杯底舒展开来，一个个活了起来，一愣碧绿渐渐饱满，快乐地在杯中沉浮跳跃，仿佛每一粒嫩芽都在释放着阳光和雨露，蕴含着春天的芬芳与妩媚，一杯茶在手，无不弥漫着春天的弥香。

信阳人喝茶极其讲究，先要用八十度的水洗茶（也叫暖杯）。之后，再加满热水，待云雾散去，一粒粒米牙如落雪轻漫，又如沥沥花雨。透明的玻璃杯中，可以看见碧绿在萌动、在渲染、在渗透，好一幕精彩的"动感地带"，好一幅迷人的"秀春图"。即便顾不上抿一口清香的嫩绿，只要看见那一杯春色，便足以被其质朴空灵的境界所深深吸引，并为之陶醉。所以，我一直把品茗作为与春天一次美丽的邂逅，把信阳毛尖的"色香味"看作是永恒讴歌的不变情怀，因此，无论是在家里，还是在茶馆，一杯茶捧在掌心，淡淡的清香隐隐约约地漫过来，仿佛旧日恋人那熟悉的体香，那自然是未尝先醉了。

我的好朋友，茅盾文学奖得主西藏著名作家次仁罗布先生也喜欢茶，我们的聚会多在茶馆里，他认为，品茗就是品味人生。悠悠品茗，轻声细语，一本书，一个梦，悄然浸入茶中，满嘴的香。我说，家乡豫南是茶乡，人人必饮，凡来客人，沏茶、敬茶为先，待客当然是信阳最好的毛尖。《西藏文学》主编客珠群佩先生对茶也有研究，他认为茶有健身、治疾之效。他提倡工作之余，约三两朋友，寻一雅静之处，泡上一壶茶，自斟细饮一番，于身心是大有裨益的。每每，品的当然是我从家乡带来的毛尖茶，那一方绿色留给西部的永远是久违的芳香深深的友谊，自然地，豫南那一片山水也融进高原的文化之中。

鲁迅先生说，茶香总是伴着书卷香。生在茶乡，我总喜欢泡上一杯清茶，坐在办公室里，一边看书，一边品茗，淡淡的茶香滋润了每一个日子。我喜欢信阳毛尖茶茸毛丰满、甘醇形美、汤色青绿、香郁扑鼻的梦幻感觉，闻之，仿佛置身于茶园绿野之中，品之，则如灵芝甘露，真可谓"无处不飞翠，茶香万里醉"。

喝茶，我们品味的是那份美好，讲究的是那份清闲，追求的是那份平淡。喝茶，能养性；喝信阳茶，更能修身。品茗，高雅、恬淡。绿茶，保健、清心，启迪人生。品茶犹如品味人生，做人且做茶样人，尽敛苦涩、飘散清香，举茶广结天下友，茶品人品皆相宜。

真情信阳茶，愿世人静下心来细细品味，并由此知茶懂茶，爱茶论茶，便能使内心得到修炼，逐渐进入宁静淡泊、质朴自然的境界，放下许多精神的包袱，生活便会更加圆满。

原载：2012.03.18《信阳晚报》

野花深处的故乡

　　时常在梦里回到故乡，时常在梦里回到童年，梦境里，我曾经无数次执着地把家乡定格在童年的记忆里，不想与现实中的故乡联系在一起。故乡老了，一堵堵断墙立在村口，一座座破旧的院落凋零在村庄的角落里，几位老人坐在大树下回忆逝去的年华，村庄已没有了年轻的冲动和生机。

　　我总是喜欢傍晚驾车带着妻儿回家，顺着小河边的公路绕过河湾，翻过一个高坡，驶进一片树林。我惊悸于时光的流逝是如此的无情，眼前仿佛是已经褪色的旧画，河边的蒲草开始发黄，树叶随风一片片地飘落，浓淡的秋意和潇潇的冷落悄然地涌向天际。透过车窗，树林之外，大片的庄稼向我涌来，坡上是新栽的果树林，坡下是成熟的玉米地，炊烟升起的地方便是我的家。

　　我钟爱这样的村子，土坯垒成的院落，门两边的土墙镶嵌着两个一样大的木格子窗棂，上面盖着青瓦，顺着瓦楞长满了青苔，屋山上挑着两个青石雕，或龙或凤。低低的屋檐下挂着除草用的锄头和镰刀。一条细细的牛绳搭在梁上，仿佛拴着无尽的岁月。路边是稻场，石磙和碾盘散落一地，一堆堆牛粪犹如黑黑的大蘑菇，一朵朵地开着，犬吠沿着小路消失在树林里。

　　小村叫冯楼，富贵吉祥，却看不见一栋楼，从前到后都是清一色的青瓦土屋，鳞次栉比，错落有致，家家有院，屋前屋后栽满了果树，有铃枣、柿子、苹果、鸭梨。也种满了栀子、月季和薰衣草，一年四季，家家户户都隐在花香和果树林里，炊烟顺着风飘出村外，慢慢直起腰身，隐隐约约间，牛羊的叫声牵着夕阳，围着草垛啃食着一天中最后的绿色。

　　我喜欢下雨的日子，喜欢雨水顺着青瓦的瓦楞间顺溜地滑下的样子，喜欢清亮的雨滴在瓦片上摔碎的情形，喜欢雨打树叶的莎莎声，喜欢屋檐下连着的一条条银线，喜欢趴在木格子窗户前看着雨滴落入池塘，溅起无数个活泼的水珠和一圈圈扩散的涟漪，一个挨着一个，牵着手，相互融入，相互更迭，没有了秩序。

我庆幸这样的天气，可以不干农活，也可以放心地去玩。大人们自然会抓住这样的机会，男人们披上蓑衣，戴上斗笠，扛起铁锹，他们要到野地里截水，把水引到池塘里，妇女们则要到田地里抓鱼，渔具有网和鱼罩。记忆里，雨天总是农家改善生活的大好日子，有道不完的欢喜，说不完的乐趣。

但祖母却不会外出，下雨天对她而言就是休息，她的一双小脚注定不能在泥泞的土地上行走，晴天走路都要拄着拐杖，雨天里可不敢胡乱行走，她会坐在门边的木椅上打瞌睡，一觉接一觉地睡，谁要是趁她睡着了，轻手轻脚地想从她身边溜出去，她准会及时伸出拐杖，把你挡在门内，虽一句话不说，你也会脸红，害怕老人的威严和神气，只好乖乖地拐回屋里。

邻居家没有老人的，也会把孩子送到我们家让祖母看管，最多的时候有五六个，交给祖母，他们也放心，从来不担心孩子玩水或者受大孩子的欺负，即使看见孩子脸上的泪痕，也不介意，还是乐呵呵地向祖母道谢。村子里几乎是一样的，谁家有老人，谁家的孩子就多起来。半晌午、半晚上，祖母都要给我们加餐，吃的是白糖水泡爆米花，香香甜甜的滋味至今还让人回味。

上学之后，我们就没有了当小孩的自由和悠闲。放了学，要帮大人煮饭或喂猪。农忙时节，大人们忙收割，我们就要到地里拾麦穗或稻子，傍晚的阳光还有点儿毒，弯着腰、睁大眼睛在田垄上的麦茬或稻茬间寻找遗落的庄稼，小手被坚硬的根扎得生疼，我们把拾好的麦子或稻谷一把一把地扎好，放在身后，弯腰捡拾时总不忘抬头看看夕阳，总盼望夕阳快点儿落下山去，我们好回到欢乐的村庄，游戏自己的童年。

村子因为土地而勃勃生机。种麦、种稻、种棉花，小村因农事而变得充盈，大人们似乎忘记了劳累，总是在夕阳西下时在村口快乐地说笑着，他们活着的动力，就是种好庄稼，养活我们，他们用勤劳和汗水缔造自己的家族，丰盈祖传的老屋。对于辛劳和贫困，大人们没有怨言，他们明白，人活一辈子都是在自己骗自己，为了老人，为了孩子，让自己日夜操劳得幸福。

时光总是在不经意间改变一切。依然是过去的村庄，依然是那片飘香的土地，等我们主宰村子的时候，我们变得懒惰和轻浮，心野在外边，却把祖祖辈辈赖以生存的土地抛在脑后。都走了，村子里只剩下破旧的房屋和蹒跚的老人。村子老了，每次走进老家，都被老家的衰落和孤寂感染，身边走过的人，大多都是固守家园的

留守老人，花白头发了，还要沉默地挑一担粪桶，一步一摇，往田里赶。看着他们佝偻的身影，我的眼前一片模糊，这就我的家乡、我的村庄。夕阳照在门前的果树上，在微风中闪烁金光、野花遍地，芳香里，远方的田野一片耀眼。

原载：2014.04.18《京郊日报》

夏天的雨

　　我不止一次地被这突如其来的雨淋个湿透，很多时候，除了害怕闪电和狂风之外，我还是喜欢这种酣畅淋漓的雨的，那份清凉和惬意，久久地，成为一种美好的记忆。

　　老人们说，夏天的雨是乡下的舞者。一阵狂风刮过，硕大的雨滴伴着电闪雷鸣在村庄、在田野里奔跑，足迹是开在田野里的花，一朵朵玉碎的水花，粉身碎骨之后，溅起了乡韵，滋润了乡间最朴素的幻想，可以不管庄稼和被风吹断的树，静静地等待，等待雨水落下的轻音，还有那些妖娆的身姿。

　　夏天的雨总是扭着水蛇腰在屋檐下缠绵，这个时间的闷热是乡下最莽撞的黑汉，在这样的妖娆里，它只能面红耳赤地躲在乌云的身后，披着薄纱，让清爽涌进村子，涌进茅草屋，点亮木格子窗棂的心。

　　这样的雨在夏天是恣肆的，使着性子挥洒着激情和浓烈，从来没有羞涩和细柔，也不如春雨那样扭着小脚，满面桃花，带着丝丝温情、柔软的筋骨和碎步让乡下沉醉，而夏雨蓬勃的激情热烈地呈现着，涌动万千怀想，连串的银珠沿着夏天的脊背奔跑，让小河开始奔涌，让城市开始流浪，让乡村开始迷茫，到处是集结的奔放。

　　夏天的雨虽然激情四射，但大风和闪电仅仅是一场舞会的前奏，接下来便是倾情巨献，这样的天气里，可以戴上斗笠，穿上蓑衣，也可以执一把桐油伞，赤脚蹚过漫过脚背的积水，到野外把落下的雨排到池塘里或小河里，看着一群群鱼从河里或池塘里游出来，在汪洋一片的积水里嬉戏，那份超然，只有在夏天的雨里才可以获得，跳出了边界和约束，放飞的心情那样自由，让人心生羡慕。

　　雨丝一条条连着，这些夏日雨做的枝条拂起一圈圈涟漪，让雨打芭蕉的声音在心底扩散，荡起心中的汪洋，它们从不吝啬豪放，以至于满腔热情，成灾成害，丢下不好的名声。

我一直把夏天的雨当作一年中最好的缘分，时常在烈日的炙烤中盼望它能如期而至，重复上演这样舞蹈，我希望它是有益于人类，有益于庄稼的，不想看到它祸害的样子，为夏日留下更多畅然和吉祥。很多时候，虽然夏天的雨都是灾害性的，但我总希望它是美的，毕竟，它是挣脱了酷暑的手跑出来的，匆忙里，自然有些唐突。

我依然会喜欢夏天的雨，喜欢夏日里那最快意的凛冽。

原载：2013.07.29《陕西工人报》

村　　河

　　小河在村外，有一个大大的弯，村子就坐落在弯里。有雾的冬天，薄纱轻曼，寒水细流。站在桥上欣赏雪景，看炊烟缭绕的村庄，仿佛弥漫在雨雾中的民谣，轻雅中展开一方淡淡的水墨。

　　河里小船依依，有黄沙堆岸，有绿枝拂月，有拱桥对圆，水里黄鸭戏水，岸上细柳低垂，静的清雅，动的浓重，像一篇绝妙的骈体文，又像是一首拖着古韵的小诗。我喜欢它的细腻和清澈，泱泱水汽中透着轻灵，伴着田田嫩苗和炊烟远行。此时驾船，橹声撩起乡音，划出脆生生的水音，远处村庄倒影闪烁，心里流着欢乐，兀自醉在这样的风景里。

　　小河有个大气的名字——长江河，这三个字，有江有河，会让人联想到黄河之水天上来那句雄浑的诗句，更令人叫绝的是，长江河极像一条江，有着江的律动和诗情，激荡中带着平缓，越过山川，润过平原，将遥远乡下的淳朴民风，涤荡得纯净古朴，带着乡土味。

　　就是这么无端地喜欢它，岁月深处，总有梦在流淌，不为万里长江的滔滔不尽，不为羸弱小河的潺潺不断，有的是这古诗词一样韵味和新诗般的绵柔，小船悠悠，犹如《诗经》里划出的竹简，用网打捞着遗失在河里的小篆。

　　沿河而行，微云轻飘的天空下，苇草随风摇摆，涌动着干枯的黄樱；几只水鸟掠过水面，留下几条细细的水痕；长堤之上，几个顽童头戴柳枝在草丛里捉着迷藏，天真的童音，犹如撒下的银铃，快乐着，幸福着。也许，多年后他们会各奔东西，有着各自的家庭和事业，至少，儿时的记忆里，童年的河流依然清澈，有着碧玉般的纯美和细柔。

　　如此恬静的风景，滋养着每个远离故土的记忆。远行的人，告别门前的竹筏，

梦境里，家乡的小河是心底的清流，缓缓地流在枕边。不去想泊着的小船，不去想弯月般的拱桥，鱼鹰扎着猛子，在水底寻找不尽的岁月。岸上合欢花开得正欢，这一树的蝴蝶，蹲在枝上，可是在等待游子归来。抑或在落霜的前夜飞离枝头。如此，许多鲜艳的花都会凋零，甚至连野草都会枯萎，而微风的河水便浓郁了一方水土，冲淡了水中江湖的险恶，纷落中多了意韵。

河水静静流淌，没有波涛也没有漩涡，让行着的船感觉不到一丝摇晃。好美啊！一位小妹指着岸边的几只白鹭和水鸟兴奋地叫着。正疑惑间，白发阿婆俯身亲了一口小妹，嗔怒地说："大惊小怪，别一惊一乍的，乡里不比城里，这里多的是，你看，你看，那儿、那儿、都是。"顺着阿婆手指的方向，果然有成群的鸟悠闲地游着，还有的没在水里，修长的腿似乎在跳着水中芭蕾。

划船的是邻村的大爷，一辈子在河上，谁家几口人、孩子多大，他一看便知。他不仅摆渡，还帮人带话，几十年如此，他也乐意，而如今的手机里联络，让他多少有些失望，清凌凌的河水之上，渡过了人，捎几句话该是多么的快活啊！

在这条幽静的河流之上，一切都如此自然，甚至河边的草木都是自生而长，开出鲜花、长出绿叶，那些委婉的民谣、潮湿的渔鼓、优美的传说，都随这些流水东去，没有任何的印迹，有的就是这些树，这些花，这些水。

船儿顺着河流缓缓地前行着，路过金银滩的时候，老艄公会收起橹，把船靠到滩上，叮嘱喜爱捡石的人行动快点，这一提醒，呼啦啦一船人下光了，都稀罕晶莹的七彩石，捡些回去，泡在玻璃瓶里，既装点了斗室，又满屋的吉祥。运气好，还会有一些沙金和玉，谁都不愿错过，谁都想扒开细沙寻找被河水冲刷过的星星石，至少会点燃心中的欲望，多了一份期待。

有条河真好！至少这条玉带串起了乡情，一个个村庄连在一起，同饮一河水，说着同样的方言，遵守着同样的民俗，亲连着亲，邻挨着邻，哪家有喜事会感染半条河流，都沾着喜气，感受着幸福和快乐。即使是丧事，同样也会感染河两岸的人，彼此那么熟悉，突然间没了，心里都淡淡的，河水流不尽，却带走了哀伤。

夕阳透过云层，把余晖涂抹在小河两岸，金灿灿的霞光里掩映着小村的幽静，鸟儿在天空盘旋，小河边，劳作的人牵着牛尽享劳动的快乐，家犬摇着尾巴蹲在村口遥望主人归来，鸡鸭摇摆着肥胖的身体在院子里踱着方步，守望着河对岸袅袅炊烟，渐渐地，野蒲和蒿草隐进珍珠般的浪花里。

小河悠悠，悠悠乐哉，使然，临河而居，心如止水变得柔软澄静，庆幸所生，能拥有一条河流该是幸福和知足。在这样的清音里生活，心头总漾着深情和美好，永远带着希冀和梦想，使农耕和坚守变得强硬，多了一份畅想，深入骨子，深入血液，静静流淌。

原载：2013.07.08《大公报》

最后的秋雨

雨点落在身上，颤颤地寒，我和拴柱一起走出他家。拴柱缩了缩脖子，还是挡不住今年最冷的秋风，身上的衣服早湿透了，贴在他瘦弱的身板上，他感觉简直是贴在骨头上，贴心地冷，任凭他怎么努力，都控制不住上下牙齿咔咔地抖动。

拴柱已经受够了这样的日子，他决定不再到医生家去为祖母请医生，他要撒谎说医生不在家或其他理由去搪塞父亲，走出村口他便拐进了大嘴家。

大嘴正在提着他祖母的尿坛子往茅厕里走，尿坛子里有屎有尿，味道难闻，大嘴把头扭到一边，路太滑，尿坛子太满，大嘴很吃力。拴柱听见大嘴的父亲在后面骂大嘴，声音是从屋子里传出来的，拴柱赶紧跑过去帮忙，这活他也经常干，也习惯了。

我们顺便在池塘里把尿坛子洗了洗，踅进院子，瞅见大嘴爹正在给大嘴奶用毛巾擦背，看样子很笨拙，也很吃力。他在房屋大声喊着大嘴的名字，声音如秋风般从窗棂里漏出来，一格一格的感觉。大嘴故意不答应，也示意我们别出声，而后，轻手轻脚地溜出院子。

院外依然很冷，我打着伞站在大嘴家门外，大嘴正在为拴柱拧衣服上的水，拴柱的腿不停地抖动，他连打了几个喷嚏，唾沫星子喷出好远。声音惊动了大嘴爹，他拧着大嘴的耳朵就往屋里拽，看样子很生气。大嘴没有反抗，侧着头，斜着的眼神里充满了无辜。

我知道大嘴爹刚和大嘴妈吵架，大嘴妈回娘家去了，就让拴柱去我家暖和暖和，平时，拴柱蛮照顾我，也不让外村的孩子欺负我。

拴柱还是冒雨离开了村子，我让他带上我家伞，他谢绝了，他说反正已经淋透了，打伞还有啥意义呢？倒不如这样轻松。

看着拴柱渐行渐远的身影，不知怎的，我的心很不是滋味，不觉间竟可怜起拴柱来。拴柱从来没有看见母亲是啥样子，也不知道妈怎么喊，那天，他在课堂上突然叫老师一声妈，惹得全班同学都哈哈大笑，也羞得年轻的女教师满脸通红，她还没有结婚呢。

拴柱刚走，大嘴就从屋里探出脑袋，他问拴柱今天怎么了，看样子有点儿不对劲，我说也是，总觉得怪怪的。

第二天，我们没有看到拴柱，以后几天也没有看到拴柱，拴柱奶也在他离开的第三天去世了。拴柱爹披着长长的白布送走了拴柱奶，不久就疯了，还爱吓我们，见了谁都要追，嘴里不停地喊着儿子，那声音有些凄惨，带着哭腔。

大嘴总是有事没事地提起拴柱，提起那个冷冷的雨季。这个村子少了拴柱一家还是平静得如门前池塘里的水，一切还是老样子，只有我和大嘴心里很空，觉得少了许多。

秋雨每年总会如期而至，但总感觉没有拴柱出走那年寒冷。村里的老中医总喜欢唠叨："拴柱到我家请我去给他奶奶看病，我见他浑身湿透了，还给他生火烤了烤，之后他就先走了，直到我给他祖母看完病也没见他回来。这孩子，跑哪儿去了呢？"

拴柱爹依然疯疯癫癫地追着我们喊着拴柱的名字，村子里的角角落落都被他找遍了，他是那么的执着和不弃，脑子里只有拴柱，疯得那么痴迷。村里已经习惯了拴柱爹的样子，如果哪天没有没有看见或者没有在半路上遇到，大家都会认为少了什么，他的心只有他自己清楚。

门前的小树已经茁壮起来，而拴柱依然没有回来。每当秋雨来临，我和大嘴都会在村口等待拴柱归来，然而，秋雨不停地下着，一场接一场地下，依然不见拴柱的影子。这个倔强的小男孩到底跑哪儿去了呢？

我们都在等待，总希望那场最后的秋雨里有他灿烂的笑容。

原载：2014.08《老人报》

一笼金线拂弯桥

我说的是柳树，家乡随处可见的柳树，一排排、一棵棵在春风中婀娜着、飘柔着，身影婆娑在小河的弯桥边，轻盈的绿枝拂动着一弯弯童年快乐和梦想。

住在淮河边，住在那个素有小江南之称的小镇上，不仅仅是因为山水，更多的是这些树，这些花。在我的印象里，这些生长在记忆里的柳树该是春天最好的舞者，仲春，当别的树刚刚幼芽初发时，柳树却已是"万条垂下绿丝绦"了。此时，漫步在河边细细的沙滩上，抑或小船划过弯弯的石拱桥，看着水面上浮动的杨柳的倒影和渐行渐远的水波，内心的喜悦也随着这水波扩散开来，让明媚的春光和打湿的笑声一起落入水中。

对柳树的记忆源于童年的柳笛，那婉转的笛声回荡在河边，回荡在春天的梦想里。做柳笛是我们这群孩子的拿手戏，时常，我们会在河边的柳树上折下粗粗细细的柳枝，用手捋掉柳叶，然后用小刀在柳条上使劲旋上一圈，之后，用手握住慢慢一拧，用牙咬住柳枝粗的部分，由粗向细用力一拧，柳枝皮就完整地脱下来了。接着，就是把柳枝皮的一端刮去外边的青皮、捏扁，一支柳笛就做成了，就可以呜呜呜地吹响了。我们做的柳笛，由于粗细不同、长短不等，加之吹的人用的力大小不同，发出的声音也就各不相同。印象里，短而细的柳笛，声音如小羊羔在叫，长而粗的柳笛声音如老牛在吼，也会吹出这样那样的声音，好听极了。放学的路上，柳笛声声，春风阵阵，缠绵的柳笛把乡下的小河吹得悠长而又深邃，留下了无尽的乐趣。

男孩子玩柳笛，女孩子就更会玩了，大大小小的石桥边，一棵棵柳树把细细的枝低垂到水面上，微微地拂动着柔臂，曼妙的舞姿诱惑着她们，傍晚的霞光里，一个个踮着脚，伸出嫩藕般的小手折下细枝，从根部剥开皮，用牙咬着柳枝的根部，轻轻地一拧，那柳枝就连皮带叶地挤成一个好看的疙瘩，成为一个碧绿的"绣球"。

她们每个人手里都提着好几串，在石板桥上一边摇晃着，一边唱着儿歌，玩到兴处，也会把"绣球"抛出去，惊起河里觅食的白鸥，而那落水的"绣球"则被一群鱼儿簇拥着流向了下游。

我最留念的是在柳絮飘飞的时节爬到树上，骑在枝头上折下韧性十足的细枝条，一圈一圈缠绕起来，编成形状各异的柳条帽，戴在头上，极像电影里的侦察兵。大人们从树下走过，如果你不发出声响，他们是不会发现隐蔽在绿叶间的你的。也会做大大小小的柳弓，用竹子做箭头，用高粱秸做箭杆，打近的目标用小弓，打远的用大弓。有时候，我们就蹲在两棵树上对射，很多时候，我们都会取胜，对方则是流着眼泪退出了战场。

长大了我才明白，外地人为何称家乡为小江南了。柳树林不仅仅有我们好玩的童年，更多的是那一方美景，潺潺的河水，如弓的弯桥，纤纤的柳枝就是一幅淡墨的山水画。正如唐朝大诗人韩偓所言："一笼金线拂弯桥，几被儿童损细腰。无奈灵和标格在，春来依旧褭长条。"

就是无端地喜欢垂柳，喜欢那"一笼金线拂弯桥"的意境。

原载：2015.03.25《甘肃经济报》

敞开在记忆里的柴门

我不知道怎样来描绘自己的家乡，儿时的乡下，很多美好的记忆都只能留在梦中。那些难以忘却的东西，大都是美好的、珍贵的。

这些年，城市的迅速扩张让我的家乡融进了城市的律动，家乡的人纷纷拆去各自的柴门，屋舍都打扮成了清一色的院墙铁门。那些令我难以忘记，温暖的旧柴门已随记忆走远，时常会生出许多感慨，因为儿时的柴门给了世人太多的温暖和启迪。

老家在乡下，在离城市不到两里的乡下，那里属于城乡接合部，城里人喜欢来这里垂钓，远乡人喜欢在这里歇脚。一切都是那么淡然，犹如门前的小河，平静地流淌，透明着，柔软着。

常年在外地工作，我始终没有明白我的家乡是如何华丽转身的，偶然一次回家，吃惊地发现家乡变了。记忆里恬静、随意的茅舍和柴门不见了，邻居家的房屋都变成了楼房，几乎所有的院落都装上了庄严、威武、美观、大方的铁门，都如城里一样大白天也紧闭着。泥土铺就的小道不见了，家家连接的都是水泥的马路，着实让我很是吃惊，心里猛然间掠过一丝怅惘。

村子不见了，只有我们家还在固守着乡村的最后一道风景。一眼看透的竹木做成的院落，永远敞着的柴门，依然是院子里放着一张小桌，几个凳子，依然是排着几只茶碗。显然，这样的乡居在这个都市村庄里已显得破旧和不协调。

夏日燥热，和父亲坐在葡萄和绿树搭就的绿荫下乘凉，倒上两杯绿茶，品着最后的乡情，说着家常。不时有路人进来讨水喝，那咕咚咕咚的酣畅和谢意，已经好久没有听到了。也有似曾熟悉的老乡干脆坐下来，聊起乡下的庄稼、乡下的草、乡下的花、乡下的亲戚，不时发出阵阵笑声，为我们这个破旧的院落增添了生机和欢乐。

不久，我们家的房屋也翻建了。不同的是，我们家的大门是敞开的，前后的房屋都伸出了长长的屋檐。

今年夏天再回去的时候，我们家也没有了乡下的景致。午休过后，一场暴雨袭来，我揉着惺忪的眼睛发现，在我们家的台阶上，又多了几位躲雨的人。看着他们或许因为能找到一个避雨的地方而挂在脸上的喜悦，我的心里甜丝丝的，心底流过从未有过的感动。

父亲说，自从房屋翻建后，虽然大门每天都敞开着，但进来讨水和歇脚的人却很少，这就是城市和乡下的区别，门的开关都不重要，是一堵厚厚的墙把淳朴的乡情挡在外面了。说这些话的时候，父亲的脸上写满了失意。

是啊！乡下的那份敞亮哪儿去了？当一个需要帮助的人寻找到一片住户，面对紧闭的铁门和敞开的柴门，他肯定会选择走进看着十分朴实的院落。纷繁的社会中，虽然我们都曾经生活在广袤的乡村里，曾经在不经意间给别人提供了一些方便，帮助了别人，也快乐了自己，该是一件多么幸福的事啊！

如今，生活条件改善了，人们学会了用一堵墙封闭自己的热情，无意间让人与人之间的距离慢慢疏远，让留存在心底的那一丝乡情平淡无味。我时常留恋记忆里永远敞开的柴门，希望那些曾经开着而又紧闭的一扇扇铁门能为需要帮助的人开启，也为我们的朴实开启，因为，只有这样的院落才是温暖的、真实的。

原载：2012.12.12《珠江环境报》

点亮夏夜的萤火虫

  乡下无电，一入黑便看不清道路和行人，那时的乡村属于村口和树下，除了摇曳的灯烛，就是池塘边那些星星点点点亮夏夜的萤火虫了。这些飘逸的精灵，时常带我们进入无限的遐思和美好的期待之中。现在回忆起来，故乡的萤火虫就是乡下会飞的诗，有浓浓的乡情，有欢乐的童趣。

  儿时的乡村夏夜是静谧的、深沉的，低吟的虫鸣、清脆的蛙声，组成了夏夜的多重奏。村子里的人们坐在村口纳凉，说着笑着，全然没有了白天劳作的辛苦。而他们只是夜晚的配角，主角是我们这群天真烂漫的孩子，我们在柳树下奔跑、嬉戏，一会儿仰望星空，一会儿目视前方。村庄周围，萤火虫闪耀着，无拘无束上下飞舞，犹如天上的星星，如梦如幻。

  萤火虫看得入迷，捉萤火虫更是我们的游戏和乐趣。开始，我们只是用手抓，一不小心，虫儿瞬间会从指缝溜走，欢喜顿成一场空；可下手重了，它又非死即伤，一夜下来，捉住的萤火虫极少。后来，比我们大点儿的幸福发明了捉萤火虫的专用工具，那些小精灵才难逃厄运。我们找来一条长长的柳枝，扎成圆圈，在一根竹竿上绑好，然后，到后园的树林里用圆圈缠绕上蜘蛛网。可想而知，那些小小的飞虫怎么抵得住这样的天罗地网！

  我们先追着萤火虫用蜘蛛网网，网多了再一个个小心地摘下来。那时的萤火虫真多，远远看去，我们举着的简直就是一个闪亮的圆。每晚，我们都会捉很多。摘下来的萤火虫被一个个放进玻璃瓶子里，那个好看啊，真的无法形容。邻家小妹很特别，她把摘下来的萤火虫包在一团洁白的棉花里，萤火虫跑不掉又伤不了，捧在手上就似一盏闪亮的灯笼，引得全村子里的人都来看，夸邻家小妹聪明过人。

  最可气的是燕林，他算得上我们村子里最淘气的孩子，玩累了的时候，他会把萤火虫从瓶子里一个个倒出来，之后，用脚踩着萤火虫使劲往后一拉，那些可怜的精灵便粉身碎骨，留下一条长长的荧光。我觉得他有些残忍，有好几次都和他打了起来。在我看来，那亮着的荧光，可是萤火虫破碎的心……

村里的刘代表是上海来的，很有学问，他也喜欢萤火虫，常常会和我们一起玩捉萤火虫的游戏。一次，他拿着我们捉的萤火虫，给我们讲了车胤囊萤读书的故事。依稀记得大致内容，说晋朝有个叫车胤的人，为了省点灯的油钱，把萤火虫放进多孔的囊内，利用萤火虫光来看书，后来考取了功名。这个故事着实对我们鼓舞很大，可山野的孩子浑身都是野性，模仿古人，只坚持了一会儿，又把梦想都放在闪烁的萤火虫身上了。

如今，随着农村城镇化的步伐加快，加之化肥农药的大量使用，萤火虫也越来越少，很难觅得踪影。而孩提时点亮乡村夏夜，点亮儿时童趣的萤火虫依然在心底亮着。

原载：2012.08.19《台州日报》

冬天飞舞的精灵

冬天是四季中最充满幻想的季节，大地一片洁白，雪的世界有梦、有天真。

四季里，春天百花盛开，繁花似锦；夏季赤日炎炎，响蝉声声，生机无限；秋来黄叶片片，弯月高挂；冬天雪花飘飘，寒风刺骨。一年中，岁月轮回，雪，就是冬天的精灵。

下雪的天气，可以在雪花的飞舞中咯吱、咯吱地踏雪独行，留一串歪歪斜斜的脚印。累了、乏了，可以躺在雪地里，感受雪花的问候，下雪的时候是美的，那一片片落英，可是遥远天国的信使？洋洋洒洒的文字，没有人能读得懂。

俗语讲，雪花是春天的使者。可我却一直认为，雪花是冬天舞动的精灵。寒风中，娇柔的舞姿，轻盈飘逸，淋漓洒脱，翩翩然然，留下一片灿然。洁白的精灵飞舞着，置身其中，你会深深感受到冬天的律动，感受到雪花的纯洁、无私、欢乐和飘逸。

雪落大地，如此洁白，白得晶莹、白得透明、白得乖巧，站在哪里看都是那么惹人怜爱。雪花是纯洁的，从不藏污纳垢，时常用自己无瑕的身躯毫无顾忌地覆盖尘世间的肮脏和害虫。也不怕牺牲自己，用厚厚的身躯覆盖庄稼、杀死害虫，在阳光明媚时，任由污浊的肮脏之物无情吞噬着自己，晶莹的心继而化冰为水，涤除出一个圣洁的世界，给大地以滋润。

有位诗人说，雪花是水的骨头。我说，雪花是天外来客，牵着太阳的胡须，慢慢老去。那古老的童话，在孩子们的心中圣洁着。

水是雪花的泪水，冰雪融化时，空气变得清新，大地上的万物生灵得到滋润，由此，一个个生的精灵都在默默地孕育着无限生机。

阳光灿烂着，激情点燃了雪花的灵魂，它们永远都是这么悄无声息地选择离开，融化成水流着、滋润着，沁进庄稼的根系，流进门前池塘和河流。这晶莹的雪花，毁灭了自己，滋润了人间。

很多时候，我不敢掬一捧地上的落雪，也不敢握一把雪球扔出去，我害怕惊扰了白雪安静的梦，也怕伤着雪花，只有静静地欣赏，静静地等待雪花化去。

雪花，冬天晶莹纯洁的精灵啊！即使化去，我也知道你已化作天空中的朵朵白云，在回味着一次次灵动的飘落，俯视着被自己滋润过的土地，心里还在默然筹备着又一次的降临，想象着自己轻盈的舞姿。

我又一次打扫干净院子，然后燃着一支香烟，静静地等待下一场雪的来临。

原载：2012.12.19《清远日报》

故乡的味道

我说的是能够闻得见、听得见的东西，家乡最常见的，突然间成了都市里的上品。

离开故乡已经很多年了，可故乡的一山一水、一草一木却历历在目，山下那个水畔的小村庄，时常在我的梦里呈现。茅草屋、木栅栏、草垛、枣树林、羊圈、稻田、池塘，还有村子旁边的大柳树，傍晚慢慢直起腰身的炊烟。那些绿草味和炊烟的味道都是梦里的故乡。

远离故土，连土地的味道都能闻得到；离开家园，连乡亲劳作的汗水都能分辨得清。那真真切切的乡音、乡味，随着风，伴着阳光，在我的心底弥漫，一切都是那么亲切。

在城市一隅，偶尔会碰见几个民工模样的青年，是在逛街或寻找属于自己的工地，张开嘴的那一刻，我的心为之一悦，是老家的人，讲一口浓浓的家乡话。我笑了，他们也笑了，这么远的地方，还能碰见老乡啊！有缘，好浓的村野气息，家乡话就水一样流开了。

也会在火车站听到家乡话，一打听，是邻村表叔的孩子。"听父亲经常提起你，你还好吧？"故乡的味道就是这么温馨、这么突然，感觉到了漾在心底的甜。

故乡的味道是伴着香味一路走来的，不经意间，街角的拐弯处多了一个土菜馆，生意蛮火爆的。走进去，满屋的人，是故乡的味道。

蕨菜炒腊肉是家乡的招牌菜，家家都会做，山上采的，新鲜。这种菜，我能分辨得出是阳坡长的还是阴坡长的。菜端上来，我说出来，老板娘惊诧得瞪起了眼睛。"是的，今春在阳坡采的，再过几天，阳坡的就没了，该用阴坡的了，到时再来尝尝吧。"

葫芦饼也是新鲜的，是母亲做的味道。葫芦丝是切出来的，不能用搜子搜，那样就没味道了。放了家乡的小香葱，炕得两面黄，哎呀，口水都流出来了。

还有菱角菜。夏季从水塘里用长竹竿搅一串菱角的根叶上岸，摘去菱叶和根，留下泡状叶茎，用开水焯一遍，去掉涩味，再用蒜泥、红辣椒清炒或凉拌了吃，爽口宜人。这道菜从前在乡间是下下等菜，如今随着水污染的日渐严重已成为珍稀佳肴了。

　　再就是芝麻叶面条了。正宗的手擀面，撒上干芝麻叶，嚼在嘴里香香的、苦苦的，越嚼越有味，越嚼越是童年的味道，真的让人回味无穷。这些久违的家乡味，而今飘到身边了。

　　故乡是心灵的驿站，再远也远不出父母的关怀，家里的腊肉、咸鱼、酸菜、土鸡蛋，都是父母托家乡的长途汽车带来的，他们也是担心城里的食品，只有家乡的土特产才是他们放心的，味道才真。

　　故乡的味道是留存在记忆里的香甜，一句埋藏多年的家乡话，一丝家乡菜的童年味都是梦中的期盼，无论走多远、走多久，故乡的味道都会在梦里飘香。

原载：2014.09.05《浔阳日报》

家苋菜野苋菜

家乡喜欢种苋菜，田头边、渠道旁、塘埂上、菜园里，苋菜一茬接着一茬，高高矮矮地生长着，分不清哪些是特意种的，哪些是自己长出来的。老家人习惯把种的苋菜叫家苋菜，把自己长出来的苋菜称作野苋菜，懂行的人知道，家苋菜和野苋菜的区别在叶子上，只是野苋菜的叶子多了一层细细的茸毛。

苋菜，家乡最普遍的家常菜，是夏季里最常见的一道时蔬，人人都喜欢吃。

我喜欢苋菜不择土壤的性格，不管土地肥厚贫瘠，只要有土就能茁壮成长。江淮之间，雨量充沛，夏天漫长而燥热，而田地里青青红红的苋菜，细嫩滑溜的枝叶，犹如一片片绿色的云、红色的晚霞，赶走酷暑，在餐桌送来一丝丝消夏的清凉。

不过，苋菜也是需要大量水分的，长在池塘边或菜园里的苋菜乌黑发亮，浅红娇嫩。而长在高坡的苋菜却显得很粗糙，没有了水灵。老家人对苋菜有很多吃法，可炒着吃，腌着吃，凉拌着吃。也可烙苋菜饼，包苋菜馍，记忆里，苋菜可是家乡夏日的当家菜。

汪曾祺先生在其散文《五味》中提到在他的故乡高邮，许多人家都有臭坛子，腌芥菜挤下的汁放几天即成臭卤，臭的东西中，最特殊的是臭苋菜秆。这样的吃法虽然没有炮制过，但苋菜秆是个好东西，炒辣椒确实是夏日里的下饭菜。将苋菜秆掐成寸段，盐渍个把时辰，炒锅里与红椒丝爆一爆，味道辣辣的、咸咸的、脆脆的，有一股股浓浓的原生态味道，使人产生迥异于都市的感觉。

野苋菜也是很旺盛的，可能是去年的苋菜籽落了，或者是从小鸟的嘴里掉下来的，一场雨之后，野苋菜郁郁葱葱地长起来。它们和家苋菜连在一起，大人们掐苋菜的时候一块掐了，一起洗过之后，该炒的炒，该腌的腌，如果不仔细分辨，一般是看不出的，味道反而更加新鲜了。

我最喜欢吃祖母炒的苋菜，火候适中，咸淡可口，那个好吃啊！有时，祖母还会把多余的苋菜用开水烫过之后，放在门前的竹席上晾晒，晒干后一把一把地存起来，等到下雪天再拿出来用开水发好，炖腊肉吃，或者下面条吃。在大雪纷飞的季节，能有夏时的青蔬下饭，不能不说是一份惬意的口福。

苋菜的生长期很短，如果生了虫，从灶膛里扒拉出一竹筐麦草灰，在苋菜的根部撒了，既做了肥料，又灭了害虫。从来不会像其他蔬菜那样用农药喷洒，留下很多残留，吃了对人体有害。

长大了我才知道，原来野苋菜也是一种中药，吃了可以降血压和血脂，特别是对减肥有特殊的效果。小时候不知道野苋菜的药用价值，只知道野苋菜好吃，是肠胃的清道夫。

如今，身居小城，很难吃到新鲜的红红绿绿的苋菜，更不用说那鲜嫩的野苋菜了。有时候，实在是想吃了，就开车到乡下的地里去掐，这些原生态的植物，可是拿钱买不来的。

"苋菜馍——苋菜馍——"有人在巷子里叫卖着，我赶紧下楼循着声音赶去。巷口里，一大群人围着卖苋菜馍的老太太，还没待我走近，人已散去，买到的兴高采烈地说笑着，没买着的摇着头悻悻而去。

家苋菜、野苋菜，我梦里的青绿和娇红，永远留在记忆里……

原载：2014.09.14《厦门时报》

葵花盛开的夏日

夏日，葵花是开在乡下的最大胆的花，一脸的灿烂，一脸的微笑，它们的目光，追赶着炎炎夏日，直瞅得太阳含羞地退去，才顺手牵着凉爽的风回到田野。

我喜欢家乡的葵花，那散落在田野里的金黄的小太阳，一朵朵开在乡亲心里，也开在我的梦里。

上班的路上，要经过好几片葵花地，这些乡村里最好强的作物，一个个踮着脚，举着或大或小的花盘，比着往上蹿。金黄色的花瓣在青翠而宽大的绿叶映衬下，显得更加灼人耀眼，仿佛是一个正在燃烧的火球，抑或一轮初升的太阳，欣欣向荣的样子鼓励着人们时刻保持着一颗上进的心。

每天都要从它身边经过，每天都要站在它的身边看一会儿，这一朵朵张扬的花是那么的沉静。而精神是那么昂扬和欢快，看不到一丁点儿羸弱和忧伤，微风拂过，悠然飘香，轻轻呼吸着葵花淡雅的清香，顿觉神志清新，恍如仙境，早忘了是在远乡的田野里。

向日葵是最好栽种的植物，乡村的田埂上、池塘边、房屋旁，随处可见一朵一朵灿然的葵花，那些金色的日头成了乡村夏日的亮丽风景。

向日葵是节日的果实，是带着喜气的。每年春季的雨后，乡亲们都会在自己的菜园里，田埂旁，水渠边亲手种下一颗颗向日葵籽。雨过天晴，向日葵籽发芽了，悄悄顶破头顶的泥土，慢慢长出一条细细的茎，它们追赶着，踮着脚尖比着生长，并一天天茁壮，发出一层层碧绿的嫩叶，在重重叠叠的绿荫里度过幼年的清静时光。夏季的向日葵变成了葵花，宽大的叶子上不声不响地长出了一个个黄灿灿的花盘，在乡村的风里摇曳，昭示夏的丰满。

乡下，金黄的葵花散落在夏日的田野里，葵花热烈地开放着，擎着太阳一样的精神和灵魂，那炫目的金黄，妩媚了田园风光。即使是阴雨绵绵的雨天，透过二楼的玻璃窗，也能看见雨中那一棵棵挺立的向日葵，依然兴奋地仰着一张张天真的脸，诠释着生命和奋进的力量。

葵花在乡下是作为庄稼种植的，乡亲们喜欢它的果实，而孕育果实时的那些花，成了生长的过程，常常是被忽视的。记忆里，向日葵从脚步匆忙的春到漫长的炎夏，那一轮流转的金黄一直让儿时的我们牵挂盼望的，也会早早掐掉果实，轻嚼一口稚嫩的清甜。

我们都是在房屋旁的一株株葵花的注视下，慢慢成长起来的。一年年的葵花是我们心中最灿烂的阳光，有父母的疼爱，有邻居间的亲昵，有小伙伴的关爱。

如今，蜗居小城，在钢筋水泥铸就的城市里，很难见到家乡那大朵大朵的葵花了。逢年过节，在超市买回一些各味的瓜子，竟丝毫没有了儿时的香甜，我在想，这可能是一种家乡的情结吧！

家乡是美的，那一片片灿然的葵花时常在梦里开放，那么美，那么甜。

原载：2016.06.20《石家庄日报》

老　街

　　"青砖小瓦马头墙，回廊挂落花格窗。"一街的前朝古风，掀起一页页发黄的风月，一座座遗宅褪去六朝的花香，青瓦、木窗、雕梁、门洞，木的、石的、砖的雕刻，那些飞禽走兽、花鸟虫鱼、福禄寿喜、松鹤蜡梅、富贵牡丹……我一仰头，便看到了。

　　漫步老街，对繁华而深邃的古人只能是心生无端的遐思。猜想青砖白墙历经风雨累积下来历史，如何绽放在诗书的墨香里；感叹石板路的青石碾碎了金莲女子的多少胭脂红和点点思君的清泪，秀帕飘零时，那一声惊艳唤回多少朝代的回眸和释怀；畅想老街有多少酒家、船家、官家、商家，还有女人家。如果是酒，定因花雕芬芳；如果是船，定因轻舟载月；如果是官，定因前呼后拥；如果是商，定因挥金如土；如果是女人，定因红衣的袅袅婷婷。那时花开，诗歌中可以读出老街，老街可以流出诗歌。

　　一块石板，就是一个朝代沉浮，一块青砖，就是一个人的前世今生。还有爱情，一双眼的温柔爱抚，一滴水的倾慕，慢慢沁透老街的历史。

　　我梦中的老街，肯定是江南水乡的景致，有船，有花，有才子佳人。沿河古朴的建筑群古色古香，酒肆茶坊林立，满街的明清古建筑，飞檐绮窗，雕梁画栋，金粉楼台，鳞次栉比，如诗如画。

　　老街的石板、青砖、白墙是老爷爷，甚至比老爷爷还要老。当我踏着这些石板路回家时，看到街两边木板门的红灯笼下，有一个人醉倒在酒香里。

　　青砖之上，朴拙守望。飞檐翘角，几只呢喃的燕子在那儿做窠。燕子声中，人声花影，草木扶疏，影影绰绰。铜锈泛绿的红漆大门、青灰的照壁、洁白的墙面、镂空的墙砖、一幅龙凤百花图，院墙、门窗、屋檐，雕满了松枝、兰花、竹、山茶、菊、荷花、石榴、蜡梅等各种花，缝隙间花香流动，散发出五谷杂粮、羹调烹煮的袅袅炊烟。

旧宅的一草一木曾经装饰过主人的多少酣梦。

老街是古朴的、厚重的、静谧的、自然的。千百年来，多少王公贵人锦衣华服、衣染熏香、风流倜傥地穿街而过；多少书生才子，指点江山畅言春光满目，激扬文字纵论秋日盈心，谱就了千古诗酒风流；又有多少青楼歌女倚窗，凝眸含笑，盼君探月，风情万种。它历经千秋岁月，早已看惯了风花雪月、刀光剑影，看惯了朝野更迭、聚合离散，看惯了春风杨柳、冰霜残梅，它积攒了年年岁岁的风月，积淀了层层叠叠的历史。

一条老街，留得住时光的冷峻和世事承托，那是镂刻在大地之上的精神之花。

原载：2012.05.20《呼和浩特日报》

念青唐古拉的雪

拉萨的天气就是这样，一入秋，雪说下就下。

天空一会儿还是晴朗的，一阵风吹来，天边刮来一片乌云，雪就怅然地下起来。

刚开始，我是不理解这种天气的，也会站在金珠路旁边的格桑林卡里看周围的山，你看不见雪落下来，但你可以感觉到雪在下，铺天盖地地下，因为远处刚刚还是黄绿相间的山顶，一会就被雪花覆盖，堆了厚厚一层。

雪山是极为壮观的，也是神圣的、充满幻想的。

乌云过后，夕阳斜照着，金红的朝霞映在雪山上，景色宜人，美不胜收。

入冬后就不同了，雪往往在夜里不经意间便落了下来。

我到拉萨的第一个冬天，下了一场大雪。这是一场瑞雪，雪花漫天飞舞，在空中打着旋儿。一夜的雪，梦里似乎有雪落的声音，也有风，也有梦。

早上起来，地上的积雪很深很厚，脚踩下去咯吱咯吱地响，声音清脆，悦耳，甚是好听。

我们住的格桑林卡别墅群也盖上了厚厚的一层雪，白雪把这些各具特色的建筑装扮得更加美丽，如果不是亲身体会，你很难想象，在雪域高原还会有这么一个好住处坐落在童话般的世界里。

格桑林卡种着很多树，都是古树，树很大，走在路上，你不敢相信这是在拉萨，犹如还在梦中。昨晚的这场雪，让大树的枝梢上都嵌满冰雪，绽满冰凌，细细的，碎碎的雪不时地从枝头落下，慢悠悠地飘着，悠闲的样子就像睡着了。

不知道谁起了个大早，林卡里堆了好几个雪人，有大有小，都安上了眼睛、鼻子。有一个大的雪人还带着牛皮帽，手里擎着一面红旗。雪人为小区增加了亮色，多了灵气。

也可看见不远处的念青唐古拉，山顶的积雪更厚了，堆得更高了。除了白色，云雾中几乎看不见其他颜色。一座一座雪山赶着趟儿绵延，一直洁白到天际。雪中的景致是那么壮观，天地之间浑然一体，一片银色，蓝天白云下的山峰银装素裹，雄伟壮丽，洁白高雅，是那样地令人陶醉。

念青唐古拉山的雪就是这么神奇，雪域高原的任何一个景致都可如画，都可入诗。

我们开车沿着贡嘎机场的高速路一路慢行，在雅鲁藏布江的大桥边停下，开始拍江中的小树，拍徐徐流动的清流，拍远山的雪景，拍桥上来回的车辆。我把拍下的照片寄到内地参加摄影大赛，很幸运，得了一等奖。获奖的原因，不是我的摄影技术好，而是这里的雪景太美了，美得随便一抓就是一幅胜景。

瑞雪是高原开出的洁白花朵，六角形的冰晶莹，玲珑剔透，光彩照人。弯腰掬一捧，让它静静地躺在手心，它便不安分了，一会儿就化了，好似晶莹的珍珠一滴一滴从指间渗出。

我喜欢念青唐古拉这个银色的世界，因为它是那样的纯净，那样的高雅，那样晶莹无瑕，那样的潇洒飘逸，似乎非这红尘所能拥有，似仙境又恍如梦中，带来的是无限的遐想，快乐的享受，还有雪域高原特有的美。

念青唐古拉山永远都是美的，都是充满幻想的，它拥有梦一般宁静的世界。每每，当雪花飞舞，洁白的小精灵洋洋洒洒，盘旋而下时，置身于此，真有种感觉，恨不得能与雪花共舞，一起飞翔，一起飞舞和陶醉在这西部天国天空与大地之间，永远永远不再落下。

我在想，有机会我一定会去，在冬天的夜里和落雪一起成长为念青唐古拉最高的雪峰。

原载：2012.12.02《中国国土资源报》

文竹青青绿满屋

深秋的早上，大哥特意从花地回来，带了两盆文竹给我。此时，窗外的阳光有些寒意，但我的心里却暖暖的，有了一丝绿意。

记得小时候读苏东坡，记下了"宁可食无肉，不可居无竹"的警句，也就无端地喜欢竹子，喜欢这细小的青青文竹。

文竹又名云片竹，乃绿色植物中的淡雅君子，富有诗意，充满幻想。长大了，猛然发现我一直心仪的"文雅之竹"并不是竹，只因它的叶片轻柔，常年翠绿，枝干有节似竹，特别是姿态文雅潇洒，而被人称作竹。明白的一刹那，也就自然地笑了，是不是竹也都显得多余，喜欢的就是美的。

挤满书籍的斗室，放上两盆文竹，让书房陡然增加了许多绿意，这雅致的隐士，为书房平添了文静和高雅，每每伏案疲倦之际，迎面与文竹相遇，心底便会泛起一团迷人的绿韵。

文竹给人最初的印象是纤细柔弱的，养过一段之后就知道了它的习性，其实，它的生命是极其顽强的。闲暇，细细品味纤纤文竹，那碧绿修长的主干和节上淡黄色的小刺儿相互映衬，稀疏整齐，错落有致，像编好的栅栏，悄悄守护着一团春意。

我时常把文竹比作修士，因为在它的意蕴里，有清雅的诗风，细碎、羽状的叶片透着三月的阳光和嫩绿，云一般地柔柔地舒展着，托起一缕缕葱葱郁郁的翠。它的细枝低垂，一阵微风拂过，绿蔓轻轻地摇曳着，流云般轻盈袅娜、清雅脱俗、潇洒自如。

我一直认为文竹是好养的，只需要浇点水就行了，不需要施肥，也不需要松土。我时常看见母亲用喷壶在文竹碧绿的碎叶上喷水，也会独自一人呆呆地站在那里，观赏叶片间托起的玲珑剔透的一粒粒小水珠，心里会充满了晶莹。若是母亲去了大哥家，我也会几天才浇一次水，当然是让它喝个饱，浸个透，然而，就是这样不经意地伺弄，它也会毫不客气地一天天茁壮起来，越发变得葱郁秀丽，青翠迷人。

文竹轻佻但沉稳，具备了刚毅、坚韧、平淡的脾性。它雅致而不张扬，除了冬天，不论是屋内屋外，墙角柜头，只要有阳光和水，它就顽强、执着地生长着，永远地生机无限、蓬蓬勃勃，用文静舒爽、清新淡雅的绰约风姿，诠释着另一种生命的意义。

文竹也是多变的，季节不同，绿色也不同。春天淡绿，泛着鹅黄，嫩嫩的绿里，藏着春风；夏天翠绿，悠然飘洒，微风中轻拂绢袖，婆娑起舞，蕴含着一弯月色；秋天油绿，浓浓的秋色里，犹如一幅淡淡的水墨画，涂抹着秋风；冬天苍绿，寒冷中吐翠，让凋谢的花草羞怯，洋洋洒洒的样子，显示着生命顽强的活力。

文竹是平凡的、普通的，也高贵的、文静的，它没有玫瑰的娇艳，没有牡丹的绚丽，没有月季的多彩，没有兰花的华贵，没有杨柳的婀娜多姿，没有松柏的高大挺拔，但它有一颗纤细的心，用自己的顽强和执着，展示着一片绿意，于平淡中透出超凡气质，于柔弱中蕴含坚毅风骨，这样的品性，应该给今天浮躁的人们一点活着的启示。

我就这么无端地喜欢文竹，喜欢垂落在我心头的那一抹诗意般新绿。

如诗的乡村雪韵

　　乡村的雪带着鹅毛的轻柔，在山间，在村口，扭动着细腰，灿然滑落，用童话般的意蕴幻化诗一般的雪韵。

　　大雪时常是在夜晚悄然滑落的，厚厚的雪一片洁白，在这样明亮的雪野里，空气格外的新鲜，一切都是美的。

　　其实，无雪的冬季，乡村是单调的、萧条的，在寒风中荒凉着、萧瑟着。田野里，没有了春天的春意盎然，没有了夏天的郁郁葱葱，没有了秋天的硕果累累，只有光秃秃的树木和收割过的稻茬，黄叶飘舞，枯草萧萧，麻雀成了枝丫间会飞的果实。

　　大雪飘飘，人们围在火盆旁，门窗都关得紧紧的，只有村口的那几棵大柳树还立在风雪中，虬枝盎然、挺拔坚强，为小村带来几丝强悍，几分曼妙。雪花从稀疏的枝丫间泻下，留下了枝枝白雪，厚厚的一层，把细枝压弯，低垂着。

　　觅食的鸟儿开始在雪地上行走，在积雪上印上歪歪斜斜的"个"字，那一行行冬天的情诗，被北风诵读，牵着冉冉炊烟，化在无尽的天际。

　　鸡鸭都躲在避雪的墙下，和着墙边枯萎的花草一起瑟瑟发抖，那一方温暖的墙根，阻挡了岁月的冷酷。家里的小狗最是调皮的，它们在雪地上嬉戏，一会儿奔跑着，一会儿在雪地上打着滚儿，皮毛上沾满了雪花，也不觉得冷，口里的热气弥漫着，简直要把这场雪给化了。

　　牛羊都被圈在圈里，连水都要主人温好，暖暖的叫声透着幸福和快乐。

　　孩子们穿着厚厚的棉衣，戴着棉帽，在雪地里追逐着、嬉闹着，不时伸出胖乎乎的小手掌接一两片雪花，看着雪花变成清凌凌的小水珠，即使雪花落在脖子里也不在意，兀自地疯啊，乐啊！他们踩着咯吱咯吱的雪，在门外堆雪人，给雪人镶上眼睛和鼻子，给它戴上被雨水淋的黑黑的破草帽。他们在雪地上打雪仗，一个个洁白的雪团飞舞着，有的在空中相撞，有的在小朋友的身上开了花，叫声和笑声，为小村增添了生机和活力。

秋天收割的稻田和碧绿的麦子都看不见了，它们都被厚厚的积雪覆盖着，在温暖的被子里熟睡，做一个斑斓的梦。

远远看去，千里沃野，银装素裹，层林疏木，玉树琼枝，乡村被落雪装扮成一片单纯、朴素而美丽的银色世界，在雪中漫步，你犹如走进了美丽的童话世界里。瑞雪兆丰年，乡亲们欣赏着这如诗的雪景，不觉得笑了，心里暗暗高兴，好一场大雪，明年肯定又是一个丰收年。

天渐渐地晴起来，太阳开始暖起来，老人们坐在朝阳的地方晒暖，说着曾经的辉煌。就像中午化掉的雪，从树木上悠然落下，这些暮春三月纷纷扬扬别离枝头的梨花，初夏随风而起漫天飘舞的柳絮，飘落的姿势，完美而又坚定。

屋顶上的雪，经不住午后的阳光，也顺着屋檐滴落下来，雪的眼泪，晶莹而豁达。雪水不断滴落，在黑夜里凝结成长长的冰琉璃。早上，孩子们拿着棍子，一家一家地打落那水晶一样的冰琉璃，捡拾在冻得通红的小手里玩弄，或者淘气地偷偷地塞在别的小伙伴的脖子里，然后又免不了一阵追打嬉戏。乡村的冬天，孩子们找到了童趣，安放了童心，回归到大自然的怀抱里。

如今，乡村的冬季没有了童年的韵味，青壮年都走进了城市，在城市里务工，村子里只留下了老人和孩子，老人们把孩子看得紧紧的，乡村的冬季那么安静。那些乡村雪韵和温馨，只能是一种回忆，或许会在某一个雪夜闯入梦中，在儿时那童话般的洁白世界里久久地沉思和缅怀。

原载：2013.01.23《常熟日报》

雪肥草瘦又一冬

冬天就是这么的折磨人，溜溜的北风顺着墙根，吹落了树叶，吹动着空中的雪花，吹软了堂屋的火苗，就连野地里的草也瘦下来，枯萎的心像老人一样，满世界的扎着堆儿，低着头晒着太阳。

乡下的冬天是漫长的，寒冷的。没有风的午后，几位老人眯着眼，倚墙坐在和他们一样老的木格子窗户下，谈着院子里的雪和心里尘封的往事。冬天是一年的末季，有着和老人、和枯草一样的经历和结局。他们谈论的话题有些老，有些旧，带着些许憧憬，些许回味。

我在想，遥远的乡下，父母也这样老了。一年四季，忙忙碌碌，把时光和容颜都打磨的雪一样亮了，但他们的身体也如这遍地的枯草，瘦瘦的，黄黄的，不同的是他们依然身手矫捷，思维敏捷，总是在田地里劳碌着，奔忙着，极少如这些老人，披一身旧时光，看着肥肥的雪慨叹。

雪肥草瘦又一冬，有父母的老家是温暖的，令人牵挂的。供暖的城市里，屋里暖烘烘的，屋外的世界被飘雪朦胧着，街道的风呼呼地叫着。站在街头，看着来来往往裹得严实的路人，看着步履蹒跚的老人，心一下子热了，两眼湿漉漉地想着家，想着遥远的父母。还好，正赶上假期，可以立即回到父母固守的家园里，可以悄悄打开父母为我留着的快散了架的柴门。

院子是敞开着的，有几行歪歪斜斜的脚印如一藤藤冬天的叶子，顺着小路蜿蜒着。我踏着父母温暖的脚窝，从院子到堂屋，从卧室到厨房，打开衣柜，拉开抽屉，我不是寻找什么，只是想看看，我为父母购买的新衣服是否上身，邮寄的补品是否过期，然而，两位如瘦草的老人，什么都没动，什么都还原封不动的放在那儿，那么安静，那么慈祥，就像院子外厚厚的雪，平静地待着。

父母回来了，开始生火，劈过的树根燃起来，家里暖和了。我伸出手，一股暖流瞬间涌动在心里，我的眼一热，泪水差点落了下来，此时，幸福地想着，有父母在真好，还可以当回孩子。

看着火苗上两双沧桑的大手，不停地搓着，捋着心底的旧时光，我一句话也说不出来。人活一世，草木一秋，该是为父母做点事的时候了。我烧了热水，在火堆旁认真地为父母洗了头，那些原本凌乱、纠结的白发，此时，显得光滑，我试图为他们拔尽白发，但那些老去的时光太多，我竟然无能为力。父母老了，老在雪肥草瘦的冬天里。

冬天里刨茅根是我儿时最喜欢的事，甜甜的茅根就是记忆里的甘蔗，那么甜，那么耐人寻味。扛起锄头的一刹那，父亲已跟在身后了，在他眼里，我还是那个弱不禁风的孩子，他还要用强大的父爱去呵护我，为我挡风遮雨。田埂边，父亲脱去棉衣，一锄一锄地刨起来，父亲刨着，我蹲在地上拣，我忙不过来了，父亲就蹲下身子，整个人都没在瘦草里，那么寒冷的风，都无法对父亲起作用，看着父亲浑身热气腾腾的样子，我似乎也有了使不完的劲。

雪肥草瘦又一冬，《诗经》云："何草不黄？何日不行？何人不将？经营四方。"或许，我们都没有理解其中的含义，在经营四方的同时，好好的经营一下自己的家、父母还有孩子。

原载：2012.12.23《经济信息时报》

一藤寒霜映深秋

"一条藤径绿,万点雪峰晴。"小时候读李白《冬日归旧山》,不承想,这次回老家,李白诗中的意象竟如此相似地出现了,父亲的老屋前,一根粗壮的丝瓜藤领着密密麻麻的枝蔓,萦萦绕绕,顺着土坯爬上山墙,枯枝黄叶托起了檐下的寒霜,好一个深秋的景象。

这一藤秋色,跟着风,悄然步入初冬的门槛,我的心也随着舞动的枝叶变得萧条和落寞。

丝瓜是父亲特意种的,种了两株,却只成活了一株。春日里,父亲悉心地呵护这一株娇嫩的丝瓜苗,因害怕牲畜糟蹋,专门用树枝在瓜苗四周围了栅栏。每天,父亲给它浇水,培土,筑墩,心里、眼里都盼望着丝瓜苗快快长大。

夏日,正是丝瓜苗爬藤生节的时候,丝瓜苗呼呼地往上蹿,父亲在墙上钉了几根木楔,攀上绳子,让丝瓜长长的绿藤顺着绳子往上爬。慢慢地,绿藤绕过墙上的木格子窗棂,触须紧紧地抓住绳子,分岔长出许多细细的藤蔓来,远远看去,如一张绿网,撒在檐下墙壁上。

一场秋雨一场寒,几场秋雨下来,院子里的南瓜叶、茄子秧、番茄苗都纷纷褪去绿色,静静地老去。而檐下丝瓜仍是碧绿一片,一朵朵金黄的丝瓜花,或如一把把黄伞撑着,或如一只只喇叭吹着,蔚为"一墙黄花笑秋风"的景致,似在向秋天示威。淡淡的清香里垂吊着一根根青青的丝瓜,在秋风中荡着秋千,弯的如碧绿的月牙儿,直的如晶莹的绿棒棒,秋天里最凝重的诗,醉了乡村,醉了夕阳。

"霜降杀百草。"深秋的院落里,父亲早已砍去茄子和番茄秧,拔去已经枯萎的南瓜藤。院子里只剩下丝瓜还在饱经风霜,透着一藤老绿。树叶在地上打着转,有的被吹到天空,有的斜倚在土墙边。它们似乎也在艳羡丝瓜的保留在心底的最后的绿色，静静地回味曾经的绿意，曾经本色，那一藤秋风里，依然还有它们的梦。

墙的正面对着群山，满山的枫叶红了，燃烧着，温暖着深秋里的乡村。农事已毕，墙上挂着成串的辣椒和大蒜，屋檐的横梁上垂下一穗穗金黄的玉米，茄子种、荆芥种，苋菜种分列在两旁，构成了一幅绚丽多彩的秋收图画。鸟儿似乎也喜欢这些丰收的果实，一会儿落到玉米上，一会儿落到荆芥种上，不过，它们最青睐的是那一藤秋后的绿，转身飞过去，躲进藤蔓里就不出来了，偶尔可以听得见它们清脆的鸣叫。

我也喜欢那藤秋色，寒霜里，少了萧然，多了生机，我知道，父亲院子里这最后一抹绿色，一转身就会破碎，连同窗前的阳光一起，温暖了游子的心。

原载：2012.09《东京文学》

最柔莲花心

梦幻夏日，遥远的乡下，莲花热闹地开着。

儿时，记忆里的荷塘是一个挨着一个的，连着村庄，连着稻田，连着菜地，上学的路上总要经过它们身边，总要掐根藕叶顶在头上当作伞，遮挡毒辣辣的日头。

老家的屋子总是建在被池塘围着的园子里，推开门就可见到满塘的荷叶，每家每户屋子边都有一个用石头或木材搭建的小埠口，每天，邻居们都在那里打水、浣衣、淘米、洗菜、刷碗，荷塘可是乡下灵魂，那随风摇动的荷叶，让小村有了灵气。

我们吃惯了脆甜的莲籽，因此，从荷叶才露尖角，我就盼着满塘的莲花盛开，可是，很多时候，槐花落了，柳枝长了，荷塘里仍是碧绿的叶子。当我们这群馋嘴的孩子忙着在稻场捉迷藏，打土仗，疯的忘记它的存在时，它却在某个夏日的午后突然间从水里探出了头，让我们很是激动。

田蛙不停地叫着，稻子也开始打苞，立秋一转身就到了。莲蓬成熟了，小伙伴们脱了衣服，隐在水塘里的荷叶里，那些大的小的莲蓬就这么被我们折了，此时，急坏了葡萄架下的祖母，她扭着小脚急急地跑来，大声叫道："你们这群害人精，可要选着摘，别摘太嫩的，太嫩的莲蓬里没长莲心。"我们可不管这些，成熟的，不成熟的，也一起摘了。

树荫下，祖母将莲蓬一个个剥开，莲子放进我们的嘴里，莲心放在身边的竹篮里，那小小的嫩嫩的绿芽，从没有引起我的重视，而祖母却是那么细心，一粒一粒地集中在一起，然后，放在院墙上晒。

一天，弟弟害眼，早上眼睛睁不开，祖母就泡了一些莲心，用水洗了眼睛，茶杯里的莲心茶让弟弟喝了，弟弟喝了一口，叫道："好苦啊！"祖母说："咬咬牙喝了，这个可是去火最好的东西了。"

邻居们家里有人生病，都会到我家找祖母讨碧绿的莲心回去冲茶，祖母会毫不吝惜地送给他们，还会一个劲地叮嘱如何饮用。

久居小城，早已把莲心忘在脑后，祖母去世时，母亲在整理祖母的遗物时，发现了祖母珍藏的莲心，那一颗颗绿莹莹的小可爱，让母亲的心一软，念起祖母的好，泪水流了下来，祖母坐在树下为我们剥莲子的情景又浮现在眼前，我们也忍不住陪母亲流起了眼泪。

家乡多莲花，走到哪里，都可看见满塘的荷花，夏秋时节，莲花在水中轻轻地摇曳着，偶尔会有花瓣随风落下，它落得那么从容，那么优雅。时常，凝望着它展示给世人的美丽，回味着它苦苦的莲心，在滚滚红尘中辗转挣扎的心瞬间变得淡泊恬静起来。

莲心，多像我那些可爱的长辈们啊，一颗苦心，万分温柔。饮莲心茶，如品老人言，苦在嘴里，甜在心里。

酷暑时节，手捧一杯去火的莲心茶，心早飞回到故乡，门口的荷塘里，又该是荷叶田田、花枝袅婷吧！岁月更迭，花开花落间，有几人能体会莲心的温柔和长辈痴心的爱。

原载：2014.08.22《烟台日报》

219

大雪深处有个家

雪不停地下着。

白雪覆盖了门前的小溪，清冽的溪水躲在厚厚的雪下流淌，奔忙的身影忘了雪外的世界和季节。满山的树，有叶子的，没叶子的都举着一片洁白，到处是银装素裹。村子四周的池塘泛着热气，一叶扁舟，还有村民们洗菜用的石筶，在雪中露出瘦瘦的一小截身子，雪地上歪歪斜斜留下一串串小猫的爪印。

大雪封门，村子四周白茫茫的，早没了路。出村的路，安静地躺在积雪之中。这些长年累月被乡亲们踩在脚下的路，如今肯定是累了，盖着厚厚的雪被睡下了，睡得那么安详，那么平静，连小动物都不忍心惊醒它，梦里，渴望有阳光照进来，和寒风一起化掉。

窗外的梅花开了，一枝一枝的，在寒风中轻舞。粉红的花朵，在枝丫间灿烂着，大自然的寥寥数笔，勾勒出一幅雪中的富春图。这些雪中的绝色女子，挥舞衣袖，羞答答，娇滴滴，在院子里浅吟低唱。

雪野迷茫，天地一片辽远空阔。院子里飘着茶香，谁家的读书人还在挑灯夜读，那一盏烛火，照亮了乡村的夜，点燃了小村的激情。没有月，星子们也捉起了迷藏。这样的夜里，你能感觉到如水的月色正从心底流泻而来，携着无尽的天籁，越过高山，越过大地，越过村庄，温暖着，打湿了你的心。

冬天的夜是漫长的，充满诗意的。偶尔，会有老人唱起家乡的小调，这些散落的民歌，像一个久远浑浊的梦幻，都和他们的年龄一样，老掉牙了。老头的歌声深邃古朴，老太太的歌声悠扬哀婉，带着岁月的烟尘，带着时光的沧桑。老人们从艰难的岁月走来，历经风霜，如门前的一株株小草，随时都会在风雪中枯萎。听着这些旷达幽远的心声，你会突然间梦醒，人生如此短暂，亘古不变的，还是这些门前的落雪和古老的唱词，在风中悠扬，给人以更多的启迪。

孩子们永远是冬天的主角，在他们的眼里永远没有季节和寒冷。一弯积雪的堤岸，一片避风的山脚，一块平坦的雪地，都是他们内心的乐园。他们在雪地上跑啊！跳啊！滑雪橇，打雪仗，到处是他们的笑声，到处是他们快乐的童年。这个时候，无论你走到哪儿，都可以看见孩子们正在堆的和已经堆好的雪人，孩子们心中的童话会感染你，幸福着你，就像昨天的自己一样，依然荡漾着不灭的童心，只不过那些童话碎了，留在心里的，是一幕幕充满幻想的梦。此时，真想再回到童年，体味儿时的率真和无邪。是啊！孩子就是冬天的精灵，是梦与梦的延续和接力，最终也会到达终点，也会长成参天大树，也会老去。

早晨，阳光洒进来，雪地一片晶莹。几只麻雀，在枝头，在窗前，在檐下，叽叽喳喳地叫着，欢快的叫声抖落在雪地上，清脆悦耳。小溪开始解冻，那些敦厚的土地，匍匐的小草，依稀露了出来。树上的积雪不断被树枝抖落下来，不时发出"噼啪噼啪"的声响。小羊开始走出院落，在雪后的大地上留下自己的第一串蹄印，那歪歪斜斜的足迹，虽然稚嫩，却意味久远。

大雪深处有个家，推开门的刹那，整个乡村都打开了。放眼雪野，又该是多么崭新的早晨！一切都是新鲜的，连空气都是那么舒缓，只有古老的炊烟还在弥漫着，它们慢慢直起腰身，和梦想一起走远。

原载：2012.12.10《河南日报》

茶香里的秋天

猛然转身时，已是秋天。

回到家里，泡一壶浓浓淡淡的茶，坐在院子里的葡萄架下，细细品味，那一抹秋风也兀自沉醉，醉倒在秋天的一片红霞里。

生在茶乡，对茶情有独钟，信阳毛尖、安溪铁观音、黄山毛峰、西湖龙井、六安瓜片、祁门红茶，自然成了我的珍藏。

父亲喜欢茶，一年四季地饮，茶几上，偌大的洋瓷缸的内壁已结上厚厚的茶垢。而我就是这样不经意间和茶结了缘。

我这人喝茶讲究心境，不同的季节喜欢喝不同的茶，喜欢品不同地域的上品。父亲经常骂我嘴刁，我明白父亲的心思，也不和他争执，因为人各有偏好，何况茶也有着不同的香味。

曾经与一位方士斗茶，忽然间明白人们为什么那么喜欢茶，那么喜欢在秋天饮茶的奥妙。

秋天是收获的季节，有饱满的谷粒，有清幽的明月，水也是秋后的霜水。劳作之后，躺在院子里的竹椅上，倒上一杯开水，泡上一撮绿绿的茶，慢慢地品味，感受从茶壶中弥漫开来的淡淡的缕缕秋天的味道，好不惬意。

茶有"养身、敬义、礼仁、行道、雅志"的教义，秋月下，茶的那份清澈、那份绿意、那份纯净，有禅的意境，给我一份生活的满足和坦然、一种轻松和愉悦。

家乡人饮茶，煮的是清心和情趣，饮是好客之道。记得林语堂曾说过一句话，中国人几乎是无地不喝茶，家里喝，茶馆喝，自斟自饮，与人共饮，开会时喝，解决纠纷时喝，早餐之前喝，半夜也喝。从大师的笔意里，可以看出茶饮普及的曼妙。

"九日山僧院，东篱菊也黄。俗人多泛酒，谁解助茶香？"读唐朝诗人皎然在《九日与陆处士羽饮茶》诗中写出了古人在秋天古寺饮茶的情景，有茶、有酒、有梦。

古人云：茶是儒学。讲茶道，那份空灵缘于尘世，又脱身于纷繁。饮茶感受到的是一种清静、清新、淡雅、闲适、悠然，亲切而自然，得到了心灵的洗涤。品味的是生活，是感悟，其境界是让我们在忙碌中感受到，生活原来可以是简单的，简单的如这绿的红的叶子和水。

秋后的晚上，约三五好友，聚在茶楼，伴着音乐，品上一口清香的茶，笑谈风声，内心也拥着如茶一般的清幽。

一个人的夜里，煮上一壶秋色，细细品味，体悟很多的过往。一些人，一些事，一些梦，岁月深处的痕迹里，或远，或近，熟悉或陌生，让人在生活中懂得生命的真谛，拥有一份宁静心情。

人生如茶。身居万丈红尘，起起伏伏，漂泊不定，有浓有淡，品的是岁月，喝的是辛劳。

也是，陆羽言，茶道即人道。一片宁静，一份悠然，生命不过是一场短暂的闪现，流光溢彩也好，暗自伤神也罢，也仅仅是一个瞬间。留一缕清香在人间，做平淡中的一种回归，很好的。

原载：2012.11.11《十堰日报》

合欢不欢

合欢树是爱情的象征，一枝一叶的传说有很多是与欢乐和爱情有关的，往往那些古老的和现代的传说都是悲戚的，赋予了人为的色彩，也心生许多潜然的情怀，这便是我写下这个题目的原因。

读中学时，曾经看过丰子恺先生画的一幅画，一架孤零零的竹梯，被人紧锁在马路边。那时，年纪尚小，并不知道作者要表达什么意思，更懒得去想，直到有一天，我见到路边的那些合欢树时，才倏地明白老先生的初衷，原来，世间万物，没有什么比束缚更痛苦的事了。

我最好的玩伴，植物专家王长海先生在家乡租了五千亩地开辟了当地著名的植物园，前段时间，来到省城，看到街边的行道树合欢，一束束粉红的蝴蝶，早已深入到绿叶间，他满脸的愉悦，手舞足蹈的样子竟像个孩子，待仔细地查看了这些舞动的精灵时，他的心似乎被电触了一下，脸立马阴沉起来，这些原本自由快乐的植物，此时，全身缠满了霓虹灯，他说："人类只管自己美了，却不顾这些树是有生命的，城市是亮化了，而这些树却痛苦不堪。"

长海先生是有一颗禅心的，多年的植物研究已经把自己融入自然界里，冥冥之中，心灵的波动时常会受到植物的负累，那是他心慈，一切都顺其自然。

常年打点植物园却不做盆景，这是他的底线，他一直坚持认为做盆景太残酷，明明是一株自由生长的花草，为了成形，硬是要用铁丝一圈圈地缠了，绑得紧紧的，生怕多生出一个枝来，有的，还要在枝下吊上一块石头，把枝压得低低的，直到这些盆景都出售了，枝丫间缠绕的铁丝都没有去掉，有的长了进去，看着都寒心。

"虞舜南巡去不归，二妃相誓死江湄。空留万古得魂在，结作双葩合一枝。"唐韦庄的《合欢》用简短的四言，将舜帝南巡不归，两位妃子相寻而去的故事讲述得淋漓尽致。长海先生常年研究植物，对很多传说、典故都是信手拈来，他向我讲述了关于合欢树的传说，相传舜帝南巡死在了苍梧，娥皇女英二妃到处寻找，终日啼哭，她们的眼泪滴在竹子上，化为斑竹。这斑竹又叫湘妃竹，名字就是由此而来。"斑竹一枝千滴泪，红霞万朵百重衣"，讲述的就是这个故事。二妃泪尽滴血而死后，人们发现她们的精灵与虞舜的精灵"合二为一"，变成了合欢树。这是合欢树在中国的来历。传说固然凄美，对爱情的坚贞却使人感动。站在合欢树下，我为长海先生的博学感到惊奇，也为他惊人的记忆感到震惊，这些都在我回到家里，查了资料之后得到印证。

合欢树是美的，不仅仅是合欢树会热热闹闹地开满蝴蝶似的粉红色花朵，更美的，是那些青藤一样爬满霓虹的彩灯，装点了夜色，妩媚了小城。就因了这样的美丽，打破了合欢树的安宁，夜晚该是宁静的，枝叶该是合拢的，有了人类赋予的灯光，仿佛人不能闭上眼睛，它永远不得休息。

人世间总是会有很多的不公平，做动物，我喜欢鸟，可以自由翱翔，做牛做马就不行。人类的良知醒悟是从动物开始的，植物就没人注意。身边有很多这样的例子，一是南方的橡胶树，天天要凌迟，还要努力生长，我至今还会背舒婷的《致橡树》，那些优美的诗句，只能是一个诗人对美的发现，而橡树的泪呢？没人体味。另一个是桑树，江浙一带桑田里，全部是矮矮的老桑树，如老人的手杖，每年新枝一发，就被蚕农整条砍下来，直到蚕把枝叶吃得干干净净，结果，桑树一年四季都是光秃秃的，没人知道它的疼。

家乡的合欢树，性格是高贵的，人们为了在六月观赏那些粉红的花，都愿意把合欢种在房前最好的位置，也是因为有一个好听的名字——合欢，为了讨个口彩，心里默默收藏些许希冀和念想。

合欢树也有生性随便的特点，一粒种子下地即可发芽，挖个树坑就可移栽，乡下的合欢树是自由生长的，乡下人由着它的性子，任由一束束的粉红灿烂。恰恰就是合欢树的这些特点害了它自己。合欢树天生丽质，是上佳的风景树，乡下人喜欢，城里人也喜欢，于是，它们又被移栽到城市的道路边，修剪、亮化，变成了千篇一律的一棵树，都是一个形状，都是一样的挂上霓虹。

家乡的小城不算发达，高楼不是很集中，更多的是三四层的小楼，炎炎夏日，合欢树成了最好的遮阳的伞，茂密的枝叶伴着淡淡的清香，让小城有了生机，变得妩媚。南城、北城，就几条街。三条是老街，清末及民国的旧宅拥在一起，古老的合欢树已经蔓出了院子，和新栽的合欢树比肩接踵，老辈子的人，挂在嘴边的就这一片曾经的绿色长廊，有绿荫护着，就是凉爽。

而今，新开的街道，马路明显的宽了，路边的行道树品种很杂，有梧桐、垂柳、扁叶柏、樟树、银杏，当家还是合欢树，冬去春来，那些被截去枝丫的树干顶着几片新绿，着实让人着急。我也曾经跟主管城建的副市长理论，为何要修剪得这么狠，副市长显然对这个很幼稚的问题嗤之以鼻，这些树可是成年的，不砍完枝条是栽不活的，有的树，还要打上吊瓶，你看，市长多么有爱心，倒是我错了。

我又问，这些树为何都要缠绕那么多的霓虹灯，你可知道世间万物都是需要休息的，市长又笑了，这可是市府的亮化工程，政府投入很大的，你不觉得现在的城市美了，我摇摇头，美是表象的，谁知道它们心里的痛苦呢？

合欢树本来欢乐的，因为经历了无数次的截肢，无数次的缠绕，还是强作欢颜，我在想合欢树的欢乐是不是装出来的，果真，人类也要好好地思考自己了。

原载：2016.05.19《蚌埠日报》

秋园葡萄香

　　苹果、鸭梨、大枣、葡萄、圣女果，这些深秋的时令水果里，我最偏爱的还是葡萄，有时想，葡萄酿了酒就失去了原有的滋味，相伴而生的是一汪醉了的秋，还有思乡的梦。

　　大枣吃得过量会有损消化功能，引发便秘，还容易导致蛀牙，很多人都不敢多吃。苹果吃多了会胀肚子，消化不良，有的还会有胃酸，许多人都吃过它的亏。新鲜鸭梨和圣女果口感与色彩都好，不适应的人也不能多吃。而葡萄却不同，尽可细细品尝，那一粒粒的玲珑剔透，让人联想起一串串珍珠，放一粒到嘴里，鲜嫩干甜的滋润立马在心底弥漫开来，那感觉就像把甜蜜的生活含在嘴里，一不小心化了，心里漾着的是田园生活的幸福和平淡。

　　我喜欢拿着剪刀，站在凳子上，在满园的葡萄架下采摘葡萄，很惬意的活儿，可以随手摘下最甜的一粒放进嘴里，也可把成串的葡萄剪下来，像呵护婴儿一样，小心地放进母亲端着的竹篮里，更喜欢把一嘟噜、一嘟噜熟透的葡萄放在鼻尖上闻一闻，那醉人的香甜是可以闻得见的，心头早已兴奋不已。

　　葡萄一直属于节日和喜庆，老家人爱把葡萄、苹果、橘子等水果在欢庆的日子里，红黄绿摆在水果盘中，远远地闻着果香，新鲜无比，垂涎欲滴。

　　又是一个丰收年，园里的葡萄结的多，收下来之后，母亲会把一部分不太好的葡萄拣出来，洗净，按照十斤葡萄三斤糖的比例做葡萄酒，半个月之后，浓郁清香、甘醇甜美的美酒就可以饮用了。那些日子，邻居到家里串门抑或来了客人，母亲都会抱出琉璃坛子，揭开盖，倒出一大碗清新、细腻、芬芳的美酒来，满屋的香味，不用喝，早就醉了。也会做些葡萄干，用于煮粥或当作零食。

　　葡萄味道鲜美，但不宜储存，很多时候就放在保鲜室里，那份娇嫩，犹如待闺

阁中的小家碧玉，纤纤腰身多了婉约，却是那种羞怯的心情，微微带着田园的乡野气，用庄稼人的土话讲，其韵味极像深秋的毛毛细雨。

葡萄是美酒的前世今生，时常和深秋肩并着肩、手拉着手，于是，有了醉人的酒，也有了迷人的秋。

秋园里的葡萄粒粒饱满，串串晶莹，母亲站在葡萄架下，一串一串地剪下葡萄，放在院子里的竹席上。我也帮着母亲收，每每装满一竹篮，母亲就端到院子里，捡到席子上，弟弟坐在竹席上看着鸡鸭，嘴里也不停地吃着。看着弟弟馋嘴的样子，我不禁想起了吃素的布衣僧人，意境里多了禅意，少了凡俗。

秋园葡萄香是老家的记忆、老家的甜美，这水果中的隐士隐在山林，隐在田园，那一份深秋的感念，也如这发酵过的美酒，醉了游子，醉了家乡人，醉了深秋。

原载：2013.07.29《宿迁日报》

秋色满园梦悠悠

最喜欢故乡的秋色，满山的红叶似一团团火焰燃烧着，娇艳的红，美了田园，美了乡村。一阵风吹来，那随风飘逝的黄叶，多像儿时吟唱的民谣，在山里，在田野里，在梦里回荡。

怎么也看不够那满园的秋色，老家的秋韵，悄无声息地弥漫着，枯叶伴着果香，伴着丰收的喜悦走来，走进农家小院，走进深深的巷子里。

院子外面就是连绵不断的群山，满山的树装点了深秋，装点了故乡的田野。小溪潺潺地流着，一路唱着欢快的歌。夕阳西下，牛羊隐在枯草丛中，点缀着乡村最后一抹红霞。

老辈人爱说，山村最美的秋天，就是从大山开始的。起初，只是风吹树叶时的哗哗声，高大的灌木林排着队漫山遍野地候着；一场秋雨之后，山林早已是层林尽染，树叶随风飘落，情书般一片一片写给大地。

山上的苹果熟了，红红的果儿醉在枝头，小小的红灯笼在金黄得发亮的叶子之间，香香的，甜甜的在枝丫间闪烁。阳光温暖的时候，迎着凉凉的秋风，随手摘下一个在衣服上蹭了蹭，使劲咬上一口，那个鲜，那个甜，简直无法形容。吃饱了，躺在满是黄叶的树下，厚厚的枯叶如地毯般松软，你一点都不感觉到地上的不平，疲倦了，就在这落叶覆盖的地上睡一觉，直到风把我喊醒。

村子周围是已经收割的稻田，黄黄的稻茬有的长出了绿色的叶子，随风飘摆着，田埂上，堆着一堆堆去过稻谷的稻草，牛羊在长满绿叶的稻茬地里悠闲地啃着。乡亲们，有的忙着把稻草一车车运回去喂牛，有的干脆一把火点了，大火尽情地燃烧着，火苗舔着秋风，长烟飘散在空中。我会对着天空中那些棉花一样的白云发呆，心想这些稻草腾起的烟雾升到天空，会不会也要变成蓝天和白云，不然，它们怎么这样

轻盈快乐地飘着？

家乡的秋色是迷人的，经历了春天的烂漫妖娆、夏天的热烈蓬勃，这里，变得浓厚而又迷蒙。

雾是故乡的帷幕，早晨或者傍晚是最容易起雾的，池塘里，村子周围，道路上，一层一层的雾牵着手围着，为小村增添了几分迷离、几分神秘。

一场秋雨一场寒，乡亲们披蓑戴笠，穿着厚厚的衣衫，在田间地头忙碌，他们要把这些雨水引到池塘里去，为明年的春播积攒足够的清泉，水是庄稼的命脉啊！秋雨里，妇女们开始纳着鞋底，准备入冬的棉鞋。

雨雾弥漫，炊烟湿湿的袅袅升起，极不情愿地从烟囱里直起身。远远的便可闻到稻草的味道，家乡的气息，闻着很惬意。

秋雨不紧不慢地下着，浸润着大地，土地湿了个透，已经等不及了，天一晴，乡亲们纷纷牵出牛，扛出犁，开始犁田耙地，他们要赶在霜降前把土地整好，把小麦种上。走在田野里，全是泥土新翻过后的湿润气息。

在故乡愈来愈浓重的秋色里，我看见门口的山上红叶燃遍山冈，那一片片温暖的红一直暖到心眼里。

就是喜欢故乡的秋，喜欢家门口秋色满园的样子，所以，允许我在秋天，与故乡的秋色同在，哪怕是在梦里相会。

原载：2013.08.16《中国铜都》

盘子地衣

在澳大利亚的一个中式餐馆，我看见有道菜叫"盘子地衣"，不知道是什么菜，便向服务员要了，同行的领导是北京人，也没吃过这道菜，也想尝尝是什么味。

菜做好后端上来，我们几个才看清楚，原来是我们老家俗称的地皮菜。老领导也很久没有吃过了，赶紧夹了一口放进嘴里，嚼了几口，连连夸奖："好吃好吃。"

店家也是中国人，移居澳大利亚二十多年了，见我们是陌生面孔，端着酒走过来发了名片。一交谈，竟是老乡。大家很开心，很快便坐在一起聊了起来。

老领导问起盘子地衣的事，店家呵呵一笑说："也是夸大了，本来是地衣炒鸡蛋，想一想又太俗，便起了个盘子地衣的菜名。一是说老家的地衣大；二是为了猎奇，吸引顾客眼球。"

这些地衣都是从老家带来的？我疑惑地问。是啊！你们赶巧了，我妹妹刚从老家赶来，这些都是乡亲们从地里拾的，很新鲜，你们尝尝。我夹了一口，吧嗒吧嗒嘴巴，果然是童年的味道。

其实，地皮菜在农村是比较常见的，它一般生长在野外人迹罕至的田埂上，槐草地里，每到春夏两季的雨后，满地里、满条草埂上皆是被雨浇开的地皮菜，一大朵一大朵的盛开着。

记忆里，每每这些季节的雨后，我总会和村子里的小伙伴挎着竹篮，赤着脚到野地里寻地皮菜。雨后的地皮菜很好找，远远地你就会看到一蓬蓬深褐色的地皮菜长在野草茎下，成片成片的，几乎长满了整条田埂、整个槐草地。拾这东西时，一定要细心，地皮菜里大多会藏着红红的蚯蚓，你要一条条地把它从里面挑出来，不然，会很败胃口。

那时，我们不了解它们是怎么长出来的，是不是像稻谷一样需要种子，如果它

需要种子，又是谁来播种的呢？时常，我们无心来探究这样的答案，只顾兀自在地上拾着。拾着拾着，冷不丁踩在茅草尖上，钻心地疼。

在老家，地皮菜可做很多花样，像地皮菜炒鸡蛋、地皮菜炒韭菜、地皮菜炒肉末、地皮菜鸡蛋汤等，这些佳肴，在物质匮乏的年代，不能不说是一种奢侈。

见我们吃得津津有味，店主又安排厨房做了地衣肉末端了上来，店家介绍，来这里就餐的多为中国移民，家乡菜很受欢迎。

看着店家灿烂的笑容，我在想，难怪人家早早移民，还是商品意识超前，一个普通的地衣炒鸡蛋，竟起了个盘子地衣，连我们这些地道的乡下人也给蒙了。好家伙！

原载：2012.08.30《大公报》

满窗绿萝入梦来

"绿竹入幽径，青萝拂行衣。"父亲爱花，老家的院子里，种着很多花草，常绿的有铁树、台湾竹、凤尾兰。攀援的有凌霄、地锦、紫藤。靠窗的位置摆着几盆绿萝，盆中间的一根胳膊粗的木棍，外面包着一层绒布，已经爬满了绿萝，没有一丝的空隙。绿萝顺着墙，悄悄地把头伸进窗口，一帘青碧绿了儿时的梦乡。

玻璃外是绿色的世界，宽阔的叶子，长长的青藤，在窗外织就了一张绿色的网，绿油油的茁壮隔着窗纱隐进书香里，伴我走过了懵懂，让绿色住进心里。

起初，只是几枝不起眼的嫩藤，几片小小的鹅黄，娇柔的茂盛，我根本没放在心上，任凭它潜滋暗长。寒来暑往，绿藤慢慢地旺盛起来，窗棂上已经爬满了巴掌大的叶片，密密麻麻的叶片遮挡了窗外的世界，不用手扒开叶片，已看不见院子里各色的花木，沉甸甸的果实，只能听见花草间幽幽的虫鸣隔着绿萝透进来，成了一幅画、一窗景、一泓幽深的海。

绿萝满窗，室内充满了诗意，夏日下，书房变得湿润了，清凉了，鲜活了。身居闹市，红尘徘徊在窗外，书香飘溢在斗室，至于柔柔春风，暖暖夏日，风雨雷电，滤进来的是朦胧的诗句，是乡音，与他年大异其趣。有茶在窗下，有书在桌旁，无须垂帘而得阴凉，无须春季而得绿意，一年四季绿色满窗，风霜雨雪经年不衰，倚窗执卷，品茗弹唱，颇觉妙趣。

绿萝围着木桩缠绵，藤蔓蜿蜒向上，攀爬在两旁的枝叶紧紧地抓住木桩，牢不可摧，任凭上面的枝叶，自由地伸展，瞻望着窗外的风景。一阵风吹过，满窗的绿萝瑟瑟舞动，叶子之间露出了一道细痕，如同少妇的裙裾掀开一角，伴随而来的便是一阵羞涩。

每每临窗而望，但见院子里春意盎然。微风拂过，花草争艳，一枝一叶，一花

一草都是一脸灿烂，月色倾泻，满窗绿奏出了曼妙的音乐，此时，幸福的绿萝直起身子，藤蔓跃上窗台，婆娑的身影，轻轻遁入梦境，一切都是美的，连同今晚的梦。

青萝在户，绿透窗纱，突然想起王维的《竹里馆》："独坐幽篁里，弹琴复长啸。深林人不知，明月来相照。"我独爱这一窗绿萝。久居乡下，劳作之后，淡淡的馨香扑面而来，沁人心脾，这满院的花香和绿意，是父亲的恩赐，让人回味无穷，从今以后就叫你"乡下妹"吧，只属于我的天地，方寸之间可见自然。满窗的绿萝，满院的"乡妹子"，多好。

在一场细雨到来之时，我发现了震撼内心的诗意。细雨里的绿萝一片朦胧，像隔了层纱的闺中少女，手持黄卷，青灯相伴。梦醒了，而那满窗的绿萝，可是花中仙子。

家里有满窗的绿萝是美的，人生苦短，生命却是坚强的，就如这一窗的绿，一生追求，一本著作，一份事业，一只小虫，一株青藤，几丛菊黄，一壶热茶，一缕禅心，乃至一滴水，一场梦，点点滴滴都是生趣，都有生命中最亮的一朵，不信，你做个梦试试！

原载：2012.07.09《汴梁晚报》

书橱有诗书做伴

书房是我精心装扮的，满满的几柜子书是我的安慰，读过的，没读过的，刚买的新书，从旧书摊淘回的旧书都整齐地排列在柜子里，曾经喜欢的，还有朋友自己出的，连同曾经的旧日时光，一起被束之高阁地珍藏。

书是人类进步的阶梯，小时喜欢书，但没有书，长大了，有很多书却没时间看，这些闲置在书橱里的墨香，烙下了时间的印迹，记载了我不同时期的成长轨迹，也给我的人生镀上了光芒。拥有了它们就印证了一句古话，有梦想就有未来。

喜欢大城市，喜欢大城市的书店，喜欢路边的旧书摊，见了钟爱的，就买，迫不及待地站在那儿，手指沾上唾沫，一页页地翻过，目光在流淌墨香的方格字上流连，心立马随着书香灿烂起来，莫名的激动会忘了回家的时间。有书真的充实，真的充满幻想……

书非借不能读也，我承认很多书都没有看完，有些只是信手翻过，便放回到我心里以外的位置，许久也不会动，只到用着了才会拿起，那些章节又把我带回梦中，我一直认为，书是最深的巷子，人一生都不会走到尽头，拥有了就是富有的，这可能是我的歪理，但起码比把钱拿去赌博强。

对我而言，不论新书、旧书，买回来没看，无论在书橱里放置多么久，都是一本新书。一本书仅仅只被翻开过几个小时，它也是一本旧书。书的新旧与一双双翻开书页的手有关，和一双双目不转睛的关注有关，和钢笔画过的一道道横线有关，和它本身的新旧没有一点关系，没看过的，即使连扉页都破了，也不算旧书。你说呢？

书橱是富有的，像一个知识的宝库，从天文、地理，到文学、百科，存储了许多的梦想和希冀。毫不夸张地说，书橱里的每一本书都记载着一个或者数个与梦想、历史、亲情、爱情、家庭有关的文字，那些大写的汉字，就是我奋进的符号，拥有了它，

我的人生才完美，它是我终生的精神食粮。

每每，打开书橱的玻璃门，吹一吹书页上的灰尘，一页页翻开，犹如开启了一扇扇记忆的大门。这些书有我的快乐时光，有我的痛苦煎熬，有我的昼夜冥思，有我的豁然开朗。打开书橱，就打开了一个往日故事，翻开书本，就翻开旧日的时光。

《三国演义》《西游记》《红楼梦》《水浒传》是我少年时代喜欢的；《百地一饮》《空山灵雨》《名家品吃》等书是我青年时代的钟爱；《尤利西斯》《回声》《我的世纪》《狗年月》等书是我现在饱饮的食粮，一个时代有一个时代的代表作，一个阶段有一个阶段的阅读偏好，书橱就是我心灵慰藉，我喜欢枕着书入睡，闻着满屋书香入梦。

书橱有诗书做伴，书橱里的书有时候就是一个摆设，那一架架书就是我精彩的人生。书里一个世界，书外一个世界，我在这两个世界之间徘徊，做做斑斓的梦，一辈子都不会醒。

原载：2012.10.30《人民代表报》

水墨里的冬天

突然间喜欢起冬天，喜欢纷纷扬扬的雪，喜欢留存在心底的那片洁白。

四季里，春天百花盛开，铺天盖地的大紫大红，赏心悦目；夏天赤日炎炎、蝉鸣如丝，绿荫下总有一片热烈；秋天硕果累累，骄人的秋色之中，多了丰收的喜悦；而只有冬天，悄悄地躲在幕后，躲在袅袅的古诗词里，如磨损的文字，写下一年的期盼。表象里，冬天到处是一片光秃秃的，萧条着，冷漠着，冰冷着。其实不然，在我的心里，冬天是古时纤纤走来的小脚女子，有温柔，有意蕴，有温暖。它永远是一幅洗尽铅华，脱去炫目色彩的水墨画，意境幽深，萧然诗意。

大自然是一位高深的画师，它把一方水墨调的不浓不淡，泼洒得淋漓尽致，简洁的线条，明快的色调，呈现出一种超凡脱俗的美。

在这样的意境里，远处凝重的大山，雾境的树影，鳞次的村庄和楼宇，都在轻纱中迷蒙着；近处的河流安静地流着，没有了波涛和浑浊，轻轻地低诉，静如处子，亮如明眸。小村罩在雾里，灵巧的小鸟啄破雾幔，露出几声狗叫，小羊的叫声，还有老牛倒匆的青草味；天空不再高远，低沉的云端下，雪花舞动，袅袅娜娜，仙女般轻盈动人；山野和大地脱去一身绿色，回归到原本的姿态，与飘洒的雪花嬉戏着、交流着，彼此把心交给对方，在积雪中开始一场热恋。

凋谢的花朵和枯黄的小草在瑞雪中打着节拍，温暖的土地下是它们的梦想，它们在厚厚的棉被下酝酿着新春的萌动；盘旋的乌鸦不再是黑色的诅咒，它是冬天的一颗黑痣，雪景里，昭示着坦诚的箴言；墙角边星星点点的梅花，如四季中最温暖的铺陈，把一朵洁白、一朵粉红、一片春意开在墙头，为冬天抹上一方浓浓的色彩，为这样的画增添了意趣。

淡墨里，家家都是一幅舒雅的画卷，弥漫着温情，弥漫着幸福。烛光摇曳，或

围炉夜话，或温一壶老酒，或沏一杯清茶，每一个场景都是画卷里的浓淡一笔，让人回味，让人念惜。家园是童话里的境界，家是温暖的，人是平淡的，幸福的，每一家，每一人都是水墨里的墨迹，没有浓墨重彩，没有世间繁华，亦不哀叹花红叶落，不伤感岁月流逝。把生命调成浓淡相宜的本色，勾勒出一个简简单单，蕴含深厚的日子，这些平常的物语，在袒露一方的澄净和舒缓，在此时生命中拥有的四季显得纯洁和淡雅，那一声酒令，是冬天最热烈的呐喊，语音里透着雪白。

庄稼也在水墨丹青里熟睡，碧绿的麦子静听着田埂边的北风，舒心地等待一场春雨和梦一起化掉。那些攀在墙头的丝瓜秧，挂在树枝上孤零零的黄叶，门边已经掉色的对联，依然守着老掉的庄园，心里思念着一藤绿色或节日的妖红，任凭窗外的寒风呼啸，雪花飘飘，也不愿把自己凋落在最后的季节里，它们畅想着，迷蒙着，在一片洁白的世界里欣然回味，那么的恬静，犹如睡着了。

几只麻雀飞来，雪野里最后的几滴淡墨，滴落在雪地上，为冬天的画卷添上富有诗意的一笔，让这样的时令丰满了，传神了。

世界是美的，冬天是美的，水墨里的冬天永远保存着，在梦里，在花开的时节里。

原载：2013.01.09《潜江日报》

随风飘逝的秋

　　不觉间，秋天就这么的飘在空中，没有了庄稼，没有了绿草，一地的黄叶似睡着了。

　　四季之中，最怜惜秋天，令我叹惋的是那满树的枝叶竟悄然落下，连长长的吆牛调也显得清冷，秋收后的乡下，多了喜悦，少了忙碌。

　　乡下的秋，不长。犹如两个情人的邂逅，匆忙间的微笑和亲吻，猛的一甜，极像一颗灿然的流星划过，留下无尽的思念和幻想。思绪开始涨潮，田野开始空旷，直到那虬枝上最后的一枚金叶儿，翩然落下，才猛然间觉得秋天来过，再寻，却早已不见了影踪，迷茫间心想，幸福的秋可是牵着丰收的年景走远。

　　秋雨也是悠然的，夹着凉的风，感觉到冷。雨丝飘在脸上，有轻微的疼，似被茅草轻轻地蜇了一下。

　　一场秋雨一场寒，雨帘之后，便是冰凉的幕布，拉开了，凉风便满世界地跑，院子里清幽的菊花也强打精神，花香里弥漫着瑟瑟的寒，不似春天的桃花，夏天的栀子那般暖香。

　　秋天，枫叶满山红遍，灿烂夺目，这一片片耀眼的红云可是大自然的一首最美的诗，树叶在生命迟暮时用尽全力迸射出的美丽，美得如此大度，美得如此惊艳，美得如此热烈，美得如此清高，就连那些枯萎的草都探着头欣赏这娇艳的红，或许，它们的心里，也该是被这些红叶点燃了激情，私下里预谋来年的碧绿。

　　雾是秋天的贵族，没有了朦胧的深秋，就没有了深邃的岁月，当傍晚的轻纱笼罩了村庄，顺着声音寻去，你会发现茅草屋里漫出的最浓的乡情。

　　此时，一个人走在林荫道上，踩着满地的落叶，软软的，厚厚的，如走在软绵绵的地毯之上。也可见香樟树的果子，满地的黑眼珠明亮着，它在追问秋天何时才能回到树枝之上。树林茂密，小道深深，两边的树枝牵在一起，形成一条长长的走廊。

秋天的早晨是清冷的，池塘里泛着清清的薄烟，光秃的树枝挑着那一缕缕秋风，近看，一个个晶莹透亮的水珠，挂在枝条上，如一颗颗透明的珍珠。树下一片滋润，许是最低的那滴贪恋大地，不经意间松了手，一个个落了，跌入土地的怀抱，找到了自己的家。

月亮也会如期而至，穿过薄薄的云彩，挂在天空之上，星子们眨着眼睛，等待月亮周围的风吹来，清凉一下热着的心。月下，坐在落地窗前，慢慢欣赏这一院月色，浓浓的秋夜要溢出院子了，不然，蛐蛐的叫声为何到处都是。

也会捧一壶热茶，指尖划过那一缕茶香，一如心被眼前的秋月醉着；袅袅的茶香就着热气熏湿了我的眼睛，一如清冷的伊人双袖舞叶一般，袅袅娜娜，撩动了我的心弦，如梦如幻，欣然醉在这一朵最后的蛙鸣里。

秋叶是季节发黄的信封，信封抵达的地方，休止了秋的琴音。整理好一个秋天的金色，标好秋季的注解，待来年入秋时，拿出来诵读，精彩的心动，会温暖全身。

原载：2012.10.29《信阳晚报》

童年的河流

炎炎夏日，能在乡下清凉的小河里畅游该是件多么惬意的事。

我们可以看看河里的小船，鱼鹰如何让平静的水面荡起涟漪，如何昂起叼着鱼儿的长颈，我们可以想象夏天的风在河面上缕缕缠绵。河边的垂柳伸着细细的手臂，它们的绿色渐渐地延伸，比如知更鸟，它们在柳枝上做窝，不停地啼叫，身影穿过弯镰的寒光，让麦香顺着小河流淌。

乡村，是我最流连的梦境；夏天，是我最迷恋的季节。

我最怀恋的还是童年小伙伴们落水时的轻音。儿时，我们总是背着大人悄悄溜到南坡的小河，河边是成排的树林，虽然中午的阳光很毒，但它们依然是郁郁葱葱，树林里百鸟争鸣，犹如一场音乐盛会。河里的藕叶突出水面，新荷尖上总有些蜻蜓立在上面，偶尔还会有轻盈的蝴蝶光顾，它们的身影在河面上倒映，看不出是它们在飞，还是河水在流。

水面也被太阳晒热了，厚厚的一层水面温温的，很不舒服，我们索性一口气沉入河底，双手狠狠地着地，尽情享受河底的清凉，直到憋得不行了，才一蹬双脚蹿出水面。躺在河面上，看着天空中流动的白云，猜想着哪一朵白云在酝酿一场细雨，不觉中陷入了无尽的遐思……

河里的世界是美好的，阳光和风都变得温和起来，它们伴着清冽的水韵起舞，让河里洁白的抑或粉红的荷花都灿烂着，一改清晨时的娇羞。在家乡的小河玩耍，我们小小的心也充满了希冀和幸福。有人无意间踩住了老鳖，一圈的小伙伴都扎进水底去捉，一次意外的收获，为童年的泳事增添了快乐……夏日的小河，在我们的心里弯曲着，向远处延伸着，一直延伸到我们童年的尽头，虽然一经多年，大家都到了不惑之年，童年那些心底的快乐和清澈，至今犹存。

　　当然，童年小河还远不止这些，夏天的河道有忙碌的船队，是生产队的，有机动的，也有帆船的。它们穿行于河面之上，船上装满了瓜果，抑或粮食，如果是瓜果，我们就会爬到船上，抱上几个扔到河里，尽管船上的大人们骂骂咧咧，但还是开心地看着我们在河里享受胜利成果。那种乐趣经历了才会感觉到。

　　最开心是截嫁船，远远的，听见嫁船的锣鼓和音乐，我们便手牵手在水里列成一排，悄然等待嫁船靠近，讨要结婚的喜糖和红花生，等主人把喜糖和花生洒进河里，我们便松了手，顺着喜糖落水的涟漪一猛子扎下去，不一会儿，便个个举着喜糖露出水面，剥开糖衣，放进嘴里，再哄抢漂在水面上的红花生，我们戏称是沾了新人的喜气，而后，目送着嫁船带着新娘驶向了命运的远方……

　　童年的河流，正因为流动着生命，才展现了它的旖旎和多彩，流淌儿时的幸福和快乐。虽然现在的小河已经断流，虽然童年的场景不再，每到夏日，想想乡村的河边，想想快乐的童年，还会给我们许多静谧的遐想和无尽的向往。

原载：2012.12.13《中国水利报》

晚秋枝头柿子红

不觉间已是深秋，树叶飘零中，丫间的果实红着脸立在风中，那份熟透的心事沉甸甸的，点亮了山村的梦。

晚秋是乡下的远客，踏着厚厚的落叶，带着清晨的薄雾一路走来，月色清清，红叶似火。枝头的柿子红了，深秋最亮的诗句，在淡霭中闪烁，灿烂的暖色，温暖了游子的心，几个孩子在树下玩耍，手里握着从树上落下的红柿子，嘴里唱着自编的儿歌："树叶落，柿子红，大雁往南飞，留下红灯笼……"

老家院子里有几棵柿子树，儿时就是在那几棵树下嬉闹，枝头上的红柿子伴着快乐的童年慢慢成为记忆，如流水般的轻轻流过心头。

我们家的柿子从来都是要长到红的，树叶落下，满枝的红柿子灿烂地微笑着，一盏盏红彤彤的灯笼照耀着农家小院，为萧条的山村增添了一抹嫣红，秋天被它们渲染得分外妖娆，多了一份诗意。

"色胜金衣美，甘逾玉液清。"小时候在柿子树下背这样的诗句，却不知道是什么意思，长大了明白了却离开了这飘着果香的柿子树。柿子是深秋时节我最喜爱吃的水果，那红彤彤、黄澄澄，晶莹剔透，垂涎欲滴的小灯笼，早就点燃了我心中的欲望，每每放学，顾不上洗手，拿起一个揭开果蒂，放到嘴里，对着揭开果蒂的地方一口吸进去，顿时满嘴的甜润在舌蕾上绽开；那深藏腹中的软核，光润酥软，嚼起来是美滋滋、滑嫩嫩，吃在嘴里，甜在心里。

老家有句俗语："白露打核桃，霜降摘柿子。"霜降过后，天气骤然变冷，早上起来，大地上、房子上都披上了一层白白的寒霜，叶落秋天薄，冷风开始钻身，而此时却是柿子大量上市的时候，家家户户都有，都要找人看着枝头上的柿子，不要被馋嘴的鸟啄破。街头那些生意人将一只只火红的柿子整齐地排在摊位上，娇艳的热情，

顿时给肃杀的寒秋增添了暖意，那剔透的心，让本来萧瑟的街头也一下子有了鲜活的神韵，使即将来临的初冬多了人气、多了渴望。

长大后离开家乡，再不能守着院子那几株柿子树过日子了。每年秋天，开始是祖母，祖母不在了，接着是母亲，总是将最大最好的柿子留着，和苹果在一起捂，等柿子捂熟了，一个个地排在纸盒子里，让家乡的班车带到我住的城市，她们知道这是我最喜欢吃的。

从车站接到货，我会立刻打开纸盒子，熟练地取出一个，撕开细薄的皮，对着撕开的地方就吸，立即，一股柔柔的汁液流进嘴里，流进腑脏，心里好一阵甜蜜。

祖母和母亲都会用面和糖做柿子饼，过年回家，一家人坐在一起，说着家常，吃着柿子饼，那个甜美，那种幸福，真的无法形容。母亲总是催着我和孩子多吃，她温情的眼神让我领略到了普通而高深的母爱。

时光荏苒，岁月如梭，转眼又是一年深秋时。秋风中，柿子又红了，可我们家的柿子树早已砍去，城市建设占了我们家的地，我们家的老屋连同院子里的柿子树都被推掉了。虽然如此，我依然喜欢深秋的柿子树，心底悄然流淌着融融暖意、浓浓秋意、深深情意。

柿子是秋季留给人世间最后的美丽身姿。梦里，我又回到了童年、回到了家乡，看到院子里满树的红灯笼亮着，照亮了我美好的回忆。

原载：2012.12.02《松江报》

乡下的木格子窗棂

　　童年在乡下，是一个不起眼的小山村，村子里没有楼房，没有马路，有的是碧绿的树，盛开的花，还有低矮的茅草房以及方格木窗。木格子窗的故乡，有我的欢乐，有我的痛苦，有我的梦想，那透着光芒的窗棂是一幅永远珍藏在心底的画。

　　上学时，老师总喜欢讲眼睛是心灵的窗户，回到家里，我就趴在窗户上看外面的世界。我不知道茅草屋的窗户是谁的心灵，只知道庄户人家是清一色的茅屋，清一色的木格子窗，区别是茅屋有宽有窄，木格子窗有大有小。那时候，都是泥做的房子，都是木质的窗户，连用土打起的院墙也一样的高，一样的宽，条件稍微好点的，会在院子到外面铺一条石板路，下雨天，脚不沾泥可以走出去，这可是我儿时最羡慕的事。连阴天，外面的淤泥很深，我只能在屋子里活动，急了，就趴在窗户上看别的孩子在石板路上玩耍。对我而言，外面的世界是多么的精彩啊！

　　乡下的木格子窗棂，春、夏、秋三个季节都是空着的，只有到了冬天，北风呼呼地刮起时，大人们才找来一块薄膜钉上，用以抵挡外面的寒风，防止大雪从窗棂里钻进来。下雪天，我们对外面的大雪是充满好奇的，往往，我们会用指头顶出一个小洞，算是与外面交流的窗口。阴雨天，雨丝从窗棂里斜着身飘进来，把窗户下面淋湿一大片，也会找来脸盆接着，即使这样，也难免会把放在窗口下的鞋子或者泥巴桌子上的衣服或者书本打湿，但无论如何，这样的季节，窗户永远是敞开的，就像一颗透明的心。

　　小窗棂大世界。木格子窗棂是小屋的眼睛，农忙时节，大人们早早起床，梦境里依稀听见大人磨镰的声音，牛羊的声音，还有邻家老爷爷吧嗒吧嗒抽旱烟的咳嗽声……木格窗子就是一个个镜头，在岁月收藏着一个又一个乡村画面。

　　木格子窗棂是小村的史书，一串一串的红辣椒挂在木格子窗前，炊烟会从木格

子窗口弥漫开来，一顿顿香喷喷的米饭，是农家向大地发出的感叹，田野里一地的庄稼，从碧绿到枯黄，纷纭交错，让人对未来充满着牵念和向往。方格窗棂，给人一种舒爽。

乡下的木格子窗棂总是让人怀念的，也总是充满回忆的，每每想起，心底都会涌动着感激和温暖，这种感激和温暖在岁月的底片上冲洗着心灵，留下清澈的梦想和感动。

虽然，乡下的木格子窗棂已逐渐消失，但那些在故乡留守的人，还在黄土地上谱写村庄的历史，房屋取代得了，窗户取代得了，可留存在心中的木格子窗棂，永远在乡下，在童年的记忆里。

原载：2012.09.14《中日建设报》

雾是冬天的朦胧诗

初冬的早晨，满天的雾朦胧，已看不清周围的景物，好一首写给冬天的诗，此时，悄然弥漫。老人们说，雾是冬天的精灵，在清晨或者傍晚光临，如或浓或淡的乳汁，又似一帘垂落的轻纱，蓊郁清雅，弥漫着诗意，把整个世界都温柔地笼罩起来。

拉开冬天的雾幔，仿佛置身于一个充满朦胧诗的意境里，如梦如幻，充满惊奇。早起的人是懂得欣赏的人，公园里、乡间的路上，影影绰绰的人，他们沐浴着晨雾、怀揣着梦想，无论老人或孩子，心里都流淌着欢乐、流淌着希冀。茫茫浓雾，蕴含万般才情，人在雾中行，雾在身边绕，真乃是"莫道君行早，更有早行人"。就此，每人都是冬天的诗句，一句句凝重的诗，随冬雾缠绵。

透过乡下的木格子窗棂，远远望去，一切都是迷蒙的。远处的景物隐隐约约略见其轮廓；近处的，隐在雾里，潮湿着，玲珑着，如同仙境一般。恍惚中已经看不清村子全貌，只能在乡居里熟悉的臆想着。浓雾中，院子里的树木湿润地摇曳着，不时地滴着雾珠，晶莹的心亮着。不远处的房屋浮在雾里，朦胧虚幻，时隐时现，宛若一幅淡雅的山水画，又如奇美的海市蜃楼。

雾是冬天的朦胧诗，无论你置身于何处，都能感受到那飘逸的诗句。它们手拉着手，涌动着，潮水一般汹涌，那温柔的波涛像调皮的孩子在捉迷藏，一会儿在这儿，一会儿又跑到那儿，脚步那样轻盈，简直是在飘着。

站在城市一隅，抑或乡村的田间地头，浓雾会轻轻吻上你的脸，萦绕在你的身边，钻进了你的袖子，轻抚你的秀发。一切都是那么畅然，丝毫没有粉饰和矫情，眼里、手里、心里都是雾气蒙蒙。

冬雾还是季节掉在地上影子，你走到哪儿，它就跟你到哪儿，不管是在城市的小巷里，还是在乡间的村庄里，影影绰绰，呼之不来，挥之不去，仿佛是大大的迷宫，

满是好奇，满是迷离。开车走在路上，雾灯是闪着的，需要慢慢蜗行，玻璃上早落满了雾珠，艰难的行走中，多了谨慎，少了飞驰，这冬天的柔软，谁忍心碰触它的痛处？

冬天的雾是最有包容心的，在萧条中走来，从不计较寒冬的残酷，大雾弥漫之下，诗意的天空更加神奇。城市里的常绿花草是最喜欢有场雾的，而遥远的乡下，松柏之外的树木光秃秃的，看不见树影，只能听见丫间的鸟鸣，那么清脆，那么动听，或许，它们也喜欢读这冬季里最朦胧的诗句，陶醉在冬天的诗意里。

冬雾茫茫中，已顾不上地上的白霜，雾壑深处，有几人能看清这个世界。幸而有了雾，人们才能安静地拥抱住那刺骨的寒冷，不离不弃的如期而至，以沉沉的眷念表达对严冬的接纳，让"冷酷无情"的冬季，充满了遐想和温念。冬雾轻轻地安抚着、呵护着、迷恋着，增添了乐趣，增加了神秘，雾气激荡，暗留沉香。

大雾弥漫，没有人走出这一季的诗情画意，游走的是冬天最后的回眸。冬雾是沉静的，默默地唱着歌，没有狂风那样的肆虐，呼啸而过，引得高树韧草折腰相敬；也不似骤雨那样急促，银蛇劲舞，烟雨之中祸害连连。它只是安静地、忧伤地覆盖着大地，安详地守望着冬天的冷酷，只用淡雅的白色，勾勒出如梦如幻、神秘奇妙的世界。

我还是留恋冬天的浓雾的，喜欢那一场朦胧的约定，其实，我一直坚持认为，浓雾是冬天的灵魂；厚重苍茫的雾，使寒冬有了深情。记忆里，冬天的雾，永远那样虚幻，永远那样圣洁，永远那样令人神往。

原载：2012.11.25《三门峡日报》

一场秋雨一场寒

又是一场秋雨。

秋风夹着雨丝斜织着，带着丝丝凉意，冷飕飕的。秋雨里，远处的枫叶燃烧着，让人于秋凉中有了一丝慰藉和温暖。

细雨是写给秋天的诗，季节的更替，或许也是一种心灵的写意。

淅淅沥沥的雨不停地下着，秋雨淋湿了人们多愁善感的心绪，游弋于岁月的时空。如果把雨水和季节一起联想，那么，这些来自天籁的晶莹该是神奇而又充满了生命的律动。

春天，冰雪的复苏仿若生命的开始，凝结的梦想萌发了生机，雨是冰的化身，此时，却悄然融进神奇多彩的世界，开始鸟语花香，青山绿水；开始和风熙熙，阳光灿烂。水没有了骨头，满是生机和理想的萌芽。于是乎，雨水温馨，和风细雨浓缩成稼穑者辛勤劳作的身影。

之后，它华丽地转身，开始拥着夏日的炽热，在山间、在乡下、在城市，伴着绿树、伴着蝉声，开始电闪雷鸣，暴雨如注，倾泻着胸中的热情。

岁月过滤的阳光风干了斑斑的汗渍，一场场秋雨惊醒了深秋中的节气，开始树叶飘落，开始凉风阵阵，开始了它由柔软变成坚冰的历程。

一场秋雨一场寒，春天的温暖和夏日的炎热仿佛都被这秋风吹走了，被雨水淋透了。

秋雨是迷茫的。秋后的原野上枯叶凋零。细雨中秋凉的感怀，仿若挥汗散热之后的生命休养和调理，又像冷静过后的理智回味和思考，总是无尽的、冷落的。

一场秋雨一场寒，季节也如人，苍凉中的胸襟依然是博大深远的，失去的才会知其珍贵和重要。这个雨季，劳碌之后的透支恰好可以得到休整和调养，沉浮之后

的人生可以得到反思和总结。

秋雨睡去时，又是银装素裹的，它敞开纯洁的心迎来一个冬眠自我的冰封世界。

是的，秋雨之后的寒横扫了懒惰、贪婪和庸俗，在寒风中沉思和积蓄理想，进出奋发的力量，让梦想和希望同行，在未来的四季再次写意自己的心态和人生的美景，接着又是温暖，开出娇艳的花。

感谢秋雨，感谢深秋的冷，就是这一场场寒警示了人生应有的境界。

秋雨就是四季的营养，秋寒就是岁月的温暖。秋季的脚步是敦实的，带着春花，带着夏荷，带着丰收和成功的喜悦，早早做好换季的准备和谋划。

一场秋雨一场寒，在秋雨中淡忘自己的挫折和辉煌，在寒风里凝结善良的愿望和希冀。秋雨过后，薄薄的寒里，蕴含的是白雪、是蓝天、是百花、是骄阳。当秋雨流进深秋时，岁月深处，我们又将开启一段新的人生辉煌。

原载：2012.10.27《玉林晚报》

一架梅豆一架秋

那时，还带着满脸的稚气，我还兴奋的沉静在新的工作岗位上的时候，秋天又如期而至。在来去单位的路上，每每走过一片菜园，都会看见难得的绿色，如果是雨天，这片菜园就格外的碧绿，而最抢眼的，就是那藤蔓牵连的攀在篱笆上的梅豆花。

梅豆是家乡最常见的豆角类蔬菜，深秋最当令的佳肴，也是我见过的生命力最强的植物，无论在哪儿，都可见到它的身影。

物质匮乏时期，梅豆可是庄稼人的当家菜，家家都种，家家都吃，炒着吃，腌着吃，晒干了吃。道路边、田地头、小径上、池塘边、树荫下，甚至连家里的篱笆墙边都种着它。

乡下的菜园是丰富的，第一场春雨一下，那些碧绿的时蔬便纷纷登场，有韭菜、白菜、青菜、萝卜、西红柿、葫芦、大蒜、丝瓜，但随着季节的更替，它们又匆匆谢幕，只留下一畦韭菜和夏天的配角梅豆还碧绿着，昭示着它们历经风霜的耐力。

入秋后，梅豆开始疯长，这个秋风中的主角，抖动着长长的须，使劲地往高处生长，直到将所有能够延伸的地方全部占领，才不情愿地回过头，手牵着手，互相抱成一团，无数棵细细的藤缠在一起，形成一簇簇怎么都扯不开的绿色屏障。它的叶片似乎永远都是柔嫩的，薄而透明，在秋风中欢快地漾着。

风来了，雨来了，它们欣然接受，任凭风吹雨打，虽然附在别人身上，却依然顽强地挺立。那些可恶的虫子更是拿它没办法，只能停在它嫩绿的叶茎上叹息。

一架梅豆一架秋。梅豆似乎在一夜之间被秋风唤醒了，迫不及待地涌现无数花蕾，迅速绽放众多花朵，幻化出红的、紫的、白的小花，秋风中，梅豆花轻轻歌唱，一些彩蝶飞舞，濡染出乡村岁月的温馨与安逸。不几天，花儿落地，藤蔓上迅速结出了一嘟噜一嘟噜的累累果实，枝蔓间全是丛丛簇簇的梅豆荚。梅豆是最能结的，

由于品种不同，有的扁而长，有的短而胖，各有千秋。

很多时候，我们路过梅豆林，也喜欢坐在梅豆藤下歇歇脚，说一些开心的事。收秋后的田野十分空旷，树叶开始徐徐落下，而这一架架梅豆却成了秋天最迷人的一道亮丽风景。与绿相伴，不自觉地在乡下度过了十余年的时光。

梅豆是秋天的迷茫，它清新优雅，平淡释然，默默地把果实藏于绿叶间。它不畏贫瘠，敢于攀登，饱人口福，这也人类所追求的一个境界，时常激励我工作好，生活好。

秋意越来越浓，满架梅豆花依然繁盛，它们一路经受秋风冷雨，经受白露霜降，一起牵手走过秋天。人到中年，满架梅豆花相伴左右，寂寞逃遁。当满架梅豆被我连根拔起扔进灶膛时，那些残破的往事随火化为灰烬，唯有梅豆花盛开在心间。梅豆绽放了生命风采，体现了生命价值。明年，它们的风采和生命价值将由它们的子孙传承，继续体现、绽放。

人生一世，草木一秋。梅豆的生命如此短暂，尚能以生存智慧、毅力绽放如此的风采。相比之下，我们每个人的生命历程更加漫长，我们更应该在平凡中发出光芒，这样的生命才会更广阔、更绚丽。

原载：2012.10.15《淮河晨刊》

玉兰如烟

不是的，玉兰没有任何与烟有关的联系，说玉兰如烟，是因为有一种很好看的紫玉兰经不起早春的雨和冰霜，那么，这些花就如一场烟雾，尽早地散了，着实让人惋惜。

我这人最见不得玉兰不堪的样子，一场春雨下来，加上冰霜的肆虐，满地的花瓣，让那些还没有舒展开树叶的树又变得光秃秃的，甚至有些凄凉。踏着春的泥泞，我不敢把脚踏在那躺在地上的花瓣之上，我知道，那是它睡着的心，我的脚步会搅乱它的梦，让它感觉到疼。

我家院子里有几棵玉兰，是父亲早年从外地带回来的，是别人嫁接好的。每年清明，紫色的花缀满枝头，淡淡地幽香和着春风弥漫着，不经意地把春天的阳光一起洒下来，暖暖的，一大院子，没有了初春的寒，坐在哪儿都舒服。

邻村的教书先生刘老师一生爱花，草本的、木本的都种，我印象品种最齐全的是玉兰，从他家院子到门前的塘埂之上都种了大大小小的玉兰，白的、红的、紫的，是我们村的大花园。早早地，孩子们折大把大把的玉兰，到学校藏在课桌的位斗里，刘老师来上课时，在黑板上写下课文的标题，就下位搜，那老先生鼻子贼尖，一进教室就闻得到。当然，搜去的玉兰花又被他插在办公室的瓶子里，养上几天，好几次，我路过办公室都能看见他一瘸一拐地为玉兰花换水。不过，说真的，那些花，放在办公室也确实好看得很。

我的发小儿，我最欣赏的把兄弟老三王长海先生也研究玉兰。刘老师残疾，老三也残疾（因车祸），他租赁了几百亩地经营着玉兰和桂花。玉兰经他莳弄，变得更加隽秀和豪放，花样更丰富了，大约有七八种颜色，他的精品园是县里的重点，我称它为县政府的后花园。当然，每年会有很多人去参观，参观之后，园子似乎变

得很难堪，长海先生便打发人整理园子，玉兰不断地开，游人不断地折。小县城，没有好去处，花嘛！好的才被折去，不然，看你也不看，谁稀罕啊！

也是，刘老先生的园子就常遭到"破坏"，那群捣蛋虫非去折花不可，即使会被先生打也挡不住。小孩子，调皮是他们的天性，心疼归心疼，只要花开，就属于孩子，够不着的，干脆拿棍敲了，之后，躺在花瓣铺就的地上，伴着淡淡的花香入睡，那份惬意，只有经历了，才能感受。

我是和长海先生交往时才真正了解玉兰花的。曾经，玉兰花只给我留下一些表象认识，那时花开，尽管去折，尽管去欣赏，从来不问这些玉兰花如何种，怎样嫁接。后来，我陪《中国花卉报》的马记者到园子采访，我才真正理解玉兰花，着实为自己的无知而感到后悔，但毕竟已经过去了。之后，我才真正地爱惜那些花，爱惜那些曾经褪去的花香。

这时，我才真正理解，刘老先生为何在他那片玉兰花树林砍掉时，如何地难受的原因了。早年，乡里下发文件，刘老先生的玉兰花因为新农村建设要砍伐，公告贴出很久，刘老先生也舍不得砍掉，直到有一天，开发商领着挖掘机来挖树时，刘老先生火了，用棍子打伤了开发商，最后，赔了药费，还被拘留几天。出来时，玉兰全被挖光了，只剩下几十个树坑。刘老先生很是难过，好几天没上班，最后住进了医院，不久，便离开了人世。末了，还在念着他的那些玉兰。

据老三长海先生介绍，我们家乡的玉兰属于大家闺秀，是含笑玉兰。它不同于广玉兰，含笑玉兰花开得婉约，不张扬，而且，恰到好处，如含羞少女，大都先开花，后长叶子。而广玉兰是从美国引进的，属长青乔木，花开得大而碎，大多藏在绿叶中，不比当地的含笑玉兰，畅快地吐蕊，多了贵性。

在老家上班时，县委大院里也种了几十棵玉兰，每年春季，枝丫把玉兰花高高举起，托到窗口，淡淡的幽香和着鸟鸣一起飘进耳际，累了，困了，就站在窗口观赏，直到花期过了，我才离开那里。

原载：2012.04.15《打工文学》

远去的蓑衣

青箬笠，绿蓑衣，斜风细雨不须归。小时候，看着父亲穿着蓑衣，行走在风雨里，根本不理解这句诗的意思，只知道蓑衣遮着的父亲，心里是一片晴天。

蓑衣，乡下曾经的标志，常常在一场桃花雨之后，被父亲从门后面取下，穿在身上，然后，带上圆圆的斗笠，那是当时乡村落雨时的流行装，家家户户都有。蓑衣原本与诗情画意无关，可因了雨便赋予了它的一片朦胧，有了诗的意境。

如我这般年龄的乡下长大的孩子都见证了蓑衣的辉煌，如今，被遗忘在墙壁上的蓑衣，曾经是乡下农忙时节最重要的角色。插秧季节，寒冷的春雨常淅淅沥沥地下着，雨雾蒙蒙，农忙的时令催促着，田地里，乡亲们蓑衣在身，阻挡着侵袭而来的冷雨，让蓑衣遮挡下的身躯涌起阵阵暖意。寒来暑往，蓑衣早已褪去青草的气息，经历了风雨的滋润，沁进了汗水的咸味，融入了劳碌的日子，因此，风雨中的蓑衣总是沉甸甸的。

每每，父亲从田间劳动归来，脱下柔韧的蓑衣，抖去水，挂在大门的后面，我都会呆呆地看着一滴一滴亮水珠从茅草间滑落下来，眼里充满好奇。

农闲乡下是编织蓑衣的时节，大人们拿出夏季在野外采摘已经晒干的茅草，说笑着在树下编织蓑衣，你看看我的，我看看你的，祖辈留下的手艺，就这样传承着。也有的，会取出破损的蓑衣，认真的缝补着，彰显惜物之情，对于农人，就是一种朴实的、长久的热爱。

细雨的乡下，一半景色属于蓑衣，小路上，农人的蓑衣是行走的诗。它从远古走来，被一朝朝的文人墨客所吟诵。"尔牧来思，何蓑何笠""自庇一身青蒻笠，相随到处绿蓑衣""孤舟蓑笠翁，独钓寒江雪"。蓑衣伴着诗情画意过着最朴实、敦厚的日子，岁月里多了辛苦、多了劳累。

最喜欢听杨小琳演唱的《绿蓑衣》，春夜细雨中，歌声曼妙，如一股清泉细细流淌，一朵一朵的桃花沿着水岸开起来，一只一只的白鹭翩然飞翔，路的尽头，几个朦胧的披蓑人正在稻田边耕作。一切都是那么平常，平常得犹如那叮咚流淌的音乐。

乡下的蓑衣是历史上流行最长远的雨服，一眨眼间就被雨伞和雨披取代了，成了过时的旧物，闲置在最安静的墙壁上，它的身边也常常挂着一串串大蒜头、一串串红辣椒、一把把干菜，抑或一把镰刀、一根扁担，最热闹的也不过几张年画。它们均静默不语，却都是农家生活的关键词。只有这蓑衣，先离开了它呵护的农家生活，被雨披取代，只有在某一次阅读、某一回旅游、某一段谈论时，与它作短暂的邂逅。

蓑衣，乡下最经典的流行曲，作为古老乡村曾经的符号，和凋落的岁月一起，被印在一张叫作往事的底片上，慢慢变黄，成了心中的记忆。

原载：2012.09.12《生活新报》

场净稻谷香

　　我不止一次地感恩父亲，多少年了，父亲送来的大米粒粒饱满，没有杂质，香甜可口，让我在亲朋好友面前挣足了面子。每每亲朋好友问起，我都会毫不保留地道出其中的奥秘，他们听后，都会齐声感叹，这真是场净稻谷香啊！

　　父亲是个细致的人，每年初夏，父亲从育苗开始便细心地经营一年的收成。

　　早早地，父亲把农家肥拉到田里，把肥料铺开，等待春雨把肥料沁进土里，下秧前先把土地整理一遍，算是灭草，下秧时，再把苗圃地犁好，耙碎，放进瓜皮水，洒上稻芽，等待秧苗扎根，抽叶，拔节……秧苗分蘖后，开始移栽。我们家的秧田和别人家的不同，泥土翻得深，泥巴耙得碎，秧苗成活快，老早就返青了。

　　那些日子，父亲像对待自己的孩子一样呵护自家的稻田，放水、排水、施肥，会不间断地进行，而且从来不施用化肥和农药，生虫了就用青灰洒一洒。等到稻谷成熟时，依然是颗颗金黄，粒粒饱满。

　　打谷时，父亲更是讲究，之前，父亲会把稻场用耙耙一遍，用水浇个精透，凉到半干时，撒上麦壳，看上面的土变白了，用石磙狠命地碾压，直到把稻场碾压得结实、平展了，才开始把稻子铺上。父亲说，只有把稻场碾压结实了，才不会起灰，才不会有沙粒。

　　我们家稻子向来都是能卖上好价格的，随便抓一把，黄澄澄的，看不见一丝杂质。而其他人家，掌握不好碾压的火候，打稻子时容易起灰，扫帚一扫，满地的沙粒和稻子一起，不好分离，处理不好，吃饭时，不知道什么时候会"咯噔"一声硌到牙，很难受。

　　三乡五里都知道父亲过细，种的庄稼没有污染，都把自己收的稻子卖掉，掏高价买我们家的。每每，父亲都会对我们说，看见没，种庄稼也有学问，我的绝活就是场净稻谷香。

原载：2012.07.09《西藏日报》

童年的清泉

　　我的童年是在淮河边的一个小村子里度过的，那时，我在夜里经常会做同一个梦，一个与水有关的梦。在梦中，一股清冽柔美的细流从村前的小渠沟绕过麦草垛，从那片近乎发黄的草坡间源源不断地涌出来，然后沿着一条蜿蜒飘逸的山路，扭动着粼粼的腰身，唱着清脆悦耳的歌谣，一路欢快而下，流进门前的池塘和泛着泡沫的河湾。有时，梦醒了，我在想，何不接着再做一个梦，让那股清泉直接流进厨房的水缸里。但梦总归是梦，醒了就是一场空。老人们说，做梦见到水好，水是财啊！

　　谁愿意从这样的梦中醒来？然而世间岂有不醒的梦！梦醒后，有相当长一段时间，我都处于一种半梦半醒状态，还能隐约看见水流，听到水声，感觉得到水的清凉；完全清醒后，又有相当长一段时间，我不愿意相信那只是一个梦，恨不能立马重新回到那个无限美好的清凉世界里。这些梦甚至到现在还在做，犹如昨天，心早飞到童年的清泉里。

　　村子里和我一般大的有连贵、雁林、全福、小照、幸福、锁住几个，十三四岁时，待我们能挑动水的年龄，大人们便把挑水的家务交给了我们。

　　秋天，早早放了学，学校离家大约四五里的样子，我们一路飞奔，以最快的速度回到家里，把书包往家里的桌子上一扔，跑进厨房，挑起水桶就往东庄的大塘赶。当然，我们会在一个地方遇齐，就是村子东头园子的大柳树下，人齐了，挑水大军便浩浩荡荡出发了，扁担有竹子的，也有木头的，水桶有铁皮的，也有木头做的，大家说笑着，打闹着，一里多路不一会儿就到了。连贵最大，他会帮我们一桶一桶地把水从池塘里灌满，提上岸，大家把扁担往两只水桶上一搁，脱下衣服，扑通扑通地跳到水里游泳，现在回想起来，真的很惬意啊！小伙伴们抑或游泳，抑或沉入水底摸河蚌，每每要玩上一个小时，等太阳快落山了，才爬上岸，穿上衣服，在池塘边的柳树上折几枝柳条，在水里洗净了，扎成圆圈，放在水桶里，水不易溅出……

大人们更是注重自己的"大水缸"，家家都教育自己的孩子放牛羊时不要到吃水的池塘里，毕竟，几个村子的人都吃那个池塘的水，在我们的心里，那个池塘就是家里的水缸，谁都不去污染它。

我们家的水缸里总是满满的，这肯定是我的功劳，夜里，父亲会砸一些明矾洒在水里，第二天起来做饭，水变得很清冽，可以看见沉在缸底的黄泥巴浆子。

我们喝水也是自己带，每人都有一个大人喝酒用过的空玻璃瓶，拴上长长的线，自己趴在村口的大机井的井沿上打水。有时，井沿边会趴一圈子我们这么大的孩子，往上提的时候，那清脆的水滴声在井底回荡，曼妙而又爽朗。井很深，水也很甜，冬暖夏凉，绝不亚于现在的矿泉水。很多时候，一瓶水是不够喝的，学校的旁边也有一口井，只是很浅，在水塘的边上，池塘里有水，井里就有水，水质也不好，但同学们还是喜欢到那里打水，大孩子先打，小孩子后打，有时，预备铃响了，一二年级的小孩子们还没排上队，只好拿着空瓶子往班里跑。

也会在下课的时候悄悄溜进学校食堂里，快速拿起水瓢咕咚咕咚地喝几口"井拔凉"，待伙房的杨师傅发现时，缸里早已是露了底了。更多的时候，他会锁上门，不过，校长的儿子和大队书记的儿子会去拿钥匙，门一开，一缸水照样光光的，现在想起来，我们小时候，简直是铁人，不像现在的孩子，一不留神就病了，我们小时候，真不知道什么叫病。

不知不觉，我们能够到稻场边的机井里打水了。打一桶水要下二十多米井绳，站在井口，黑乎乎幽深的老井，只有底部的水晃动着一圆光亮，现在回想起来，还有点后怕。我们都没什么劲，往上提水的时候，木桶会不停地碰着井壁，时常，罩在木桶四周的铁丝环会碰坏，或者碰掉，木桶散落一井，水打不成，回家还要挨骂。后来，全村子的人都不用木桶了，都用铁桶打水，既轻便，又不会散架。但绑的不好也会掉到井里。锁住家有一个大吸铁石，大人们绑上抓钩和吸铁石，很快就会把铁桶捞上来。我的记忆里，那时，专门有人干这一行，骑着自行车，到各个生产队的井里捞铁桶。村子里人也会隔三岔五地为老井消毒，有时撒点石灰，有时撒点苏打水，很是管用，我敢说，那井里的水质好得不得了。

很快，大家一起在一个井里打水吃的日子过去了，家家户户都打了井。开始是压水吃，后来有了潜水泵，一拉开关就通了电，水真的如梦境里一般，源源不断地流进水缸里。那口老井，只有我父亲和连贵、幸福、小照的父亲几位老人吃那井里的水，傍晚或清晨，在稻场边的老柳树下，依稀可以看见他们苍老的身影，偶尔，可以听见掉在井里的几声咳嗽，几位七十多岁的老人其实是在固守他们那一代人的美好愿望。我的印象里，早上，能为父亲挑满满一缸井水是我们这代人最大的孝心了。

现在，池塘里的水再也没有人吃了，家门口那口老井也开始荒废了，几位老人有一位去世了，剩下的也挑不动水了，老井彻底的失去了往日的容颜，显得多余和不堪；水也变得污浊，因为那些淘气的孩子总是不停地往里面投掷一些砖头瓦块和树枝，后来大人们害怕不懂事的孩子会掉进去，干脆找来磨盘把老井盖得死死的。

如今，家里喝的、单位用的、跑出去人家招待你的，几乎全部是矿泉水或者纯净水。而我小时候，实在绕不过这句话，喝的全是我们从池塘里或井里挑来的水。现在呢，大概连农村里也看不到挑水用的木桶了。那个年代，水桶可是家家户户必备的用具，挑水是每家每户每天必修的"功课"。只是如今，再也看不见这种风景了。原因不是水质变了，而是社会发展了，条件改善了，最主要的是人变懒了。

我有个好朋友叶揽，他是全国闻名的绿色大使，半生精力都在为绿色环保奔与呼，我曾经为他写了一个整版的报道，而我，不自觉地融入到家乡母亲河的保护中来。这几年，我和几位好朋友自发地组成保护母亲河不受污染队伍，很多时候，是以我为主，我们开着车沿淮河驱车百里，对有污染源的地方顺藤摸瓜，找到排污的企业或个人，加以制止。一次，在老家的养殖户直接把污水排到一个小河沟里，小河沟连着淮河，我们几个到养殖场找到老板，老板很生气，认为我们是多管闲事，和我们动起武来，后来，我们要通了县环保局的电话，县环保局的办公室主任也是我们小组的成员，他带着人立即把这个养殖场的排水沟填上，还要求这家养殖场立即迁走，不然，就不准再养。养殖场迁走了，我们的心里掠过从未有过的快乐。

这些年，我不仅在思想上关注家乡水的质量，而且，在行动上也积极地投入到家乡水质保护工作。我曾经把那些屡教不改的排污户用相机拍下来，交给县委书记，让她关注，也很管用。有时，我会把它转换成文学作品，我的诗歌，散文都涉及水的质量问题，我家乡的网站就以家乡诗人潘新日为老家水污染写得诗为题，进行了专题报道，我个人也乐此不疲地奔忙着，因为我热爱自己的家乡，热爱童年流过心头的那一股清泉。

老家的池塘和井水养育了一村人，养育一方人，养育了一代又一代人，长江、黄河、淮河水孕育了整个中华民族。生命之水由此可见。水是清澈的，水是灵动的，水是宽广的，是不急不缓的，是怒吼奔腾的。在心灵的深处，在每个人的血液中、机体中，都有着对水最真挚的感受，唤起自己对水的记忆，做到对水的尊重与崇敬，我想这也是对生命的态度！

原载：2011.11.08《中国水利报》

过 堂 风

我看他们搂着蒲席，在大门的地上用笤帚画了几下，便在弥漫着灰尘的地上把席铺上，两个人并排躺了下去。

我踮着脚，轻轻走过他们家。

院外的果树挑着果实，枝头弯了下去，叶子都被午后的阳光晒得委屈地蜷着身子，一点也不舒心。一只红蜻蜓停在果子上，不停地抖动着翅膀。地上的灰起了厚厚一层，脚放上去，热乎乎的，不过，还能感受到柔软和细细的沙粒。

我一家一家地窜，想找个人去河里洗澡，但他们都被大人押着午休，没人搭理我。村子似乎都睡下了，连燕林家的大黄狗也懒得吼叫，吐着长长的舌头，在树荫下喘气。

我找不到人，先是在秃老二的菜瓜地里扫荡了一遍，找到了几个小菜瓜，在衣服上蹭了蹭外面的绒毛，坐在瓜地边的田埂上吃起来，说真的，除了青青的味道，一点甜味都没有，更不用说晒得烫手，除了热，没啥感觉。

连桂幽灵般出现时，我父亲正拎着我的耳朵，用指头猛戳我的头。那一刻，我觉得父亲太强大了，动一下指头都那么疼。连挂傻了，他惊讶地、眼睁睁地看着我被父亲扭着走，也不敢吱声。

我当然不甘心被这样扭回来，时不时地用眼睛的余光踅摸，连桂还站在那。本来，我们是约好了的。

我记不得我小时候有多少次这样的经历，但我仍然对这样夏天能到河里洗一次澡抱着极大的幻想。不过，在那样的年代，哪家大人肯让自家的孩子自己跑到河里洗澡，这条河已经吞噬了好几个年轻人的生命，何况我们小孩，听说那里午后总会闹鬼……

睡吧！父亲指着大门地上的席子，躺了下去。

我没有午睡的习惯，最害怕陪父亲午休了。说实话，在大门的地上睡真的比在热辣辣的外面野强多的，即使再热，也会有溜溜的过堂风路过，比摇一把破扇子强多了，很多时候，我都是在煎熬中度过午休的两个多小时。

　　我一直很留恋我们村子里的过堂风，村民们多么聪明，家家户户都建有门楼，高高的大门，宽宽的过道，不能不说在没有电的年代里，不失为最好的避暑方式。

　　伏天是乡下最难熬的日子，大人们会把地上洒上水，而后再把席子方放在上面睡，我体验过几回，强多了，过堂风多少有点凉意。

　　我有时候爱想，贫穷时代的人们该有多少的智慧和创造要发生啊！厚厚的土坯墙加上密不透风的茅草竟让乡下的家冬暖夏凉，尤其大门里的过堂风，丝丝清凉，阵阵爽飒，给人无穷的抚慰。

　　当然，过道越深越好，村子里比着建，一家比一家宽。

　　不过，更多时候，家里有老人的，大人们还是怕老人在夏天逝去的。老家有个习惯，老人是要在家待上三天才可以出殡的，碰到这个时候，大人们也只好在棺材下放几盆凉水用来降温，不像现在有冰棺，还有冰，方便实用。

　　现在，电扇有了，空调有了，但在我的印象里，都不及乡下的过堂风。

　　我喜欢乡下的过堂风，它时常在梦里把我吹醒，带着花香和雨露。

原载：2016.07.11《皖江晚报》

水漂心底

　　门口有个池塘，两个孩子在池塘边打水漂玩，只见他们手里捏着薄薄的白瓷碗片，背着胳膊，弓着腿，斜歪着身子，将小碗片平平地削向水面，碗片像个调皮的精灵在一平如镜的水面上跳跃着、漂移着，点动一圈一圈的涟漪。孩子们便跟着穿飞跳跃的碗片一起数着，一个，两个，三个……我情不自禁地被这诱人的一幕吸引了，尘封心底已久的水漂也飞了起来。

　　童年是在落后的山村度过的，对于山里的孩子来说，商店里卖的各色玩具见都没见过，能拥有的就是自制的木枪，用车胎皮做的木弹弓，用墨水瓶、柏油、钢珠做的陀螺，更多的时候，就是在池塘边打水漂玩，在我的印象里，打水漂算得上是儿时玩得最有意思的游戏了。放学途中，同学们往池塘边一站，排开阵势，一个一个地抛出手中的碗片，看谁打出的水漂最多，打水漂有很多玄机，首先瓦片要选破碎的碗片，因为碗片表面平整光滑，还要简单加工成四方形，而且有一定的弧度。抛出时，身子要伏得低，角度和力道要恰到好处。否则打出去的碗片在水面上漂不起来，不仅蹦跳不了几下，还可能一头就扎进水底了，这样的话，在同学们面前洋相可出大了。儿时的欢乐就在碗片溅起的一朵朵小小的水花里、一圈圈跳动的涟漪里荡漾开来。

　　一生最大的愿望是走出大山，但当真的走出大山，远离家乡的小径、碧绿的池塘，我真的十分留恋儿时的日子。也许每个人都有自己不同的精彩童年，但往往美好的东西都是心灵深处的记忆。而在时间滔滔的脚步声里，一切都变得平淡起来，现代文明的冲洗，童心不再，就像自己正在面对一泓深不可测的平静，风不生水不起，亦像一幅挂在墙壁上的风景画，它的生动在我重复的阅读里日渐演变成呆滞。我不知道自己深藏心底的水漂何时会轻快地飞起来。

我呆呆地看着池塘边两个开心的孩子，封存在心底多年的水漂踏着熟稔的足音，在我心底荡起一圈圈幸福的涟漪，让我回到了远沓的记忆里，内心弥漫着温馨。

我在想，人一辈子多像那水漂身后的涟漪，再艳丽的莲花也有凋谢的时候，再绚丽的人生也将回归到平静如初。

原载：2012.12.02《淮河晨刊》

绿城江阴

江阴的绿铺天盖地，是沿着街道流淌着的。路边、河边、大厦边，树木就像伸着无数绿色的手臂，轻抚着这座古城，广场上的草坪就像空中飘落下的一片片绿云，水鲜活活的，一河的灵动，倒映着、跳跃着绿的光环。江阴的颜色，满城的绿，是摊开的绿绸缎，抑或一杯新沏的绿茶，在透明的玻璃杯里缓缓舒展，沁出一缕缕的清香，沁出一城的惬意。江阴，因这流淌的绿色便宛若一块悦目爽心的温玉了。

绿掩埋了杭州的一切，典型的例子就是西湖博物馆，不仔细看，谁也想不到那草坪下就有一座现代的博物馆。杭州的朋友告诉我，为了西湖，这博物馆最终建造在一片草坪与树木的林荫里，让巨大的绿色覆盖了起来……柳浪闻莺、曲苑风荷、苏堤春晓、六桥烟柳……西湖许多的地名，一听起来就有绿意，就有了江南的韵味，江南绿得能滴下一把青草的浆液。苏小小墓、白苏祠、西泠印社……许许多多杭州的名胜古迹，街道、古巷、溪流，也都在流淌的绿色里真实地存在着。当然，最大的绿就是西湖了——湖水是绿的，所谓碧波荡漾，倒映着湖边无数的杨柳依依，绿是益发郁郁葱葱，如玉叠翠。荷叶绿得胀了起来，就像一位孕妇，艳红的莲花仿佛孕妇的笑脸，在绿荷的映衬下，红红的惹人怜爱。苏东坡说："水光潋滟晴方好，山色空蒙雨亦奇。欲把西湖比西子，淡妆浓抹总相宜。"杭州的绿淡妆浓抹得总这样恰到好处。

与别的城市一样，杭州也在炫耀着现代都市的繁华，炫耀着绿。杭州的绿是安静、温软的，也是鲜活的。是翡翠，是玉，是丝绸，是湖水，是茶叶，是喧闹中泛的绿光，是安静里如春的温暖。城市是愈加的繁华，现代文明的繁华夹杂着南宋的凄婉，夹杂着古老的艳丽与传说，这艳丽漂泊在西湖的水里，在西湖两岸的茶坊酒肆里，在璀璨的灯光里，暖风照面，扑朔迷离。印度人婆罗多牟尼说"艳情是绿色"，杭州的绿充满了许多艳情的色彩。因了这绿，梁山伯与祝英台在杭州的绿色中迷失，同窗几载，十八相送，留下的是凄艳的爱情悲剧；也是这绿，让修炼了千年的白蛇忍不住寻找到了许仙，留下一个白娘子迷离的传说……水漫金山，雷峰塔、断桥，都在杭州的绿中颂扬着传奇，千古缠绵，含翠欲滴……

说杭州是一片硕大的绿叶不算为过吧？首先是桑叶，那桑叶不知何时就生长在杭州的山水之间，一丛丛、一簇簇的，一望无际的绿。有了桑叶，就有了蚕，有了丝绸，有了旗袍，有了女人的温婉可人和亭亭玉立。那丝绸抖搂开来忽然就遮蔽了整个杭州，杭州裹在那丝绸里，一股华美之气便飘荡在杭州的上空。然后是茶叶，也是一丛丛、一簇簇的，一望无际的绿，让人总感觉那里有无数的绿衣少女在绿色中走动，鸟雀啁啾，蝉在鸣唱，她们摘着茶叶，身如舞蹈，然后揉着那一把把的青绿，揉出清香，泡在龙井的水里，透出的绿就氤润了杭州，氤润了一大片中国……再就是桂花的绿叶了，那一株株掩映在树丛中的桂花的绿叶，不知不觉地就结出喷香的米粒，馨香弥漫整个杭州，使白居易"山寺月中寻桂子"……

一片片绿叶喂养大了杭州，喂养大了一个城市……杭州就这样坐在一片片桑叶、茶叶和桂花的绿叶上，如一位入定的老僧，如灵隐寺的钟声，从从容容地活在绿色的时光里，传播着凄美，延续着古老、新生和美丽……

原载：2012.08.11《江南晚报》

罢　园

　　前些日子，我陪夫人回老家，正好赶上村里的瓜果罢园，夫人是城里长大的女孩子，没有见过乡下的这个阵势，竟不知道如何抢摘邻居家遗漏在果园和瓜园的果实，一个人呆呆地站在田野里，不知所措，待我几次喊她之后，才弯腰拿起竹筐加入到我们之中，很快便如我一样把已经熟透的瓜果采摘到自己的筐子里，那种气氛已经很多年没有体验过了。

　　想起去年夏天，在加拿大一个农场里遇到一对来自上海的老夫妇，异国他乡相遇，都是来看望孩子的，都是来这农场采摘新鲜瓜果的，便格外亲切地聊起来，家乡旧居、童年趣事、家长里短，上至天文地理，下至鸡毛蒜皮，聊得兴致浓郁，竟然忘记了时间，从下午三点到夕阳落山。

　　那时，我们坐在西瓜地旁边小树旁，面前是一片片西瓜和甜瓜，一直连到果园。当夕阳的余晖完全把瓜地和果园染成红色的时候，抬头一看，几个中国小孩和加拿大孩子在果园里横扫一气，很多瓜都踩掉了，熟的裂开了嘴，其中有两个孩子是老夫妇的孙子，我们吓了一跳，这可不是在中国，我们赶紧把孩子叫过来，心想农场主肯定会骂的。而此时，农场主就在不远处，他微笑着站在瓜地里看着孩子们在瓜藤间奔跑，眼看着一个个瓜从青藤上被孩子们的小脚踩掉并裂开，丝毫没有生气和制止的意识。我们赶紧道歉，并要求赔偿，农场主摊开双手，开心地说："不，你看他们开心的样子，就像我回到了童年，瓜快罢园了，让他们开心地害吧！"

　　起初，我没有反应过来，对农场主的表现，感到非常惊讶，竟然傻乎乎地问："你真的不在乎呀？""这有什么呀？还有什么比快乐更珍贵。况且，我的瓜总是要罢园的。"

　　想想，真的是两种不同的文化差异，要是在国内，大人肯定要赔的，也许会挨骂。记得还是童年，住在老家乡下的时候。算算日子，至少有三十年的光阴了。那时，还是大集体，我们上学、放学都要经过好几个生产队的瓜地和果园，每每，总会有人忍不住偷摘果园里的果子或瓜田里的小瓜，也总会有人被抓住，被瓜匠和看果园的收了书包，让家长或学校的老师来领，当然，大人和孩子都要检讨，有的，还要挨上一顿打，尽管这样，依然管不住我们这群贪吃的孩子。

如今，孩子们都如潮水般涌入城市，除了钢筋水泥的火柴盒，除了马路，再也没有乡下的影子，孩子们吃的都是大人在超市买的，哪里能见到碧绿的果园和香甜的瓜地，更不会一口气从村小跑到家里，自然体会不到乡下瓜田李下的乐趣。

其实，对我们这群乡下长大的孩子来说，瓜果罢园是我们的节日。不论哪个村子，只要瓜果罢了园，你都可以下到地里寻找瓜果农遗弃的瓜果，有用书包装的，也有的脱去裤子，把裤腿一扎装的。嘴里吃着，身上装着，那种乐趣简直就是过年。

曾经伴我们成长的瓜果地，如今离我们越来越远，我和两位上海老人约好，回国后到我们老家体验一下瓜果罢园的乐趣，因为老家的乡亲会故意把一些好的瓜果遗留在瓜丛中，果树里。

原载：2012.11.11《牛城晚报》

后　记

　　和整理上几个集子相比，这本书我并没有投入太多的精力，以至于稿子重复都没有察觉。虽然，每天也是在一大堆发了黄的旧报纸和文学刊物里挑挑拣拣，可我还是能很平静地面对它们。

　　我很庆幸拥有了它们，能在这里反思、沉淀，收获思想和文字。我用剪刀再次打破多年的沉寂，让我的心路一寸寸缩短，剪出了这本我称之为《草帽下的雨季》的书，也算是对我文字生涯的再一次定格和留存，让流浪的文字有了新的归宿。

　　记得去年散文年会在武冈召开时，周同宾老先生说过这样一句话，他说，散文作家永远都是站在前台表演的，不能有半点瑕疵，它不同于小说，小说作家可以站在幕后，由此可以看出散文自身的要求和难度。我这样说，不是说我的散文怎么好，而是想说，要写好一篇散文有多难。

　　散文家周篷桦认为，好散文的气味应该像青草一样好闻，当一场细雨过后，青草的气味老远就能闻到，让人产生沁人心脾的感受。这个气味不是随意调制出来的，而是来自作家灵魂深处的东西，与其学养、阅历、审美、兴趣、性格、观察事物的视角是密切相关的。我不知道我的文字里有没有我的味道。

　　这些年，只顾低着头沿着这条路苦行，即便物欲横流，我依然能耐得住寂寞，蜗居斗室，用鼠标和键盘幻出美丽的红霞，成就精神的富有和奢华，我很知足。

　　闲来香满屋，疑是酒醒时。感谢上苍馈赠，让我拥有了自己的精神港湾。

　　《草帽下的雨季》这部书是我写作生涯的又一个站点。她一路走来，如一个远行的游子，傍晚归乡，深凝村口边那一枝浓浓的艳红……

　　最后，衷心感谢那些曾经关心我、帮助我的人。这里不再一一列出，这份友谊，我只有永远珍藏在心里，永远永远……